KB162908

조선후기 구곡의 재현과 장소성

"이 저서는 2021년도 건국대학교 저역서발간연구비 지원에 의한 결과임"

조선후기 구곡의 재현과 장소성

이효숙 지음

역락

머리말

　한자를 아는 것과 한문을 해석하는 것은 다르다. 이와 마찬가지로 한문을 해석하는 것과 한시를 이해하는 일은 또 다른 차원의 일이다. 한시에는 시인의 삶, 가치관, 그 당시 그가 겪고 있는 일들이 씨줄과 날줄처럼 촘촘하게 엮여 있기 때문이다. 거기에 그가 때마침 마주한 景物은 시인이 겪은 과거의 경험을 촉발하기도 하도 또 다른 생각을 이어 나가는 데 자극이 되기도 하기 때문이다. 그래서 한시를 해석하기 위해서는 작가에 대한 가능한 많은 정보와 전고들을 찾는 일이 무엇보다 중요하다.

　처음 한시 공부를 할 때는 글자의 뜻을 따라 시를 번역하는 그 자체에 흥미를 느꼈다. 그런데 전기적 사실을 찾거나 전고들을 찾아도 그 속에 담긴 필자의 의도나 감흥의 깊이를 공감할 수 없는 경우가 대부분이었다. 그럴 때마다 학문과 경험이 얕음을 스스로 절감할 수밖에 없었다. 연륜이 쌓이지 않은 젊은 연구자에게 한시는 탐구 대상이었지, 감상의 대상이 되지 못했다. 전고와 전고들을 암호처럼, 징검다리처럼 건너가면서 뜻을 해석하기에 급급했던 날들이다.

　석사학위 논문 주제로 곡운 김수증을 정한 것은 그다지 반갑지 않았다. 젊은 시절의 시는 한 편도 남지 않았으며, 노년에 곡운구곡에 은거할 때의 시가 대부분이었고, 시들도 평담하기만 해서 그다지 매력적이지 않았다. 그보다도 삶의 굴곡을 다 겪고 뒤안길에 서 있던 어르신의 시를 읽기에는 스무 살 안팎의 나이가 너무 젊었던 탓이 컸다. 논문에 진척이 없어 며칠째

고심하던 끝에, 1999년 겨울 어느 날 버스를 여러 번 갈아타며 무작정 화천의 화악산 자락에 있는 곡운구곡을 찾아갔다. 그 뒤로 박사과정을 마칠 때까지도 시가 이해되지 않을 때는 답사를 핑계로 시가 탄생한 '장소'를 찾았다.

처음 장소성 개념에 대해 관심을 갖게 된 계기는 '인간에게 있어서 공간과 장소란 무엇인가'라는 전공과 상관없을 것 같은 질문에서 시작되었다. 순수한 호기심으로, 이푸-투안의 『공간과 장소』를 매우 흥미롭게 읽었다. 그 뒤로 에드워드 렐프의 『장소와 장소상실』을 몇 번이고 반복해서 읽었다. 장소성에 대한 인문지리학자들의 책을 읽고 있자니, '구곡 관련 한시에도 어떤 일종의 패턴이 있지 않을까?' 하는 생각이 들었다. 부족하지만 다시 공부를 이어가고자 하는 마음이 솟구쳤다.

이 책에 실린 결과물들은 10여 년 간 구곡을 장소성 이론을 토대로 분석한 과정에서 나온 것들이다. 처음에는 장소성 형성 과정에 따라 朱子의 「무이도가」와 김수증 등의 「곡운구곡가」에 장소성 이론을 적용할 수 있는지를 살피는 과정에서 출발하였다. 이후 범위를 이이의 고산구곡, 송시열과 그 제자들의 화양동(화양구곡), 화서학파의 옥계구곡으로 확장하여 구곡시를 분석하였다. 다행히, 한시는 '次韻'이라는 형식 때문에 原詩의 시상을 해치지 않으면서도 차운시의 특징을 파악할 수 있었다.

서인 노론 계열의 구곡 시 분석이 어느 정도 이루어진 이후에는 이들의 구곡 시가 어떤 역사적 맥락을 지니는지, 그들이 구곡을 통해 표현하고자 한 이념이 무엇인지, 그래서 구곡이라는 장소가 지닌 정체성은 어떻게 변화하는지를 탐구하였다. 이를 위해 원류에 해당하는 주자의 「무이도가」를 어떻게 해석하는가를 살폈다. 학파마다 시대마다 「무이도가」에 대한 해석이 다르다는 점을 파악한 뒤 그들이 구곡 경영에 있어서도 일정한 차이를 드러내고 있다는 점을 밝혔다. 주로 서인 노론 계열 인물들을 중심으로 주자의 무이구곡을 원류로 하여 거점이 되는 몇 개의 구곡 경영을 통해 자신들이 성리학적 정통성을 이어가고 있음을 적극적으로 표명하였음을 밝혔다. 즉 구곡을 조선에 再現함으로써 자신들의 학문적 정통성을 규명하고자 했음을 파악했다.

서인 노론 계열 이외에 영남 사림의 다기망양한 구곡 경영을 세밀하게 짚어보지 못한 점은 이 책의 한계로 남겨둔다. 학문적인 지향이 서로 크게 다를 뿐만 아니라 학파의 인적 구성도 서로 다르기 때문에 영남학파의 경우는 미처 세밀하게 다루지 못하고 매우 소략하다. 전적으로 연구자의 견문이 일천하기 때문임을 널리 헤아려 주시기를 독자들에게 당부드린다.

그동안 공부를 하면서 많은 분께 도움을 받았다. 학문적으로나 삶을 살아가는 일에서 항상 기준이 돼 주신 지도교수님 최 웅 선생님께 그동안 말씀으로 표현하지 못한 감사 인사를 전한다. 공부하는 여성으로서 자부심을 갖도록 가르쳐주신 고 강동엽 선생님, 곡운 김수증 선생을 만나게 해 주신 허준구 선생님께도 감사를 전한다. 딸로서, 며느리로서, 언니로서 해야 할 책무를 다하지 못해도 항상 너그러이 지켜봐 주신 가족들에게 고마움을 전한다. 평생의 도반이 되어 준 남편께도 깊은 감사를 전한다. 그리고 정성껏 책을 만들어 주신 역락출판사 가족분께도 감사의 마음을 전한다.

2023년 봄, 충주의 연구실에서

이 효 숙

차례

Ⅰ. 들어가며

산수 자연은 문학의 오래된 주제 중 하나였다. 동아시아에서 문인·학자들은 산수·자연에 자신들의 가치관을 담아 문학 작품으로 표현해왔다. 그 대표적인 예가 구곡을 읊은 작품들이다. 주지하다시피 구곡은 송대 성리학자 주희의 武夷九曲을 그 원류로 하고 있다. 조선 중기 이후 성리학이 완숙기에 접어들면서 주자의 학문과 생활 태도는 문화 전반에 막강한 영향력을 행사하기에 이르렀다. 이 과정에서 예송논쟁이 첨예하게 대립되면서 조선 후기 문인·학자들은 자신들의 결속력을 강조하며 더욱 주자학에 침잠하였다.

조선 후기 문인·학자들은 '學朱子'의 한 방식으로 구곡을 경영하기도 하고, 구곡 문학 작품을 창작하기도 하였다. 이러한 경향은 조선 후기까지 지속되었다. 특히 서인 노론계열 문인·학자들의 경우에서 주로 찾아볼 수 있는데, 대표적인 구곡이 李珥의 高山九曲, 金壽增의 谷雲九曲, 宋時烈의 華陽洞(華陽九曲), 柳重教의 玉溪九曲이다. 구곡 경영과 구곡 관련 예술을 향유하는 현상은 개인적 취향에 머물기보다는 동류집단과 함께 유대감을 형성하며 집단화하려는 경향이 있다.

조선은 성리학을 사상적 기반으로 삼았기 때문에 성리학의 대가인 주자와 주자 관련 서적의 영향력은 점점 커질 수밖에 없었다. 특히 성리학이 난숙기에 접어든 조선 중기에 이르러서는 무이구곡에 연원을 둔 구곡을 향유하는 문화적 지향이 폭넓게 전승되었다. 그리고 그 중심에 「도산십이곡」과 「고산구곡가」를 남긴 이황과 이이, 두 학자의 영향도 적지 않았음은 주지의 사실이다.

주자의 무이구곡에 대한 숭앙은 다양한 문화 형태로 발현되었다. 우선 여러 형태의 무이구곡도를 모사해 와서 臥遊의 자료로 삼기도 하였다. 주자의 무이구곡을 기록·정리한 「武夷志」를 돌려 읽으며 그 소감을 적는가 하면, 「무이도가」에 대한 문학적 이해를 두고 분석적인 비평을 시도하기도 하였다. 또 주자가 쓴 「무이도가」나 「무이정사잡영」을 차운한 시가 여러 편 창작되기도 하였다. 그런가 하면 일각에서는 주자의 무이구곡을 모방하여 직접 자신이 구곡을 경영하며 구곡에 이름을 붙이고[命名], 정사를 건립하고 승경처에 글귀를 새겨 넣는[刻字] 등 구곡 경영과 관련된 건축, 조경 등을 몸소 실천하려는 노력도 있었다. 후대 인물은 앞선 시대에 구곡을 경영한 우리 선조들의 행적을 보며 그들을 주자 이후의 또 다른 전형(제2의 주자)으로 인식하여 관련 시문을 짓기도 하였다. 이러한 풍조는 1910년대 이전까지 지속되었다.

외래에서 유입된 사상이 문학을 비롯해 사회·문화 전반에 수백 년 이상 지속적으로 영향을 미쳤다는 것은 그 문화에 대한 세인들의 관심이 이미 모방 차원을 넘어섰음을 의미한다. '무이도가'가 한국에 어떠한 모습으로 수용되었는지를 연구해야 하는 필요성은 바로 여기에 있다. 단순히 주자학적인 사상과 사회적 분위기만으로는 해명할 수 없다. 조선 후기에 접어들면서 다양한 학문 경향이 유입되었음에도 불구하고 여전히 '晦翁', '朱夫子'의 노래가 우리의 문학 속에서 남아 있었으며, 현재까지도 산수가

빼어난 자리(空間)는 어디나 'ㅇㅇ九曲'이라 불리는 전통은 이를 뒷받침하
고 있다.

근대사의 흐름 속에서도 '무이도가'가 계속해서 읊어질 수 있었던 이유
는 무엇이며, 이 모습은 통시적으로 어떠한 변화 양상을 보였는지, 또는
사상적 유파가 다른 이들 사이에 간극은 존재하는지, 그 다층적인 모습을
발견할 수 있다면 '무이도가'를 입으로 외우며 우리나라 유학자들이 꿈꿔
왔던 유교적 이상향의 실체에 가까워질 수 있을 것이다.

이 책에서는 이러한 문화적 흐름에서 축적된 구곡 문학 작품을 더욱
다채롭게 읽기 위해 작품의 토양이 된 장소, 구곡에 주목해 보고자 한다.
구곡을 통해 구현하고자 한 그들의 가치관은 그들 문학 작품을 통해 어떻
게 표출되었으며, 역으로 그들이 문학 작품을 통해 표현하고자 한 그 땅(場
所)의 의미가 무엇인가를 밝히는 일은 곧 그들이 추구했던 가치관을 파악
하기 위해 필요한 작업이기 때문이다. 이를 위해 에드워드 렐프(Edward
Relph)의 장소 이론을 원용하여 작품에 내재된 구곡의 정체성을 밝혀보고
자 한다.

1. 조선 후기 구곡의 분포와 현황

조선 후기는 실로 구곡 향유 문화의 절정기였다고 할 수 있다. 주자의
무이구곡은 다양한 형태로 재현되었다. 「무이도가」 차운시 창작, 『무이
지』 독서 및 토론, 「무이도가」에 대한 분석적 비평 등을 시도하기도 하였
고, 구곡을 경영하며 각 곡을 命名하기도 하며 구곡도, 刻字 등을 통해
구체화하였다. 자신의 구곡을 주제로 여러 형태의 구곡가를 짓거나 기문
을 남기기도 하였다. 자신이 직접 구곡을 경영하지 않더라도, 같은 학맥의

인물 또는 유명한 구곡을 탐방하며 차운시를 짓거나 산수 품평을 하기도
하였다.

조선 후기에 구곡 문화가 발흥한 첫 번째 원인은 우선 주자학에 대한
경도와 주자 관련 도서의 유통에서 찾을 수 있다. 주자의 학문뿐만 아니라
무이구곡에서의 생활 또한 조선 후기 문인 학자들에게 성리학의 전범으로
작용했다. 「무이도가」나 「재거감흥」 등의 시에 대한 해설서, 차운시 모음
집(예컨대 『武夷志』, 『文公朱先生齋居感興詩』, 『朱文公先生齋居感興詩諸家註解集覽』, 『濂
洛風雅』, 『聯珠詩格』 등)의 유통은 조선 땅에 구곡의 재현을 가속화 했다. 그
중에서도 『무이지』는 무이구곡의 각 곡의 경물을 상세히 설명하면서도
무이구곡 관련 시문을 집대성하고 있다는 점에서 이후에 출현하는 九曲誌
의 모범이 되었다.

최근에 조사된 자료에 따르면, 한반도의 구곡원림은 북한지역에 있는
7개를 포함하여 모두 170개소로 나타났다. 이들은 백두대간을 중심으로
동서 지맥 사이를 흘러내리는 계곡을 따라 분포되어 있다. 이들을 행정구
역으로 살펴보면, 주로 경상북도와 충청북도에 집중적으로 분포되어 있다.
통계에 따르면, 경상북도에는 67개소, 충청북도에는 35개소가 있다.[1]

지역 기반으로 살펴볼 때, 영남학파의 남인들은 경상북도를 중심으로
구곡을 주로 설정하였고, 기호학파의 인물들은 서울, 경기와 충청북도 괴
산 등지를 거점으로 구곡을 설정했던 것을 알 수 있다.[2]

---

1   최영현(2020), 「韓國 九曲園林의 分布와 設曲 特性에 關한 硏究」, 우석대학교 박사학위논
    문, 2020, 63쪽.
2   이상균(2015), 「조선시대 士大夫의 山水遊觀과 九曲遊覽」, 『영남학』 27권, 경북대학교 영
    남문화연구원, 369~400쪽.

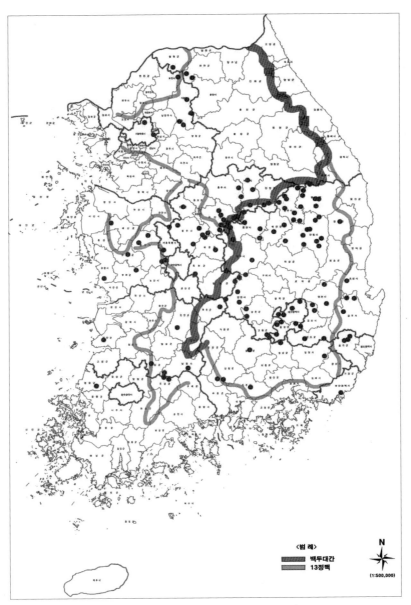

[그림 1] 구곡원림 분포도(최영현, 2020) 참조

설정 시기는 주로 18세기 전반부터 20세기 초에 집중되었다. 특히 19세기 후반(25개소)과 20세기 초반(23개소)에 가장 많은 구곡이 등장하였다. 충청북도에 설정되었던 기호학파의 구곡 중에서 19세기 후반에 나타난 것들은 구곡 경영자가 송시열 일가인 것으로 보아, 송시열의 화양구곡의 영향력 아래 있었던 것으로 파악된다. 경상북도 역시 18세기 후반에 구곡이 많아지는데, 고산구곡의 영향으로 파악된다.[3]

그러나 현재까지 조사된 170개의 구곡에서 모두 관련 작품이나 기문을 찾을 수 있는 것은 아니다. 실제로 實景으로서 구곡을 갖추고 있으며 관련 기문과 시가가 남아 있는 구곡은 그 수가 많지 않다. 아래의 [표 1]은 관련 작품이나 문집이 남아 있는 구곡을 정리한 것이다.

[표 1] 관련 작품이 현전하는 구곡 목록

시기	구곡명	관련 인물	당색	소재지	주요 작품
16세기	陶山九曲	李滉 (1501~1570)	남인	경북 안동시 퇴계천	「도산십이곡」 「도산구곡가」 (이가순)
	開岩十二曲	金宇宏 (1524~1590)	남인	경북 상주시	『개호잡록』, 「개암십이곡」
	高山九曲	李珥 (1536~1584)	서인	황해도 해주군 고산면	「고산구곡가」 「고산구곡시화병」 (김홍도 등) 「한역고산구곡가」 (송시열 등)
	武屹九曲	鄭逑 (1543~1620)	남인	경북 성주 가천	「무흘구곡시」 「무흘구곡도」 (김상진)
	玉華九曲 (西溪九曲)	李得胤 (1553~1630)		충북 청원군 미원면	「옥화구곡시」 (李芝榮)
	華陽九曲	宋時烈 (1607~1689)	서인	충북 괴산군 청천면	「화양구곡도첩」 『화양로정긔』

---

3   위의 논문.

시기	구곡명	관련 인물	당색	소재지	주요 작품
17 세 기	谷雲九曲	金壽增 (1624~1701)	서인	강원도 화천군 사내면	곡운구곡가 (김수증과 자제), 곡운구곡도(조세걸)
	黃江九曲	權尙夏 (1641~1721)	서인	충북 제천시 한수면	황강구곡도, 황강구곡시(권섭)
	城皐九曲	李衡祥 (1653~1733)	남인	경북 영천시 창구동	『甁窩集』 (奎 7120)
	仙遊洞九曲	金時傑 (1653~1701)	서인	충북 괴산군 청천면	
	武夷九曲	鄭栻 (1664~1719)		지리산 무이동	『明庵集』 (奎 11992)
	橫溪九曲	鄭萬陽 (1664~1730)	남인	경북 영천시 화북면	「橫溪九曲歌」
	雲浦九曲	張緯恒 (1678~1747)	남인	경북 영주시 평은면	『臥隱先生文集』
	隱溪九曲	兪肅基 (1696~1752)	서인	서울시 광진구	『兼山集』 (奎 4340)
18 세 기	石門九曲	蔡瀗 (1715~1795)	남인	경북 문경시 산양면	「石門九曲棹歌」 (한글 가사체)
	雲巖九曲 (雲仙九谷)	吳大益 (1729~1803)		충북 단양군 대강면	운선구곡가
	雙溪九曲	鄭在應 (1764~1822)	서인	충북 괴산군 칠성면	
	春陽九曲	李漢膺 (1778~1864)	남인	경북 봉화군 춘양면	「春陽九曲歌」
	布川九曲	李源祚 (1792~1872)	남인	경북 성주군 가천면	「布川九曲歌」
	蘗溪九曲	李恒老 (1792~1868)	화서	경기 양평군 서종면	
19 세 기	煙霞九曲	盧性度 (1819~1893)		충북 괴산군 칠성면	연하구곡가
	玉溪九曲 (龍隆九曲)	柳重教 (1832~1893)	화서	경기 가평군 가평읍	옥계조
	用夏九曲	朴世和 (1834~1910)		충북 제천시 덕산면	
	龍虎九曲	宋秉璿 (1836~1905)	서인	전북 남원군 주천면	
	商山九曲	吳潤煥 (1872~1946)	서인	강원 속초시 도문동	『九曲誌』 (속초시립박물관)

구곡 문화가 널리 확산되는 데 결정적인 영향을 미친 이는 바로 퇴계와 율곡, 두 성리학자다. 학파의 중요 인물이 설정한 구곡들을 연결하여 구곡의 계보를 형성하기도 하였다. 영남학파 문인·학자는 퇴계의 도산구곡[4]을, 기호학파 문인·학자는 율곡의 고산구곡을 각각 주자의 무이구곡과 그 정신을 계승하는 도학의 연원이라 인식하였다.

조선 중기 퇴계와 율곡의 구곡 경영과 「무이도가」가 대한 애호로 당시 문인 학자들의 구곡에 대한 관심이 높아졌다. 그러던 것이 병자호란과 명청 교체기를 지나오면서 대명의리론을 견지한 서인 노론 계열의 문인 학자들을 중심으로 다시금 주자학의 도맥 계승이라는 명제가 부각되기 시작하였다. 「무이도가」에 대한 해석을 두고 논쟁이 치열하였던 시기가 바로 이 시기에 해당한다.

도맥을 확립하고자 했던 노력은 기호학파의 서인 노론 계열에서 먼저 시작되었다. 송시열은 <고산구곡도첩>을 제작하고, 「무이도가」의 운을 나누어 「고산구곡가」를 한역하는 일을 도모함으로써 고산구곡의 위상을 정립하고자 하였다.[5]

영남학파의 경우, 퇴계의 학문적 권위를 인정하며 존숭하는 전통은 일찍이 있었으나, 그의 구곡을 통해 도학의 연원으로 삼으려고 했던 시도는 19세기 초가 되어서야 확인할 수 있었다. 그나마도 퇴계의 도산구곡은 인정하면서도 도산구곡 이후에 그 권위를 계승하는 구곡을 별도로 인정하고

---

4 퇴계 당대에는 직접적으로 구곡을 설정하지 않았고 후대 퇴계의 제자와 문중에서 구곡을 설정한 것으로 보인다. 임노직, 「'도산구곡' 시의 양상과 그 역사적 의의」, 영남대 박사학위논문, 2019.

5 이상원(2003), 「조선후기 <고산구곡가>의 수용양상과 그 의미」, 『고전문학연구』 24, 고전문학연구회, 31-57쪽.; 이효숙(2013a), 「화양구곡 시문에 나타난 구곡의 장소성 고찰」, 『동아시아고대학』 32집, 동아시아고대학회, 109-134쪽.

자 하는 노력은 찾아보기 힘들다.

반면 노론계 인사들의 경우는 구곡의 연원이 주자의 무이구곡에 있고, 무이구곡에서 고산구곡 → 곡운구곡 → 화양구곡 → 옥계구곡으로 전해지고 있음을 인정하며 거점이 되는 구곡을 중심으로 주자의 도맥이 흐르고 있음을 증명하고자 하였다. 記文을 통해 구곡의 계보를 명시하고 있을 뿐 아니라, 차운 형식의 詩作으로 도통 의식을 천명하였다.[6]

특히 노론 계열 문사들이 무이구곡과 「무이도가」에 대한 해석에 열의를 보였던 이유는 주자의 도맥을 계승한 학문적 정통성을 상징적으로 보여줄 수 있는 것이 '구곡의 재현'이라고 판단하였기 때문이다. 이들은 고산구곡에 막강한 권위를 부여하는 것을 시작으로 하여 직접 구곡을 경영하고 그것을 통해 도학의 연원을 이어 나가고자 했다. 고산구곡의 권위는 김수증의 곡운구곡과 송시열의 화양구곡으로 이어졌다. 그 중에서도 곡운구곡이 가문을 중심으로 한 혈연적 질서를 중시했다면, 화양구곡은 송시열의 제자 권상하의 노력으로 정치적, 이념적 장소로서의 구심점이 되었다.[7]

기호학파 중에서 서인 노론 문사들의 이러한 적극적인 움직임은 영남학파에도 일정한 영향을 미쳤다. 그 근거는 18세기 중반 이후부터 퇴계의 가문과 자손을 중심으로 도산구곡을 정비하고 도산구곡 주변에 여타의 구곡을 조성하고 도산구곡시를 짓는 노력이 급격히 증가하였다는 점이다. 현존하는 도산구곡 시 중 가장 이른 시기의 작품이 1801년의 것이며 이후로 도산구곡 시가 폭발적으로 증가한 것으로 밝혀졌다.[8]

---

6   이효숙(2013b), 「朝鮮 後期 西人 老論系 文人들의 九曲詩와 場所性」, 『국제어문』 59집, 국제어문학회.

7   이효숙(2013a), 위의 논문, 2013.

8   임노직, 앞의 논문, 2쪽.

영남학파와 기호학파는 구곡 경영에도 일정한 차이가 드러난다. 기호학파의 경우, 19세기 중반 이전까지는 대체로 거점이 되는 구곡을 중심으로 집중화, 집단화하는 경향을 보였다. 각자 개인의 구곡을 경영하는 것보다는 학맥의 거점이 되는 구곡을 탐방하고, 구곡시를 짓는 것으로 구곡 문화를 향유하였다. 고산구곡, 곡운구곡, 화양구곡이 주로 거점이 되었다. 특정 장소에 집중되고 혈연이나 학맥을 중심으로 집단화되면서 구곡은 일정한 정체성을 띤 상징적인 장소로 자리매김할 수 있었다.

영남학파의 경우, 구곡의 계보를 잇는 행위보다는 자신만의 구곡을 경영하며 개인화의 성향을 띠었다. 18세기 후반, 경상북도 일대를 중심으로 무수히 많은 구곡이 양산되었던 것은 이러한 흐름을 뒷받침한다. 영남학파의 경우, 도산구곡을 제외하면 거점이 되는 구곡을 계보화 하는 경향은 보이지 않으며, 자신의 구곡을 경영하는 것에 집중하였다. 그렇다 보니, 경상북도에 분포된 구곡이 전체의 41%에 달할 정도로 많으나 퇴계의 도산을 제외하고 다른 구곡들은 인지도나 영향력이 크지 않았던 것으로 보인다.

영남학파 인물들이 경영한 구곡은 대체로 개인적 공간으로서 자리하였다. 자신이 경영하는 혹은 설정한 구곡에서 이들은 성정을 도야하고, 자연을 완상함으로써 存心養性의 방편으로서 역할을 했다. 이러한 인식은 작품에도 반영되었다. 도통 의식이 시에 드러나지 않았으며, 詩作을 통해 정치적 연대를 꾀하거나, 여러 명이 함께 시작에 공동으로 참여하는 형태는 포착되지 않는다. 문학 활동에 있어서도 개인의 성정도야의 성격이 강하게 표출되었다.

2. 분야별 선행 연구 동향

주자의 무이구곡 경영이 문화 전반에 실천적으로 행해졌기 때문에 이에 따른 영향 관계에 대한 연구는 문학과 철학뿐만 아니라, 고미술사와 건축·조경 분야에까지 광범위하게 이루어졌다. 문학 분야에서는 일찍이 이들 시가를 '江湖歌道'로 분류하여 주목한 바 있으나 구곡에 대한 구체적인 연구는 미술사에서 먼저 시작되었다.

미술사에서 유준영의 연구로 九曲圖 연구가 본격화되었다.[9] 유준영은 일련의 논문을 통해, 구곡도가 이미 고려시대에 유입되었을 것을 밝혔으며, 이렇게 유입된 구곡도는 17세기에 실경산수화의 연원으로 자리매김하고 있음을 밝혔다. 특히 조세걸(曺世傑)이 그린 <곡운구곡도>가 실경을 핍진하게 묘사한 작품이라는 점을 들어 이를 한국 진경산수화의 기원으로 파악하고 있다. 윤진영의 논문[10]에서도 주자에 대한 흠모의 정서로 인해 「무이도가」와 '무이구곡도'가 널리 유행할 수 있었으며 무이구곡도는 성리학의 묘리가 발현된 것이었고, 「무이도가」와 함께 성리학자로서의 교양과 정서 함양을 위한 매체의 성격을 띠고 있음을 밝혔다. 조규희는 그의 논문[11]에서 특히 노론계 인사들이 구곡도첩의 제작에 적극적으로 참여했던 정황을 밝혀 구곡시를 짓고 도첩을 만드는 일련의 활동이 '도통' 의식을 확인하는 계기가 되었음을 밝혔다.

---

9 유준영(1984), 「조형예술과 성리학 - 화음동정사에 나타난 구조와 사상적 계보」, <한국미술사논문집> 1, 한국정신문화연구원. ; 유준영(1986), 「성리학자의 정사경영과 구곡도」, <전통문화> 19. ; 유준영(1999), 「김수증의 은둔사상과 곡운구곡」, 동아세아 은자들의 미의식과 곡운구곡 국제 심포지엄.

10 윤진영(1998), 「조선시대 구곡도의 수용과 전개」, <미술사학연구> 217·218.

11 조규희(2006a), 「조선 유학의 '道統'의식과 九曲圖」, <역사와 경계> 61. ; 조규희(2006b), 「곡운구곡도첩의 다층적 의미」, <미술사논단> 23.

구곡을 일종의 전통원림으로 파악하여 조경 분야와 관련된 논문이 나오기도 하였다. 이은창은 그의 논문[12]에서 고려시대부터 조선 후기까지 이르는 시기에 전통 원림의 종류를 개관하고 특히 조선 후기의 구곡 원림이 영남 학파의 정사 경영과 기호 학파의 정사 경영 간에 다소간의 차이가 있음을 이야기하고 있다. 이러한 전통이 축적되어 소박하고 자연순화적인 한국의 전통원림 특성이 발휘되기에 이르렀다고 하였다. 이후 최기수와 이석해 등의 논문[13]에서 개별 구곡의 자연 경관적 특성을 분석하는 논문이 여러 편 이어졌다. 노재현의 일련의 논문[14]은 구곡을 텍스트성을 지닌 하나의 개별적인 공간으로 인식하여, 원류가 되는 무이구곡과 우리나라의 각 지방에 있는 구곡의 경관적 요소를 비교하였다. 이들 구곡에 공통적으로 나타나는 주변 경물 및 건축물을 분석하여 그 의미소를 밝히고자 하였다.

이 외에도 정사 건축과 관련된 일련의 연구[15]와 구곡의 지형에 대한 연구,[16] 각자(刻字)에 대한 연구[17]들이 여러 학제 간 교섭을 통해 이루어지고

---

12 이은창(1988), 「한국유가 전통원림의 연구」, <한국전통문화연구> 4집.

13 최기수(1991), 「곡과 경에 나타난 한국전통경관 구조의 해석에 관한 연구」, 한양대학교 박사학위논문. ; 이석해·이행렬(1992), 「문화경관으로 본 곡운구곡의 특성」, <한국정원학회지> 19(4). ; 김광래·노재현·안범용·최현상(1993), 「화양동계곡의 경관특이성과 선호성분석에 관한 연구」, <조경논총> 5(1). ; 임재철·장동수(2001), 「죽계구곡의 경관의미」, <한국조경학회지> 19(3). ; 김수진·심우경(2005), 「고산구곡에 나타난 율곡의 경관관」, <한국전통조경학회지> 23(4).

14 노재현(2008), 「中國 武夷九曲의 場所 美學과 河川形態學的 特性 –국내 구곡과의 비교를 중심으로–」, <韓國庭園學會誌> 26(4).

15 김동욱(2001), 「조선중기 은거선비의 집터와 별자리의 관계」, <건축역사연구> 10(2). ; 강성원(2003), 「소현서원에 반영된 율곡의 건축미학에 관한 연구," 명지대학교 석사학위논문.

16 문화재청(2007), 『전통명승 동천구곡 조사 보고서』. ; 문화재청(2008), 『전통명승 동천구곡의 유형과 활성화 방향』. ; 기근도·김영래·조현(2007), 「경상우도 동천구곡의 지형적 특성」, <한국지형학회지> 14(3). ; 기근도(2008), 「경상좌도 동천구곡의 지형적 특성」,

있다.

문학 분야는 다른 분과에 비해 '무이도가'와 무이구곡 수용과 관련된 논문이 양적·질적으로 많이 축적되어 있다. '무이도가'의 문학적 수용에 대한 연구 중 가장 많이 편중되어 있는 연구는 「도산십이곡」[18]과 「고산구곡가」[19]에 관한 연구이다. '무이도가'를 수용한 작품은 대부분 연작시 형태의 한시(漢詩)로 창작되었는데도 불구하고 연구가 이들 작품으로 편중된 이유는 이들 작품이 시조(時調) 형태로 이루어졌기 때문이라고 생각한다. 우선 자료에 대한 접근이 용이하였으며(분량과 해석 상의 문제), 한글로 표기된 문학 작품이라는 점에서 중국 문화의 주체적인 수용이라는 측면이 무리없이 부각될 수 있었다.

그러나 이들 작품은 담박한 자연미를 추구하고 '강호가도(江湖歌道)'라는 다소 단조로운 귀결로 인해 연구의 한계를 드러내기도 하였다. 그 영향으로 연구자이기 이전에 독자인 연구자들에게 두루 읽히기보다는 소수의 한정된 연구자들의 연구 대상이 되었다. 한편 한글 시가 작품 쪽으로 연구

<한국지형학회지> 15(2).

17   김혜경·최기수(2007), 「조선시대 인왕산 바위글씨의 특성에 관한 연구」, <한국전통조경학회지> 25(2)

18   이 부분에는 많은 논문들이 축적되어 있어 일일이 열거할 수 없다. 대략을 뽑아 제시한다. 崔珍源(1966), 「江湖歌道와 風流」, <論文集> 11. ; 조규익(1988), 「퇴계의 시가관 소고」, <退溪學硏究> 2. ; 이민홍(1992), 「退溪時歌의 品格 硏究」, <泮矯語文硏究> 4. ; 김광순(1992), 「퇴계문학에 있어서의 자연관과 인간관」, <退溪學報> 75(1).

19   김병국(1991), 「'高山九曲歌' 硏究」, 성균관대학교 박사학위논문. ; 이현자(2002), 「조선조 연시조의 유형별 변이양상 연구」, 경희대학교 박사학위논문. ; 서원섭(1980), 「도산십이곡(陶山十二曲)과 고산구곡가(高山九曲歌)의 비교연구」, <退溪學報> 28. ; 李敏弘(1981), 「高山九曲歌와 武夷櫂歌攷(I)」, <개신어문연구> 1. ; 崔珍源(1987), 「「高山九曲歌」考」, <大東文化硏究> 21. ; 손오규(1992), 「고산구곡가의 미적 위상」, <韓國文學論叢> 13.

가 편중되면서, 그 반작용으로 인해 한문으로 창작된 수많은 무이도가 계열 작품이 국문학사에서 가치를 인정받지 못하는 결과를 초래할 수도 있으므로 균형적인 접근이 필요하였다.

이런 맥락에서 이민홍의 일련의 연구는 '무이도가' 계열 작품군 연구에서 중요한 위치를 점하고 있다. 그는 「무이도가」와의 구체적인 비교를 통해 「도산십이곡」과 「고산구곡가」, 이 두 시조와 작가의 한문 작품 사이의 간극을 메워주었다. 나아가 '무이도가' 계열의 작품군은 성리학적인 세계관 속에서 미학적 특징을 찾아야 한다는 점을 지적하기도 하였다. 이들 작품군이 주제 영역에서 이성의 시적 형상에 치중되어 있기 때문에 이들 작품이 어떤 미학적 특징을 지니고 있는지를 밝히는 것이 중요하다고 지적하면서 실제로 미학적 분석의 틀을 제시하기도 하였다.[20] 즉, 外物 인식의 방법으로는 '役物的' 인식과 '役於物的' 인식을, 형상 사유로는 '托物寓意'의 방식과 '因物起興'의 방식을 제시하였다.

이러한 시도는 저자도 인정하다시피, 자칫 다양한 모습을 지니는 문학 작품을 이분법적인 틀로 재단할 우려와 동시에 기준이 모호할 수 있다는 단점을 드러내고 있는 것도 사실이다. 그러나 주제론 차원에 치중되어 한계를 드러내고 있는 연구 경향을 형식미 측면에서 보완·발전시켜 나아갈 가능성을 제시했다는 측면에서 중요한 시도였다고 본다.

한편 김문기의 논문[21]은 '무이도가' 계열 시가 연구에 있어서 저변을 확대했다는 점에서 중요한 업적으로 평가할 수 있다. 김문기는 위의 논문에서 구곡가계 시가의 연원과 유형 및 계보를 밝히고 있다. 구곡가계 시가의 연원인 주자의 「무이도가」, 「무이정사잡영」, 「운곡이십육영」, 「운곡잡영」

---

20   위의 책, 105-132쪽 참조.
21   金文基(1991), 앞의 논문

과 주자의 문학적 생애를 밝혔다. 유형은 크게 漢文 九曲歌와 國文 九曲歌 두 종류로 나누고 漢文 九曲歌는 다시 創作 九曲歌와 漢譯 九曲歌로 나누어 유형화하였다. 創作 九曲歌에는 직접 정사 경영을 하면서 지은 '林園 九曲歌', '次韻 九曲歌', '和韻 九曲歌'가 속한다. 국문 구곡가는 時調体 九曲歌와 歌辭体 九曲歌로 나누어 제시하였다.

무엇보다도 이 논문의 성과는 전국에 산재해 있는 구곡가계 시가의 계보를 밝혀 소개하고 있다는 점이다. 영남학파와 기호학파의 구곡 경영의 실체를 한데 모아 정리하여 제시하고 있어 문학뿐만 아니라 무이구곡 경영과 관련한 타 학제 간 연구에도 일정한 영향을 미치고 있다. 사적과 작품 현황을 제시하여 관련 연구자의 학문 연구에 토대가 되고 있다. 다만 영남학파와 기호학파라는 계통 분류를 기준으로 구곡가계 시가를 다루고 있으므로, 어느 학파에 귀속시킬 수 없으나 여전히 전국에 산재해 있는 구곡 관련 유적과 구곡가계 작품을 모두 아우르지 못한 것이 아쉬움으로 남았다.

2000년대에 접어들면서 '무이도가' 계열 작품 연구는 다양하게 진행되고 있다. 첫째, 「도산십이곡」과 「고산구곡가」를 다양한 연구 방법을 동원해 미적 깊이를 심도 있게 파악하고자 하는 노력들이 시도되었다.[22] 이러한 시도 속에서 손오규[23]는 자연을 주제로 하여 창작된 작품군을 '산수문학'이라 이름하고 이에 대한 논의를 정리하기도 하였다. 한편, 송시열과

---

22 신연우(2003), 「「陶山雜詠」과 「陶山十二曲」에서의 '興'」, <국어국문학> 133. ; 손오규 (2004), 「「武夷櫂歌」와 「陶山十二曲」의 비교연구」, <韓國文學論叢> 38. ; 이민홍(2009), 「山水와 時調學, 그리고 性情美學」, <時調學論叢> 31. ;김병국(2003), 「「武夷櫂歌」와 「高山九曲歌」品格 연구」, <語文研究> 31(1). ; 김상진(2004), 「「고산구곡가」의 성리학적 생태인식」, <時調學論叢> 20.

23 손오규(2006), 『산수미학탐구』, 제주대학교 출판부.

노론계 인사들이 중심이 되어 한역한 「고산구곡가」에 주목한 논문들[24]도 나왔다. 이 연구에서는 한역 「고산구곡가」가 창작된 배경과 그 의도에 깊이 있게 천착하여 그간 한역시가 원래 한글 시조의 미학적 측면을 훼손하였다는 혐의를 벗고 나름의 가치를 인정받게끔 하였다.

둘째, 개별 구곡에 대한 논의가 확산되는 특징을 보였다. 김문기[25]는 경상도 지방을 중심으로, 이상주[26]는 충청도를 중심으로 구곡과 구곡시를 발굴하여 학계에 계속 보고하고 있다. 한편 곡운구곡의 경우, 그간 <곡운구곡도첩>과 관련해 미술계에서 오랜 주목을 받아왔는데 김수증의 곡운구곡과 관련한 문학 연구[27]가 뒤를 잇고 있다.

---

24 金善祺(1996), 「尤庵 宋時烈이 高山九曲歌에 보인 向意」, <宋子學論叢> 3. ; 이상원(2003), 「조선후기 「고산구곡가(高山九曲歌)」 수용양상과 그 의미」, <古典文學硏究> 24. ; 이상원(2007), 「19세기 말 화서학파의 <고산구곡가> 수용과 그 의미」, <時調學論叢> 27.

25 김문기(2004), 「聞慶地方의 九曲園林과 九曲詩歌 연구」, <退溪學과 韓國文化> 35. ; 김문기(2008), 「退溪九曲과 退溪九曲詩 연구」, <退溪學과 韓國文化> 42. ; 김문기·안태현(2005), 「문경지방의 구곡원림과 구곡시가 연구」, <퇴계학과 한국문화> 35.

26 이상주(2001), 「노성도와 연하구곡가」, <한문학보> 4집, 우리한문학회. ; 이상주(2001), 「옥화구곡과 옥화구곡시」, <충북학> 3집, 충북학연구소 ; 이상주(2002), 「서계 구곡과 '서계팔영'시」, <교육과학연구> 16(1). ; 이상주(2006), 「조선후기 산수평론에 대한 일고찰 - 화양구곡을 중심으로」, <한문학보> 14. ; 이상주(2008), 「화양구곡, 선유구곡의 완성과정과 화양구곡도」, <한문학보> 18.

27 황인건(1998), 「谷雲 金壽增의 山水文學 硏究」, 한양대학교 석사학위논문. ; 이효숙(2008), 「17~18세기 장동 김문(壯洞 金門)의 산수문학 연구」, 강원대학교 박사학위논문.

Ⅱ. 공간, 장소, 장소성

1. 공간과 장소

에드워드 렐프는 "장소는 인간의 질서와 자연의 질서가 융합된 것이고, 우리가 세계를 직접적으로 경험하는 의미깊은 중심"[28]이라고 설명하였다. 장소성의 의미를 설명하기 위해, 우선 '공간(space)'과 '장소(place)'의 의미를 구별해야 할 것이다. 장소와 공간은 다음과 같이 구분된다.

공간은 움직임이며, 개방이며, 자유이며, 위협이다. 장소는 정지이며, 개인들이 부여하는 가치들의 안식처이며, 안전과 애정을 느낄 수 있는 고요한 중심이다. 인간은 직접적으로, 그리고 간접적으로 다양한 경험을 하며, 이러한 경험을 통하여 미지의 공간은 친밀한 장소로 바뀐다. 즉 낯선 추상적 공간(abstract space)은 의미로 가득찬 구체적 장소(concrete place)가 된다.[29]

---

28 에드워드 렐프(2005), 『장소와 장소상실』, 김덕현 · 김현주 · 심승희 역, 논형, 287쪽.
29 이-푸 투안(1995), 『공간과 장소』, 구동회 · 심승희 역, 도서출판 대윤, 7-8쪽.

장소(場所)는 '양기에 의해 열려진 즉 환경적으로 양호한 땅위에 어떤 활동을 수용하거나 들어가 머무를 수 있도록 인간에 의해 구획되고 한정된 곳'을 의미하는 바, 이는 곧 자연과 문화의 복합체라고 할 수 있다.[30]

정리하자면, '공간'이란 물리적인 환경 그 자체이고, 어떠한 의미가 부여되지 않은 '공터'의 의미이다. 이와는 상반되게, '장소'란 정치적·문화적·사회적 가치가 부여되어 일정한 인문학적 의미가 창출되는, '의미 있는 공간'이다.

물리적 환경이 의미 있는 장소로 인식되기 위해서는 그것을 장소로 인식하기 위한 '이정표'가 필요하다. '이정표'라는 용어는 '장소 도상(place icon)'이라는 용어로 사용되기도 한다. 이-푸 투안은 『공간과 장소』에서 미로찾기 실험을 예로 '이정표'를 설명하였다. 출구를 모르는 상태에서 몇 차례의 시도를 통해 출구에 대한 감각을 익히게 된다. 출구를 찾기 위한 시도를 하면서 특정한 지형·지물을 인지하게 되고 이 특정한 지형·지물은 시도가 누적될수록 많이 파악될 수 있다. 특정한 지형·지물은 이정표가 되어 출구를 인식하고 확신하는 데 도움을 주며 곧 우리를 목적지인 출구로 데려다주는 역할을 한다.[31]

특정 장소를 사람들이 빨리 알아보기 위하여 이정표는 반드시 필요하다. 이때 이정표는 눈에 잘 띄는 것이어야 하며, 대중적으로도 쉽게 알아볼 수 있어야 한다. 이러한 가시적인 특성은 '공간'을 '장소'로 인식하게 하는 데에 중요한 역할을 한다. 즉 장소를 '장소'로 인식하게 하는, 장소의 정체

30　이석환·황기원(1997), 「장소와 장소성의 다의적 개념에 관한 연구」, 『국토계획』 32, 172쪽.

31　이-푸 투안(1995), 앞의 책, 121쪽.

성을 높이는 데 이정표는 중요한 요소로 작용한다. 이정표를 접할 때 사람들은 일정한 기억을 떠올리고 특정한 의미를 연상하게 되어 장소감(場所感)을 얻게 된다.[32]

장소감이란 곧 그 장소에 대한 개인의 관념화된 생각을 의미한다. 개인이 장소감을 형성하기 위해서는 장소와 관련된 많은 요소가 개입될 여지가 있다. 따라서 장소감을 형성하는 요인은 학자마다 다양하지만 장소를 연구한 많은 학자들이 공통적으로 지적하는 중요한 전제 조건은 장소와 인간 그리고 그 두 주체 간의 의미 있는 관계가 있어야 한다는 점이다. E. 렐프는 장소감을 형성하는 요소로 ① 물리적 환경 ② 활동(경험, 행위) ③ 그에 따른 의미(정서)를 들었다.[33]

장소가 장소로서 인식되기 위해서 우선은 다른 공간과는 차별적으로 인식될 수 있는 물리적 · 시각적인 경관을 가지고 있어야 한다. 그 다음 그 속에서 의도했든 의도하지 않았든 일정한 행위가 이루어졌을 때, 공간은 더 이상 죽어있는(혹은 의미 없는) 곳이 아니다. 그다음 필요한 것은 물리적 환경에서 일어난 행위에 대한 인간의 관계 맺기, 일종의 의도된 의미 부여가 필요하다.

그런데 장소에 대해 개인이 느끼는 '장소감'은 경우에 따라 집단적인 측면으로 확장될 수도 있다. 이석환 · 황기원은,

> 그 땅이 지닌 독특한 분위기, 그곳의 물리적 특성, 그 안에서 일어나는 활동과 그 기능, 그 곳에 이미 부여된 의미와 가치를 지니고 있다. 인간이 소환경을 접함에 있어서 그는 자신만의 접촉 방식과 자신이 속한 문화 집단

---

32 이석환 · 황기원(1997), 앞의 논문, 179쪽.
33 에드워드 렐프(2005), 앞의 책, 110-115쪽.

의 공유된 접촉 방식을 동시에 가지고 실존적으로 경험한다. 주어진 소환경이 한 개인의 특유한 소통 방식과 그 집단이 공유한 소통 방식을 함께 만족시킬 때, 즉 대상에 대하여 "동일성"-동일화와 연속성-이 이루어지고 대상의 "개별성"-특이성과 수월성-이 있을 때 소환경과 인간 사이의 정체성이 확보된다.[34]

고 하여 장소감이 동일화의 과정을 통해 확장될 가능성을 설명하였다. 이와 같이 어떤 장소에 대해 갖는 개인의 '장소감'이 누적되어 동일한 문화향유 집단에게 공통적으로 적용된다면 그것은 더 이상 개인의 차원을 넘어선 또 다른 개념이 된다. 이를 '장소감(sense of place)'과 구별하여 '장소정신(spirit of place)'이라 칭한다. 따라서 집단이 함께 공유할 수 있는 장소정신이 성립되기 위해서는 상대적으로 긴 시간이 필요하며 세대 간 지속되는 특성이 필요하다.

장소에 대해 개인이 갖게 되는 '장소감'과 집단적으로 공유하는 '장소정신'이 상호작용을 하는 과정에서 '장소성'(placeness)은 탄생한다. 따라서 장소성은 한 장소가 인간의 실용적 국면, 개인의 지각적 국면, 그리고 문화집단의 구성원으로서 지니는 실존적 국면에 부합함으로써 형성된다고 할 수 있다.[35]

물리적 환경, 행위, 의미를 토대로 장소감이 어떻게 형성되는가는 문학작품을 통해 살펴볼 수 있다. 더욱이 구곡가의 경우, 시에 정경에 대한 묘사가 나타날 뿐만 아니라 해당하는 곡의 경치를 그린 구곡도가 함께 전해지고 있어서 물리적 환경 요소를 더욱 수월하게 찾을 수 있을 것이다.

---

34 이석환·황기원(1997), 앞의 논문, 180쪽.
35 위의 논문, 181쪽.

이 외에도 구곡 경영에 관한 여타의 기록물들이 함께 전해지기 때문에 문헌을 통해 고증할 수 있다.

　구곡 경영과 구곡가의 향유는 주자에게서 그친 것이 아니라 중국은 물론, 국경을 넘어 조선에까지 전해졌다. 또, 일군의 학문적·혈연적 집안이 그에 대한 명백한 추승의 의지를 표명하며 구곡 향유에 적극적으로 나섰다. 이러한 정황은 구곡이 주자에게만 의미있는 장소가 아니었음을 증명하고 있는 셈이다. 따라서 일련의 구곡 문화의 향유를 통해 구곡에 대한 장소성이 형성되었을 것이라는 추론은 설득력을 지닐 것이다.

2. 렐프의 장소 이론

　렐프가 장소론을 전개시킨 목적은 장소를 경험하는 다양한 방식을 확인하는 데 있다. 이를 위해 우선 공간과 장소의 관계를 고찰하고, 장소 경험의 구성 요소와 강도를 탐구하고, '장소의 정체성(identity of place)'과 '사람들이 장소에 대해 가지는 정체성(identity of people with place)'의 본질에 대해 분석하고, 장소감과 장소에 대한 애착이 장소와 경관 만들기 속에 드러나는 방식을 기술하였다.

　렐프는 인간이 공간을 어떻게 경험하느냐에 따라 공간을 여섯 가지 형태로 구분하였다. ① 원초적 공간, ② 지각 공간, ③ 실존 공간, ④ 건축 공간(계획 공간), ⑤ 인지 공간, ⑥ 추상 공간이다.[36] 이 구분은 노베르그 슐츠가 제시한 5가지 공간 구분을 수용하며 여기에 하나의 형태, 건축 공간을 추가한 것이다.[37] 슐츠는 이 다섯 가지 형태의 공간이 원초적 공간으로부

36　에드워드 렐프(2005), 앞의 책, 40~69쪽.

터 추상 공간으로 발전적으로 진화해 간다고 보고 있다. 그러나 렐프의 경우, 이들을 발전적 개념으로 파악하지 않고 있다. 그것보다는 얼마나 실존적으로, 진정성 있게 장소를 경험하고 있느냐에 보다 비중을 두고 있는 것으로 보인다.

본능적이고 무의식적인 행위가 일어나는 공간은 원초적 공간(primitive space)이다. 이 공간은 공간이나 공간 관계에 대한 이미지나 개념이 없는 기능적인 영역에 해당한다. 지각 공간(perceptual space)은 각 개인이 지각해서 직면하는 자아 중심적인 공간으로, 내용과 의미를 가진 공간이다. 실존 공간(existential space)은 무의식적이지만 다양한 공간 요소들이 지닌 의미들로 완벽하게 구성된 공간을 의미한다. 건축 공간 및 계획 공간은 공간을 창조하기 위해 사려 깊은 시도가 포함된 공간을 말한다. 인지 공간(cognitive space)은 공간을 투영 대상물과 동일시하고 그에 대한 이론을 개발하려는 시도에서 나온, 공간에 대한 추상적 구성 개념으로 이루어진 공간을 말한다. 마지막으로 추상 공간(abstract space)은 경험적 관찰에 의존하지 않아도 그 공간을 설명할 수 있는 논리 관계에 의해 구성된 공간을 말한다.

렐프는 이 중에서도 실존 공간을 비중 있게 다루고 있다. 그는 실존 공간을 다시 신성 공간과 지리적 공간으로 나누어 설명하였다. 신성 공간이란 고대의 종교적 체험의 공간으로, 상징과 의미 있는 사물로 충만한 곳을 말한다. 이곳에서의 신성한 경험은 생활의 지침을 제공한다. 반면에 지리적 공간이란 현대인의 실존 공간으로, 지리적·기능적·실용적 목적을 수행하는 장소다. 인간은 이 실존 공간에서 도시, 마을, 집을 건축하고 경관을 만들어냄으로써 무의식적으로 의미의 패턴과 구조를 창조한다. 이

---

37   노베르그 슐츠, 김광현 역, 『실존, 공간, 건축』, 13-14쪽.

패턴과 구조는 문화적 토대에 의해 만들어지기 때문에 다른 문화 구성원들에게는 소통 불가능한 것이다. 구성원들은 특히 장소에 이름을 부여하는 행위를 통해 자신들이 파악한 장소가 인류의 필요에 더 잘 부응하도록 개조함으로써 지리적 공간을 인간화된 특정 문화의 의미 있는 공간으로 만든다.

렐프는 이 지리적 공간을 수평적·수직적으로 다시 분석하였다. 이 분석 기준 역시 슐츠의 이론을 토대로 하고 있다. 슐츠는 실존적 공간의 구성 요소를 '장소(place)-통로(path)-영역(domain)'으로 파악하였다. 슐츠는 이 요소들이 서로 결합할 때 비로소 공간은 인간의 실존을 파악할 수 있는 하나의 현실적인 차원이 된다고 보았다. 또 실존적 공간의 요소들은 여러 단계를 형성한다고 보고 있다. 가장 포괄적인 단계부터 나열하면, '지리학 - 경관 - 도시 - 거주 - 기물' 단계이다. 슐츠의 구성 요소를 렐프는 수평적 구조로, 슐츠의 구성 단계를 렐프는 수직적 구조라고 명명하였다.[38]

우선 수직적으로는 '지리 → 경관 → 도시 → 거리 → 가정'으로 나누어 설명하였다. 큰 범위에서 가장 작은 범위에 이르며 점차 '인간화'된다고 보았다. 수평적으로 공간은 '지구(districts)-경로(paths)-장소(Places)'로 구성되어 있다고 보았다. '지구'란, 관련 집단들의 관심과 경험에 의해 규정되는, 특별한 의미를 지닌 지역의 집합을 말하는 것으로, 뚜렷한 경계가 없으며 서로간에 이질적으로 존재하지는 않는다고 보았다. 경로는 지구 내의 장소와 장소를 연결하는 통로로서, 내부성에 의해 구분되는 결절지나 중심지에서 방사상으로 뻗어가며 또 다시 그곳으로 수렴된다. 장소는 특별한 의미를 지닌 중심지를 말하는 것으로, 의도와 목적의 초점이 된다. 이 구조

---

38 위의 책, 30-80쪽.

는 정해진 좌향이나 스케일은 없지만 그 구조를 만들어 낸 문화 집단의 흥미와 관심을 반영한다.

이어서 렐프는 다음의 몇 가지 키워드로 장소의 본질을 설명하였다.

- **위치** : 장소는 어딘가에 위치해 있는 곳이다.
- **경관** : 모든 장소는 물리적이고 시각적인 형태 즉, 경관을 가진다. 건물이든 자연물이든 그 외관이 가장 뚜렷한 장소의 속성 중 하나다.
- **시간** : 장소는 시간의 흐름에 따라 변화하기 마련이다. 그러나 '계속성'이라는 감성이 결합되어 애착이 커지게 되면 주위의 세계가 변한다 할지라도 이 장소만은 지속되며 하나의 뚜렷한 실체로 남을 것이라 느끼게 된다. 계속성을 유지하려면 '의식(儀式)'과 '전통'이 수반되어야 한다.
- **공동체** : 장소는 '公的'인 성격을 지닌다. 공동체가 장소의 정체성을, 장소가 공동체의 정체성을 강화시킨다. 이 관계 속에서 경관은 공통된 믿음과 가치의 표출이자 개인 상호간의 관계맺음의 표현이다.
- **사적인 성격** : 아무리 장소가 공공적 성격을 띤다 하더라도 그 경험은 사적이다. 개인의 태도·경험·의도라는 '렌즈'를 통해 우리만의 고유한 환경으로부터 장소와 경관을 바라보기 때문이다. 강렬하게 개인적이고 심오하게 의미있는 장소와 만남을 통해 장소애(topophilia)가 형성된다.[39]

우리가 장소를 이해해야 하는 이유에 대해 렐프는 다음과 같이 설명한다. 장소에 대한 관심은 인간이 세계와 맺고 있는 관계에 대한 기본적인

39　위의 책, 77-93쪽.

표현이기 때문이며, 장소의 본질에 대한 지식이 있어야 현존하는 장소를 유지하며 새로운 장소를 창조하는 데 기여할 수 있기 때문이라고 설명하였다.

이어서 장소의 정체성을 고찰하기 위해 다음의 네 가지 관점을 중심으로 분석할 것을 제안하였다. 1) 정체성을 구성하는 요소, 2) 장소에 대한 정체성의 형태와 개입 수준(내부성/외부성), 3) 장소에 대한 개인적·집단적·대중적 이미지 간의 연계, 4) 정체성의 성장·유지·변화하는 방식이다.

E. 렐프는 장소의 정체성을 구성하는 요소로 ① 물리적 환경 ② 활동(경험, 행위) ③ 그에 따른 의미(정서)를 들었다. 어떤 공간이 '장소'로서 인식되기 위해서 우선은 다른 공간과는 차별적으로 인식될 수 있는 물리적·시각적인 경관을 가지고 있어야 한다. 그 다음 그 속에서 의도했든 의도하지 않았든 일정한 행위가 이루어졌을 때, 공간은 더 이상 죽어있는(혹은 의미 없는) 곳이 아니다. 그 다음 필요한 것은 물리적 환경에서 일어난 행위에 대한 인간의 관계 맺기, 일종의 의도된 의미 부여가 필요하다고 설명한다.

장소의 정체성을 형성하는 세 요소 중에서도 어떤 요소 간의 결합이 주로 이루어지느냐에 따라 장소의 성격은 달라질 수 있다고 설명한다. 즉, 물리적 환경과 인간 활동이 결합하면, 동물적 활동 영역인 기능적 영역이 부각되고, 물리적 환경과 의미가 결합하면 경관에 대한 직접적이고 감정 이입적인 경험이 부각되고, 인간 활동과 의미가 결합하면 수많은 사회적 행위와 공유된 역사가 부각된다[그림 2] 참조).[40]

---

40 위의 책, 114쪽.

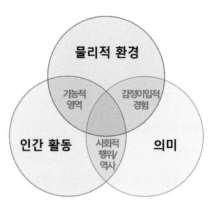

[그림 2] 장소 정체성 요소 간 결합

E. 렐프는 장소를 접하는 주체가 장소를 경험하는 수준을 다음의 7가지
로 분류하였다.

① 실존적 외부성(existential outsideness)

② 객관적 외부성(objective outsideness)

③ 부수적 외부성(incidental outsideness)

④ 대리적 내부성(vicarious insideness)

⑤ 행동적 내부성(behavioural insideness)

⑥ 감정 이입적 내부성(empathetic insideness)

⑦ 실존적 내부성(existential insideness)

실존적 외부성이란, 자각적이고 깊은 생각 끝에 내린 무관심, 사람들과
장소로부터의 소외, 세계에 대한 비현실감과 소속감의 상실을 포괄한 상
태를 말한다. 객관적 외부성이란, 장소에 대해 냉정한 태도를 취하는 것을
말한다. 부수적 외부성은 장소를, 활동을 위한 배경이나 무대 정도로만

인식하는 것을 말한다. 대리적 내부성이란 직접 방문하지 않고도 깊이 마음에 남는 관계맺음을 경험하는 것을 말한다. 행동적 내부성이란 그 장소에 있으면서 그 장소가 특정 방식으로 정렬되고 관찰가능한 성질을 가진 사물·관점·활동의 집합으로 이루어져 있음을 인식하는 것이다. 감정 이입적 내부성은 장소에 대한 관심이 외관상의 특성에 관한 것에서 점차 감성적이고 감정이입적인 것으로 옮겨 간 상태를 말한다. 실존적 내부성은 적극적이고 자각적인 깊은 생각없이 장소를 경험하더라도 여전히 그 장소가 의미로 가득 차 있을 때 생긴다. 장소 개념의 토대가 되는 그 장소에의 소속인 동시에 깊고 완전한 동일시 상태를 실존적 내부성이라고 말한다.

한편, 장소에 대한 이미지는 수직적·수평적으로 구조화되어 있는데, 앞서 지적한 내부성/외부성이 장소를 경험하는 강도와 깊이에 대한 수직적 구조라면, 수평적 구조란, 개인 < 집단 < 대중 그들 상호가 장소에 대해 지닌 이미지와 지식의 확산 정도를 살펴보는 것을 말한다. 우선 장소는 개인의 경험·감성·기억·상상·현재 상황·의도에 따라 다르게 인식된다. 집단 구성원들은 공통된 언어·상징·경험을 통해 사회화되며, 개인이 품고 있는 장소에 대한 이미지는 구성원들 간의 연계를 통해 결합하기도 한다. 한편, 특정 장소가 상이한 집단에 따라 매우 다른 정체성을 가질 수 있다 하더라도 그 장소의 정체성에 대해 공유하는 부분이 있을 수 있다. 다소 피상적인 수준에서 합의를 통해 장소에 대한 집단의 이미지를 묶어주기도 하며(공적 정체성), 여론을 주도하는 사람에 의해 구축되기도 한다(대중적 정체성).

장소의 정체성이 안정적인 이미지를 구축하기 위해서는 관찰된 것(직접적 경험)과 예견되는 것(선험적 관념)의 조화가 필요하다. 직접적인 경험과 선험적인 관념이 서로 복합적이고도 점진적으로 맥락을 만들면서 안정적인 이미지가 구축된다. 그러나 토착적인 사회에서조차도 장소의 정체성은 서서히 변화한다. 변화하는 환경 조건이 사회적 상호 작용과 개인 행위의 목적과 부합하지 않게 되거나, 태도·유행·다른 개념 체계들이 변화할 경우 장소의 정체성은 더 이상 받아들여지지 않게 된다.

3. 장소성 이론의 적용 가능성

1) 실존 공간 내 장소로서의 구곡

산에 접해 있는 물굽이를 아무런 의식이 없이 접할 때, 그 물굽이는 원초적 공간에 불과하다. 그런가 하면 그저 가끔 지나가면서 물굽이를 보며 '많은 사람이 여름철에 탁족 하는 곳'이라 인식하면 그 물굽이는 지각 공간이 된다. 몇 개의 물굽이에 '구곡'이라는 이름이 붙여지면서 그 공간은 비로소 실존 공간이 된다. 주자의 무이구곡이 지닌 상징성과 그 패턴이 그대로 재현되는 한편 자신의 구곡으로 새롭게 재창조된다. 이 구곡은 주자의 무이구곡을 모르거나, 그곳이 구곡인지 모르는 사람들에게는 여전히 원초적 공간이나 지각 공간에 불과하다. 즉 문화적 이해 기반이 다른 사람들과 구곡의 의미를 공유하기는 힘들어진다.

이렇게 하여 창조된 구곡은 신성 공간의 성격과 지리적 공간의 성격을 동시에 지니기도 한다. 신성 공간의 성격이 가장 잘 드러난 곳은 충청북도 화양구곡의 만동묘다. 주지하다시피 만동묘는 중국 명나라 임금인 신종과 의종의 제사를 위해 건립한 사당이다. 임진왜란 당시 신종은 우리나라를 도와 원병을 보내주었고 그 여파로 명나라는 국력이 크게 소모되었다. 후금의 침공과 이자성의 난 등 내우외환을 겪다 결국 신종 사후 24년째 되던 해인 의종 연간(숭정 17년, 1644)에 명나라는 멸망하였다. 萬東廟는 송시열의 유훈에 따라 제자인 권상하가 1704년에 건립하였다.

[그림 3] 화양구곡 내 만동묘

‘萬東’이라는 명명 또한 ‘萬折必東’의 고사에서 나온 것으로, 물은 일만 번 꺾여 흐르더라도 반드시 동으로 흘러가는 것처럼, 군자의 의지도 어떤 곡절을 겪더라도 원래의 뜻을 버리지 않음을 의미한다. 『荀子』 「宥坐」에 실린 孔子의 말에서 비롯된 고사성어다. 동쪽으로 흐르는 황허[黃河]를 바라보고 있는 공자에게 제자인 子貢이 그 까닭을 물었다. 이에 공자는 물의 특성을 덕(德)·의(義)·도(道)·용(勇)·법(法)·정(正)·찰(察)·선(善)에 비유하고 “일만 번이나 꺾여 흐르지만, 반드시 동쪽으로 흘러가니 의지가 있는 것과 같다(化其萬折也必東, 似志)”고 설명하면서 군자가 큰물을 볼 때 반드시 살펴야 할 점이라고 일렀다. 곧 만동묘는 대명의리론의 표상으로서 신성한 중심이 된다. 1911년에 창작된 기행문 『화양로경긔』에 따르면, 만동묘 사당 안에 신종과 의종의 화상이나 위패를 모시는 것조차도 외람되다 여겨 허위를 세워두었다고 한다. 이를 통해 만동묘는 1910년대까지도 신성 공간으로서의 면모를 유지했던 것으로 보인다.

여타의 구곡의 경우, 신성 공간보다는 지리적 공간으로서의 성격이 더 강하다. 구간 구분이 불분명한 연속성을 지닌 물굽이 중에서 특별한 경관을 지닌 곳을 아홉 곳 선택하여 명명한다. 물굽이에 이름을 붙이는 행위를 통해 황무지는 '인간화'된다. 황폐하고 의미 없는 공간이 익숙하고 의미 있는 공간으로 인식되기에 이른다.

화양구곡 경내에 들어가 상류로 거슬러 올라가다 보면 크고 반듯한 못을 마주하게 된다. 이 연못을 본 주자학자들은 주자의 시 「觀書有感」의 '方塘'을 연상한다.

半畝方塘一鑑開　　조그마한 네모 연못이 한 거울처럼 펼쳐지니,
天光雲影共徘徊　　하늘빛과 구름 그림자 함께 떠다니누나!
問渠那得淸如許　　묻노니 연못이 맑기가 어찌 이 같을 수 있는가?
爲有源頭活水來　　근원에서 쉼 없이 쏟아지는 물이 있는 까닭일세.

주자는 이 시에서 끊임없이 맑은 자태를 유지하고 있는 '네모난 연못[方塘]'을 읊었다. 네모난 연못이 구름 그림자[雲影]와 하늘 모습[天容]을 비춰볼 수 있을 정도로 맑음을 유지할 수 있는 이유는 근원으로부터 맑은 물이 끊임없이 내려오기 때문이라고 하여, 학문 탐구에 있어서도 쉼 없는 정진을 이야기하였다. 송시열은 주자의 <관서유감>에서 '운영'이라는 시어를

가져와 명명함으로써 의미 없는 연못을 익숙한 공간으로 만들었다. 이러
한 인식은 그대로 후대의 시인들에게 계승된다.

다음은 雲影潭을 읊은 성대중의 시다.

二曲晴嵐擁碧峯　　이곡이라 맑은 아지랑이 푸른 봉우리 감싸는데
蘸淵雲影漾天容　　못에 잠긴 구름 그림자 하늘 모습 비치네.
方塘尙自淸如許　　네모난 연못은 오히려 절로 이처럼 맑은데
何况靈源灝氣重[41]　신령스러운 발원지에 정대한 기운이 더했음에랴!

[그림 4] 화양구곡 제2곡 운영담 전경과 각자

이 시에서 가장 돋보이는 물리적 환경 요소는 '方塘'이다. 구름이 비칠
정도의 맑은 '네모난 연못'은 전술한 주자의 시를 떠올리게 하는 이정표
역할을 한다. 맑은 아지랑이가 푸른 봉우리를 감싸고 있으며 그 하늘의
정경이 연못에 선명하게 비치고 있다. 운영담은 주자의 '방당'과 마찬가지
로 맑은 기운을 유지하고 있다. 여기에 '정대한 기운[灝氣]'이 덧보태졌으니

41　성대중, <華陽九曲 依武夷櫂歌十韻>, 성해응, 『硏經齋全集』外集卷三十一, 尊攘類, 華陽
洞志, 詩文 上

더 바랄 것이 없음을 이야기하고 있다. 정대한 기운은 바로 명나라 신종·의종 황제에 향사를 지내는 곳인 만동묘와 송시열의 유지가 깃든 화양서원을 의미한다.

명명에 주자의 시어를 가져오고, 거기에 경관에 대한 심미적 평가를 덧붙임으로써 화양구곡은 비로소 실질적 경험의 공간, 즉 지리적 공간으로 인식되었다. 지리적 공간을 다시 수평적으로 분석하면, 화양구곡 전역은 특별한 의미를 지닌, 지역의 집합인 '지구'가 된다. 그중에서도 1곡부터 9곡까지의 각 곡은 특별한 의미를 지니는 중심지, 즉 '장소'로 인식된다. 지구 내에서 장소와 장소를 연결하는 탐방로는 곧 '경로'가 된다. 다시, 구곡은 그 자체로 의도와 목적을 지닌 중심지가 되면서 '장소'로 확장될 수 있다. 이때 '지구'에 해당하는 것은 구곡을 품고 있는 산과 큰 물줄기다.

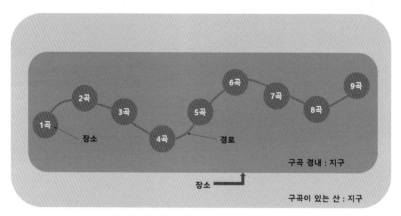

[그림 5] 장소-경로-지구로 인식한 구곡

구곡은 그 자체이거나 각각의 곡이거나 장소로서의 본질에 충실하다. 다음은 옥계구곡에 대한 기문 앞부분이다.

畿甸의 가릉군(지금의 가평) 서쪽 조종천에 대통단이 있어 명나라를 제사 지낸다. 명나라 조정 신하의 후손인 반천 왕 아무개라는 분이 세웠다고 하는데 세상에서는 그 일을 크게 여겨 그곳을 소중하게 여기는 사람이 있지 않았다. 오직 우리 중암, 성재 두 선생님만이 일찍이 이곳을 소중하게 여기시어 병자년(1876) 봄에서 여름 사이에 두 선생께서 앞서거니 뒤서거니 산골 물을 건너 내의 동쪽에 이르러 하나의 산을 넘었다. 이른바 옥계라고 하는 하류로 그곳에 터를 잡았다.

하루는 두 선생이 대여섯의 청년들과 냇물의 발원지로 거슬러 올라가 위에서부터 아래까지 10여 리에 걸쳐 기절하고 유장한 곳을 얻어 와룡추, 무송암, 고슬탄, 탁영뢰, 일사대, 추월담, 청풍협, 귀유연, 농완계라 이름하고 옥계구곡이라 했다. 봄이 되면 따뜻해져 꽃이 만발하고, 가을이 되면 시원해져 단풍이 무르녹아 그것 때문에 마음이 끌려 그때마다 그곳에 이르러 소요음영하며 경치를 감상하면 즐거움은 아마도 끝이 없으리라.[42]

첫 부분에 옥계구곡의 위치를 명시하였다. 경기도 가평군의 서쪽에 조종천이 있고, 그 조종천의 동쪽에서 산을 하나 넘어 만난 곳에 '옥계'라는 시내가 위치해 있다고 설명하였다. 이곳에 아름다운 경관을 지닌 곳 아홉 곳을 선정하여 '옥계구곡'을 정하였다. 이곳은 대통단이 있어 중요한 의미를 지닌다.

---

42 柳麟錫, 『毅菴集』, 卷之四十一, 序, <玉溪洞誌序>, "惟畿甸嘉陵郡之西朝宗川 有大統壇 以享皇明高皇帝 皇朝臣後孫盤川王公某所設云 世無有大其事而重其地者 惟我重庵省齋二先生 盖嘗極致意焉 歲丙子春夏間 二先生先後渡汕水 至于川之東越一山 所謂玉溪水之下流而卜居焉 一日 二先生與冠童五六人 溯溪之源上下十數里之間 得其有奇絶幽壯處 名之以臥龍湫, 撫松巖, 皷瑟灘, 濯纓瀨, 一絲臺, 秋月潭, 青楓峽, 龜遊淵, 弄湲溪 而曰玉溪九曲 蓋將以春暖秋涼花辰楓節 意到輒至其境 逍遙吟咏 賞玩景物 樂其有無窮之趣也" 『의암집』의 번역은 『국역 의암집』을 따랐다.

[그림 6] 조종암 전경

대통단은 명나라 후손들이 고황제 주원장에 제를 지내기 위해 세운 제단이다. 경기도 가평군 조종면 하곡의 큰 냇가 바위에 대명의리론을 의미하는 글자들을 새겨 '조종암'이라 명명하였다. 그 후에 명나라 후손들은 조종암 동쪽 벼랑에 대통단을 설립하였다. 명나라 의종의 '思無邪', 조선의 宣祖의 '萬折必東 再造藩邦', 孝宗의 '日暮途遠 至痛在心'이라는 글의 새기고 그 위에 朗善君 李俁의 글씨로 '朝宗巖'이라 새겼다. 그 후에 명나라 九義士의 후손인 王德一 · 王德九 형제가 祭壇을 조종암 동쪽 벼랑에 설치하고, 매년 1월 4일에 太祖 高皇帝를 제사하면서 명칭을 大統壇이라

하였다.[43]

享祀라는 반복적인 의식을 통해 대통단이 지닌 상징적인 의미가 시간의
변화에도 불구하고 지속될 수 있었다. 그 장소의 의미가 계속성을 얻기
위해서는 공동체의 노력이 뒷받침되어야 한다. 화서학파 문인·학자들은
이 향사에 참여하거나 수시로 참배하는 행위를 통해 그들의 의지를 표명
하고자 하였다.

조종암, 대통단, 옥계구곡이 있는 경관은 심상성(imageability)을 지니며 대
명의리론의 표상이라는 권위를 강화시킨다. 심상성이란 한 개인이 어떤
장소를 접할 때 머릿속에 그 장소의 모습을 읽어들이고 떠올리는 것을
의미한다. 중심성이나 명확한 형태, 엄청난 크기, 독특한 건축물, 특이한
자연 현상, 매우 중요한 사건과 연루된 장소들은 높은 심상성을 지니게
되는데, 높은 심성성으로 공공성을 획득한 장소들은 권위를 강화하는 데
기여한다.[44]

동시에 각각의 개인은 자신만의 고유한 계기로 장소를 경험한다. 화서
학파 인물인 중암 김평묵과 성재 유중교는 1876년에 병자수호조약이 체결
되자 실의하여 가족들을 이끌고 옥계구곡으로 거소를 옮긴다. 병자수호조
약을 반대하던 자신들의 뜻이 좌절되고 난 뒤 찾은 조종암, 대통단, 옥계구
곡은 개인적이고 특별한 의미를 지닌다. 곧, 그 곳에 있는 경관에 대명의리
론, 소중화로서의 자존심, 존주론적인 질서 회복이라는 의미를 부여하게
된다. 특히 유중교는 옥계구곡을 직접 명명하면서 보다 강렬하게 옥계구
곡을 인식하며 장소애(topophilia)를 느끼게 된다.

---

43 『면암선생문집』 부록 제3권, 年譜, 경자년 참조.
44 에드워드 렐프(2005), 앞의 책, 88쪽.

2) 구곡의 장소 정체성 형성 요소

조선 후기에 만들어진 구곡이 주자의 무이구곡에 연원을 두고 있다 하더라도 개별 구곡은 각각의 장소마다 정체성을 지니고 있다. 개별 구곡의 정체성을 형성하는 가장 일차적인 요소는 다음의 세 가지다. 구곡의 외관에 해당하는 물리적 환경, 그 곳에서 이루어진 인간의 행위(활동), 인간의 의도와 경험을 토대로 한 의미가 그것이다. 구곡을 읊은 시에는 대체로 이 세 가지 정체성 형성 요소가 드러나 있다. 거기에 구곡에 관한 記文이나 九曲圖가 있어 물리적 환경, 활동, 의미를 분석하는 데 도움이 된다.

다음 인용한 시는 강원도 화천군에 위치한 곡운구곡의 제1곡 傍花溪를 읊은 시다.

　　一曲難容入洞船　　일곡이라 골짜기에 배 들어가기 쉽지 않고
　　桃花開落隔雲川　　복사꽃 피고 지며 구름 낀 시내와 격했네.
　　林深路絶來人少　　숲 깊어 길 끊어지니 오는 이 적은데
　　何處山家有吠烟　　시골집 어디서 개 짖는 소리 밥 짓는 연기 나는가?

작자 김수증은 이 시에서 방화계의 물리적 환경을 상세히 기술하고 있다. 우선 배가 들어가기 쉽지 않은 계곡이 기구에 제시된다. 복사꽃이 피고 지는 모습이 구름 낀 시내를 사이에 두고 있다. 이어서 전구에서 숲이 깊고 길이 끊어졌으니 오는 이가 적다고 하였다. 결구에서 '개 짖는 소리'가 들리고 '밥 짓는 연기'가 나는 모습을 묘사함으로써 구곡이 있는 산골 마을의 평온한 모습을 표현하였다.

김수증은 「곡운기」에서 1곡의 풍경을 다음과 같이 설명하였다.

골짜기는 고즈넉하고 氣象이 매우 그윽한 데다 여울과 층층 바위마다
바위꽃을 헤아릴 수 없어, 마침내 傍花溪라고 이름을 고쳤다. 냇가를 끼고
돌 숲을 지나자니 높낮이가 울퉁불퉁하고 줄지은 봉우리들이 하늘을 가려,
길이 다하였다가 다시 통한다.[45]

시에서 묘사한 바와 같이, 물가에 바위들이 층을 이루고 있으며 크고
작은 돌 사이로 난 좁은 길을 표현함으로써 이곳이 매우 궁벽한 산골임을
알 수 있다. 조세걸(1636~1705)이 그린 「곡운구곡도」 1곡의 풍경도 시와 「곡
운기」에 나타난 내용과 일치한다. 시냇물 곳곳에 크고 작은 바위가 있어
배가 들어가기는 어려워 보이고 물가 옆으로 복사꽃이 붉게 채색되어 있
으며, 바위틈으로 난 잔도에 나귀를 끄는 하인이 있다. 원경을 가득 메우고
있는 산은 이곳이 깊은 산중임을 깨닫게 한다.

「곡운구곡도」 아래쪽 가운데에는 곧게 자란 큰 소나무를 등지고 한 노
인이 나귀와 하인을 돌아보는 모습이 그려져 있다. 그림에서와 같이 시에
서도 작자는 방화계에서 전경을 관조하다가 갑자기 들리는 개 짖는 소리
에 시선을 먼 곳으로 돌린다. 정적을 깨는 개 짖는 소리는 오히려 고요하고
도 그윽한 은자의 일상 생활을 더욱 부각시킨다.

---

45   김수증, 『곡운집』 권3, 「곡운기」 "洞府幽淨 氣象深窈 激湍層巖 巖花無數 遂改名傍花溪
緣溪穿石林中 高低塋确 連峯障天 徑盡復通"

[그림 7] 곡운구곡도 중 제1곡 방화계(조세걸 작, 국립중앙박물관 소장)

[그림 8] 곡운구곡 중 제1곡 방화계 실경

이 시에서 1곡의 정체성을 부여하는 데에 중요한 역할을 하는 소재는 '복사꽃'이다. 「도화원기」 이래로 복사꽃과 어부, 뱃노래 등은 한자문화권에서 전통적으로 이상향을 의미하였다. 복사꽃의 이미지는 시뿐만 아니라 '傍花溪'라는 명칭과 긴밀하게 연결되어 1곡이 이상향으로 들어가는 신성한 장소의 입구에 해당한다는 의미를 강화하고 있다. 그러나 복사꽃이라는 이정표가 있다 하더라도 「도화원기」와 같은 도가적인 분위기를 만들어 내지는 않는다. 결구에 표현된 '개 짖는 소리'와 '밥 짓는 연기'로 인해 방화계가 있는 산골 마을은 궁벽하면서도 풍요로운 생활 공간으로 표현된다.

3) 구곡을 경험하는 수준

장소를 접하는 사람이 경계 안쪽에 있느냐, 바깥쪽에 있느냐에 따라 장소의 정체성은 달라진다. 장소 경계 안에 위치하고 있으면 내부성, 그렇지 않으면 외부성을 띤다. 그런데 렐프의 지적대로 안과 밖의 경계는 의도에 따라 변화하기 때문에 무수히 많은 계층의 내부가 존재할 수 있다. 따라서 장소를 접하는 태도에 따라 내부성과 외부성도 여러 수준으로 분화될 수 있다.[46] 구곡을 경영하거나 탐방한 인물들의 시 속에서 구곡에 대한 내부성이 표현되어 있다. 그러나 그 정도에 있어서 구곡에 거주하면서 경영한 인물과 그곳을 탐방한 인물 사이에 차이가 존재한다.

다음 인용한 시는 송시열의 시이다.

---

46 에드워드 렐프(2005), 앞의 책, 116쪽.

溪邊石崖闢	시냇가 바위 벼랑 열렸으니
作室於其間	그 사이에 집을 지었노라
靜坐尋經訓	조용히 앉아 경서의 가르침 찾아서
分寸欲躋攀[47]	분촌이라도 따르려 애쓴다네.

이 시는 송시열이 1669년 12월에 '巖棲齋'를 읊은 시다. 송시열은 1666년(병오년) 4월에 청주 침류정에 거주하였다. 이해 8월 다시 거처를 화양동으로 옮겨 정사를 짓고 살았다.[48] 그리고 이어 북재를 지었는데, 이곳이 바로 암서재다.

[그림 9] 화양구곡 내 암서재

---

47 송시열, 『국역 송자대전』, 한국고전번역원 역, 제2권, 詩 五言絶句, 「화양동(華陽洞) 바위 위의 정사(精舍)에서 읊다. 기유년(1669, 현종 10년, 선생 63세) 12월[華陽洞巖上精舍吟]」.

48 송시열, 『국역 송자대전』, 부록 제5권, 연보(年譜) 4, 숭정(崇禎) 39년 병오.

송시열의 제자인 권상하에 따르면 송시열은 이 암서재에 큰 의미를 부여했던 것으로 보인다. 송시열은 회덕에서 화양동으로 들어오면 마음이 깨끗해져 仙境에 있는 것처럼 느껴지는데, 화양동 안에서도 이 북재(암서재)에 들어오면 더욱 깨끗함을 느껴 오히려 화양동 안의 정사가 속세처럼 느껴진다고 하였다.[49]

작품의 기구에서는 암서재의 물리적 환경 요소가 드러나 있다. 시냇가 벼랑 위라는 위치는 암서재가 화양동 안에서도 더 청정한 곳에 자리했음을 의미한다. 전구와 결구에서 작자는 강학과 심성 수련을 실천하는 모습을 보여줌으로써 암서재의 정체성을 드러낸다. 암서재는 강학과 수련의 실존적 공간이며, 문인 · 학자로서 송시열 그 자신을 의미한다. 즉 송시열은 암서재의 내부에서 실존적으로 그 장소를 경험하였으며, 그 실존적 내부성이 시에 표출된 것이다.

1689년 기사환국으로 서인 정권이 실각하자 송시열도 그해 6월 사사되었다. 1694년 갑술환국으로 다시 서인 노론 계열이 정권을 잡게 되고 송시열의 관작도 회복되었으나 암서재는 자연히 송시열 사후에 퇴락하였다. 노론 가문 김수항의 아들이자 당대 유명한 문인 김창흡은 1700년 8월에 화양동을 탐방하였는데, 그때 암서재를 방문하고 다음과 같은 시를 남긴다.

---

49 권상하, 『寒水齋先生文集』卷之二十二, 記, 「巖棲齋重修記」, "尤菴先生於丙午年間 築精舍 於溪南 儘象外奧區也 精舍之東一喚 有石臺陂阤 其高數十尺 上可坐百餘人 亦天作也 先生 嘗構三架小齋 時時遊息於其中甚樂也 嘗曰自懷鄉入此洞 神心灑然 如在仙境 回視懷鄉 誠 是塵寰 自精舍移北齋 北齋眞箇仙境 而精舍反爲塵寰 可謂十分淸奇 何必更覓桃源路也"

(가)

高山與深澤	높은 산과 깊은 못은
望者知難立	보는 자 이르기 어려움을 안다.
復有嶄絕處	다시 높은 절벽이 있어
憑虛示階級	허공에 의지하여 계단이 보이네.

(…중략…)

(나)

山頹無幾何	산이 퇴락한 지 얼마 되지 않아
榱檻莫修葺	서까래와 난간을 수리하지 않았구나.
秪今便空基	지금까지 빈터 그대로이니
凄其鳥獸泣	새들의 울음 소리 처량하도다.

(…중략…)

(다)

百原共襟韻	백원산과 마음을 함께하고
雲谷通呼吸	운곡과 호흡을 통했네.
蟣蝨滿世間	눈엣놀이 세상에 가득해
麾麾豈此及	마구 날아도 어찌 여기에 이르겠는가?[50]

김창흡은 이 시에서 암서재의 경관과 송시열을 기리는 마음을 표현하였
다. (가)는 암서재의 물리적 환경을 설명하였다. 화양동이 속세와 멀리 떨
어져 있음을 높은 산과 깊은 못을 들어 제시하였고, 그 속에서도 암서재는

---

50   김창흡, 『三淵集』 卷之七, 詩, 「壁上閣已廢」.

지대가 높은 절벽에 자리하고 있다고 하였다. 이 암서재의 위치에 대한 묘사는 암서재가 지닌 정체성에 대한 표현이면서 또한 김창흡이 생각하는 송시열의 인물됨에 대한 평가이기도 하다. 우암의 학문과 성품을 넓이와 높이로 표현한 것이다.

(나)는 시간의 흐름에 따라 암서재의 변화된 모습을 보여준다. 이것은 곧 노론계 인물의 실각이라는 역사적 사실과 부합한다. 앞서 이야기한 바와 같이 기사환국으로 노론계 인물들은 몰락하여 유배를 가거나 사사된다. 김창흡의 아버지 김수항 역시 전라남도 진도에서 賜死되고 송시열도 서울로 옮겨오던 중 정읍에서 賜死된다. 역사적 상황을 회상하며 그 당시의 심정을 퇴락한 암서재와 그곳에서 만난 새소리에 의탁하였다. 그리하여 김창흡은 화양동과 암서재라는 장소에 감정 이입적으로 개입하게 된다.

오랜 시간 동안 묵상하던 작자는 암서재는 비록 퇴락했으나 송시열과 그가 머물던 화양동의 기상, 나아가 자신들의 도리는 꺾일 수 없다고 이야기한다. 주지하다시피, 백원산은 송나라 소옹이 강학하던 곳이고, 운곡은 주자가 강학하던 곳이다. (다)에서 김창흡은 화양동이 백원산이나 운곡의 풍모를 지니고 있음을, 더 나아가 송시열의 학자로서 풍모가 소옹이나 주자와 통할 만하다고 말하였다. 그렇기에 눈엣놀이 같은 성가시고 미미한 존재들은 감히 접근할 수 없다고 말한 것이다.

김창흡은 암서재로 대표되는 화양동을 송시열의 학문과 그 기상이 서려 있는 곳으로 인식하고, 이를 통해 자신들의 존주론적 세계관을 수호하고자 했다. 김창흡은 암서재에 가서 단순히 그 장소를 보는 것(Looking)이 아니라 그 장소의 정체성을 살피고(Seeing) 있는 것이다. 곧, 암서재에 대해 감정 이입적 내부성을 경험하고 이를 시에 표현하였다.

4) 구곡에 대한 정체성의 확산

장소에 대한 이미지는 다분히 개인적인 성격을 띤다. 개인은 이미지를 선택적으로 추상화하거나 드러난 이미지에 대해서도 의도적인 해석을 시도하기 때문이다. 그렇다 하더라도 장소에 대해 개인이 생각하는 이미지가 순수하게 개인적일 수만은 없다. 개인은 집단 내에서 공통된 언어, 상징, 경험 등을 학습하면서 계속 사회화되기 때문이다. 상호 주관적 연계를 통해 장소에 대한 이미지가 결합할 때 집단 구성원들은 서로 간 깊은 유대감을 느끼게 된다. 반대로 집단의 일원이 되어 안정감을 얻기 위해 집단의 이미지에 포섭되기도 한다.[51]

구곡 문학 작품의 경우, 장소의 이미지가 개인의 차원을 너머 집단화되는 경향이 강하다. 구곡 경영은 한 개인의 산수 애호 취향에 머물기보다는 집단의 유대감을 확인하는 토대가 되기도 하였다. 특히 서인 노론계 문인학자들의 경우, 이러한 경향이 전통적으로 반복되었다. '차운'이라는 작시 방식의 도입과 각종 구곡지의 제작이 이런 집단화를 가능케 했다.

대표적인 예가 김수증과 그 자제들이 함께 지은 「谷雲九曲 次晦翁武夷櫂歌韻」[52]이다. 그는 화가인 조세걸로 하여금 「곡운구곡도」를 그리게 하였는데, 이 화첩은 籠水亭을 포함하여 谷雲九曲의 실경을 각각 한 폭씩 열 폭에 나누어 粧帖한 것이다. 跋文은 김창협이 쓴 것인데, 그림이 완성된 후(1692년)에 자신과 두 아들, 다섯 조카, 그리고 외손인 홍유인까지 합하여 아홉 사람이 나이순에 따라 「武夷櫂歌」에 차운하여 매 곡을 묘사하는 칠언절구의 시를 지어 화첩을 만들었다.[53]

---

51   에드워드 렐프(2005), 앞의 책, 128쪽.
52   김수증, 『곡운집』, 부록, 1978.

김수증은 이 시 이외에도 자신의 정자 중 하나인 농수정에 대한 시를 주변 문인들에게 부탁했던 것으로 보인다. 농수정은 최치원의 시 「題伽倻山讀書堂」에서 시어를 취하여 만든 정자다.[54] 김수증은 먼저 스스로 최치원의 시에 차운하여 칠언절구를 짓고, 아우들인 김수흥, 김수항, 조카 김창협, 김창흡을 비롯하여 송시열, 이단하, 이희조, 윤증 등의 문인들에게 차운시를 권했다. 이 외에도 송시열, 이민서, 김수능, 김창흡은 각각 농수정에 대한 기문을 지었다. 이 작업에 당대 문명이 높은 문인들이 대거 참여함으로써 곡운구곡은 한동안 김수증을 중심으로 한 장동 김문의 이상적 은거지의 이미지를 얻게 되었다.

송시열과 그 문인들도 구곡 문학을 통해 자신들의 도통 의식을 표출하고자 하였다. 이이의 시조 「고산구곡가」의 한역 사업을 그 예로 들 수 있다. 송시열과 그의 제자 권상하는 10수의 시조, 「고산구곡가」를 한역할 인물을 신중히 선택하였으며, 이 일에 매우 열의를 보인 것으로 알려져 있다.[55] 송시열 사후에도 화양구곡을 찾는 문인들은 많은 작품을 남겼다. 이들 작품과 사적은 『화양지』와 『화양동지』를 통해 문집 형태로 출판되었다.

『華陽志』는 宋周相(1695~1751)이 1747년에 華陽洞 관련 사적을 모아 필사한 것을 기반으로 하여 後孫인 宋達洙(1808~1858)가 1861년에 목판으로 보정하여 출간하였다. 『화양지』 범례 끝에 송주상이 "崇禎踐阼之再周丁卯歲"라고 밝힌 바 있으며, 권 말에 송근수와 송익수가 쓴 발문에 출간 경위

---

53   유준영(1980), 「谷雲九曲圖를 중심으로 본 17세기 實景圖發展의 일례」, 『정신문화』 8, 한국정신문화연구소, 44쪽.

54   김수증, 『곡운집』, 권3, 「곡운기」, "其南涯松林葱鬱, 可置亭子, 取崔孤雲詩語, 名以籠水".

55   이상원(2003), 「조선후기 <高山九曲歌> 수용양상과 그 의미」, 『古典文學研究』 24, 31-60쪽. ; 조규희(2006), 「조선 유학의 '道統'의식과 九曲圖」, 『역사와 경계』 61, 1-24쪽.

와 간기("崇禎四辛酉孟秋")가 밝혀져 있다.

『華陽志』를 송주상이 1900년대에 편찬한 것이라는 일부의 논의는 오류로 보인다. 여기에는 지명 연원과 애각(崖刻) 사실, 만동묘와 화양서원에 대한 사실이 수록되어 있다. 이와 더불어 송시열이 화양동에 머물던 당시 창작한 시와 그 시에 和韻한 여러 문인의 시가 함께 수록되어 있다.

『華陽洞志』는 成海應이 편찬한 책이다. 부친인 成大中(1732~1809)과 함께 1803년에 화양동을 유람한 이후에 편찬에 착수하였으며, 이『華陽洞志』는『硏經齋全集』外集 卷30~32, 尊攘類에 수록되어 있다. 일찍이 成大中은 正祖의 命으로 李書九 등과 더불어『尊周彙編』편찬을 맡고 있었다. 『尊周彙編』草稿가 어느 정도 완성되자 1803년 가을에 成大中은 아들 성해응과 함께 화양구곡을 탐방하고 만동묘에 참배하였다. 이후 成大中은 생시에『尊周彙編』을 완간하지 못하였고, 대신 성해응이 1825년에『尊周彙編』을 완성하였다. 이 책에 부록으로「華陽洞志」가 수록되었는데, 이것은 成海應의『華陽洞志』를 저본으로 한 것으로 파악된다.

특히『화양동지』의 편찬에는 성대중·성해응 부자에 대한 정조의 후원이 뒷받침되었다. 조정의 지원을 토대로 하여 송시열과 그가 머물던 화양동은 존주론적 가치관의 표상으로 자리할 수 있었다.

화서학파 문인 학자들에게도 구곡을 중심으로 한 창작활동은 지속되었다. 이항로가 타계하고 난 뒤 화서학파를 이끌던 김평묵과 유중교는 1876년 1월 병자수호조약이 체결된 것에 낙심하여 가족들을 이끌고 경기도 가평군으로 거처를 마련했다.

이 해 7월에 유중교는 스승인 김평묵을 모시고 유인석, 이성집 등을 이끌고 옥계구곡을 답사하며 구곡을 설정했다. 이들은 각각「嘉陵郡玉溪山水記」,「玉溪九歌」(유중교),「玉溪洞九曲歌」,「玉溪雜咏」,「玉溪九曲記後

識」,「玉溪圖跋」(김평묵),「伏和省齋先生詠玉溪九曲」,「玉溪洞誌序」(유인석)
를 남겼다.

유인석의 「옥계동지 서」에 따르면 김평묵과 유중교의 시가와 기문 이외
에도 그 시가에 화답한 시가 많았다고 하며, 이성집이 이 시문들을 모아
『옥계동지』를 펴냈다고 한다.[56] 또 김평묵의 「옥계도발」에 따르면, 梅山
鄭錫一이 옥계구곡과 조종천의 산수를 그렸다고 한다.

김평묵의 『중암집』에 그 당시에 쓴 시「鄭梅山 來宿信齋 畫朝宗山水
感而有作」가 있다. 이 시의 두주에 정석일과 그 선조인 정선갑에 대한 내
용이 있다. 정석일은 효종 때 조선에 온 漢人 鄭先甲의 후손이며, 대통단에
제를 지내러 온 것인데 김평묵과 임헌회가 그림을 부탁했던 것으로 보인
다. 2년 뒤인 1878년에 김평묵은 이 그림에 발문을 덧붙였다.

이들은 구곡 경영을 통해 앞선 시대 노론계 문인들의 문화적 전통을
잇고자 하였다. 그들 스스로는 옥계구곡이 '무이구곡-고산구곡-화양구
곡'의 계보를 잇고 있다고 자부하였다.[57]

---

56 유인석, 『毅菴集』, 卷之四十一, 序, <玉溪洞誌序>, "柳麟錫二先生各有記若詩歌 和之者不
勝339_106d其多 先生門人李君聲集 輯而錄之 名以玉溪洞誌"

57 柳麟錫, 『毅菴集』, 卷之四十一, 序, <玉溪洞誌序>, "夫泉石之以九曲名者 自晦翁武夷始 而
至于我東 栗谷則有高山九曲 尤翁則有華陽九曲 賢人君子之所盤旋爲樂 此其可尙焉 則宜乎
我二先生之又得此而有之也 然泉石之在中國與我東者何限 而古今論泉石者 必以武夷高山
華陽三者先稱焉 是豈以泉石而論之者哉 實由乎其人者也 吾知從此而有稱玉溪九曲者 必不
但由於泉石之爲勝也 且華陽之洞有萬東廟 爲天下重地 而華陽九曲 益擅重焉 今此玉溪九曲
又得之於朝宗川境內 吁亦異矣 亦可以擅重矣"

Ⅲ. 원류로서의 무이구곡과 「무이도가」

1. 「무이도가」의 장소 정체성

「무이도가(武夷櫂歌)」는 송대 성리학자 주희(朱熹, 1130~1200)가 만년에 무이구곡의 승경을 읊은 연작시를 가리킨다. 원 제목은 「순희 갑진년 2월에 정사에서 한가히 거하다가 무이도가 10수를 장난으로 지어 함께 노니는 벗들에게 보여 주며 서로들 한번 웃었다.(淳熙甲辰中春精舍閑居戱作武夷櫂歌十首呈諸同遊相與一笑)」(『주자대전』 권9)인데, 줄여서 「무이도가」로 널리 불리고 있다.

주희는 福建省 武夷山에 武夷精舍를 건립하고 九曲을 경영하며 강학에 몰두하였다. 무이정사 건립이 완성된 1183년에는 序와 함께 「무이정사잡영」 12수를 지어 무이정사 주위의 풍경과 생활을 기록하였고, 이듬해(1184년)에는 「무이도가」 10수를 지었다.

이 장에서는 「무이도가」를 대상으로 시에 나타난 소환경 요소인 물리적 공간과 행위, 그에 따른 정서를 살펴보고자 한다.

[그림 10] 董天工 編, 『武夷山志』, 九曲 全圖

다음의 시는 「무이도가」의 서시다.

武夷山上有仙靈　　무이산 위에는 신령스러운 신선이 있고
山下寒流曲曲淸　　산 아래는 차가운 물결 굽이굽이 맑구나.
欲識箇中奇絶處　　그 가운데 기이한 절경을 알아보려고 했더니
櫂歌閒聽兩三聲　　뱃노래 두 세 마디 한가로이 들리네.

이 시에서는 무이구곡의 전경이 드러나 있다. 무이산을 중심으로 하여
상·하의 공간이 나뉘어 제시되었다. 위쪽은 신령스러운 기운이 서려 있

고, 아래로는 맑은 물이 굽이굽이 흐르고 있으며, 그 굽이 곳곳에 기이한 절경을 간직한 곳(奇絶處)이 숨어 있는 곳이다. 이러한 물리적 공간을 간직한 곳에서 작자는 절경처를 찾고자 하는 적극적인 행위를 추진하였다. 때마침 '뱃노래[棹歌]' 두어 마디가 들려와 작자가 찾고자 하는 절경처로 가는 길에 가까워졌음을 알려준다. '복사꽃[桃花]'과 더불어 '뱃노래'는 한자문화권인 동아시아 전통사회에서 이상향을 의미하는 이정표로 작용한다. 무이구곡으로 들어서는 작자는 위로는 신령스러움을, 아래로는 청량감을 느끼며 뱃노래가 들리는 곳[이상향]으로 이동하였다. 이를 통해 무이구곡이라는 장소의 정체는 상서로운 이상향의 공간으로 표현되었다.

다음의 시는 1곡 升眞洞을 읊은 시다.

一曲溪邊上釣船	일곡이라 시냇가에서 낚싯배에 오르니,
幔亭峰影蘸晴川	幔亭峰 그림자는 晴川에 잠겼네.
虹橋一斷無消息	무지개 다리 한번 끊어진 뒤 소식이 없고,
萬壑千巖鎖翠煙	만학 천암은 푸른 안개 속에 사라져 가네.

낚싯배에 올라 비로소 이상향을 향해 진입하여 1곡의 모습을 완상하였다. 시에 드러난 바에 의하면 1곡은 晴川 맑은 물에 만정봉의 그림자가 비치고, 물굽이를 둘러싸고 만학천봉이 푸른 안개 속에 자취를 감춘 모습으로 그려져 있다. 무이산의 신선인 무이군(武夷君)이 만정봉과 산 아래를 연결하려 놓았다던 '홍교(虹橋)'는 이미 끊어져 아무 소식이 없다. 무이군은 매년 음력 8월 15일에 마을 사람들을 산꼭대기로 초청하여 만정봉에서 연회를 베풀었는데, 이 때 홍교를 놓아 산 아래와 통하게 했다는 전설이 있다고 한다. 연회를 베풀 주인이 없는 만정봉의 적막함에 온 산봉우리들

이 푸른 안개에 갇힌 모습이 더해져 仙境은 더욱 아득하고 막막한 심사로 표현되었다. 여기서 이미 사라진 '홍교'는 1곡이 이상향으로 진입하는 시작점임을 나타내는 이정표로 작용한다. 이를 통해 신성한 공간이 현재는 적막하고 아득한 것으로 형상화되었다.

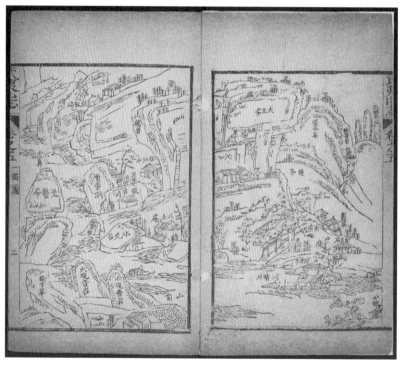

[그림 11] 董天工 編, 『武夷山志』, 제1곡

二曲亭亭玉女峰	이곡이라 우뚝 솟은 옥녀봉
揷花臨水爲誰容	꽃 꽂고 물가에 있음은 누구를 위한 단장인가?
道人不復荒臺夢	도인은 양대의 꿈을 다시 꾸지 못해도
興入前山翠幾重	흥이 앞산에 드나니, 짙푸름은 그 몇 겹인가?

2곡에 묘사된 玉女峰은 우뚝하게 솟아 깎아지른 듯한 절벽의 모습이다. 옥녀봉 바위 절벽에 듬성듬성 핀 꽃은 마치 옥같은 선녀가 情人을 기다려 꽃을 꽂은 모습으로 묘사되었다. 옥녀봉의 모습은 곧 무산신녀를 연상시켜 '양대(陽臺)의 꿈'으로 시상이 전이되었다.

이 구절은 「무이도가」의 이해를 둘러싸고 조선 후기에 촉발된 논쟁에 중심에 있다. 이황과 기대승 등은 「무이도가」를 산수 경물을 노래한 산수시로 봐야할 것을 주장한 반면, 김인후, 조익 등은 이 시를 造道詩로 파악할 것을 주장하였다. 특히 조익은 이 시구를 들어 선비가 경계해야 할 여색을 말한 것이라고 새겨야 한다고 주장한 바 있다.

양대의 꿈은 宋玉의 「高唐賦」에 출전을 둔 것으로, 양대는 초나라 懷王과 巫山 신녀가 만나 '雲雨之情'을 나눈 곳이다. 회왕과 신녀가 정을 나누고 서로 작별할 때가 되자 선녀는 "아침에는 구름이 되고 저녁에는 비를 내리며 양대의 아래에 있겠다"고 하였다.[58] 양대의 꿈은 곧 남녀가 기뻐하며 모이는 것을 의미한다. 시에서 도인은 양대의 꿈을 다시 꾸지 못한다고 하였으니 다시금 무산의 신녀를 만날 일은 없을 것이다. 그러나 비록 무산의 신녀는 보지 못했어도 우뚝 솟은 옥녀봉의 짙푸른 자태를 보니 이것으로도 흥취가 들기에 충분하다 여긴 것이다.

三曲君看架壑船	삼곡이라 그대는 보라 산허리에 얹힌 배를
不知停櫂幾何年	노를 멈춘 지 몇 해나 되었는지 모르겠구나.
桑田海水今如許	뽕나무밭이 바다로 변해 버렸으니
泡沫風灯敢自憐	물거품과 풍전등화는 스스로를 가련히 여기네.

---

58 『文選』卷19, "且爲朝雲 暮爲行雨 朝朝暮暮 陽臺之下"

　3곡에 이르러 절벽 위에 걸려 있는 가학선(架壑船)을 마주하였다. 가학선은 중국 고대 남방의 소수민족들이 사용하였던 관의 일종으로, 망자를 배 모양의 관에 넣고 절벽에 걸어 두던 장례 풍습에서 비롯되었다고 한다. 작자는 이 가학선을 관이라 보지 않고 배의 모양으로 여겼으며 이어서 산허리에 배가 올라와 있는 모습을 통해 '桑田碧海'를 떠올렸다. '물거품(泡沫)'과 '바람 앞 등잔(風燈)'은 물 위를 떠다니며 노를 저었을 배가 오랜 시간이 흘러 산허리에 올라와 있는 모습과 대비되어 유한성을 더욱 부추기는 소재로 사용되었다. 일체 만물이 무상함을 깨닫게 되는 순간, 작자는 그 영속하지 못하는 사물에 안타까움[憐]을 느끼게 되었다.

> 四曲東西兩石巖　　사곡이라 동서(東西)로 있는 두 바위
> 巖花垂露碧毿毵　　바위에 핀 꽃에 이슬 떨어지니 푸른 빛이 축 늘어졌네.
> 金鷄叫罷無人見　　금계 울음소리 그쳤지만 사람은 보이지 않고,
> 月滿空山水滿潭　　새벽달은 빈 산에 가득하고 물은 못에 가득하네.

　4곡은 금계암의 풍광을 묘사하였다. 동쪽과 서쪽으로 두 개의 바위가 펼쳐져 있고, 그 바위 상에 꽃이 피어 이슬에 젖어 있으며, 이슬 무게에 짙푸른 풀이 축 늘어져 있는 모습으로 형상화되었다. 이슬이 떨어져 맺혔다는 구절과, 금계가 울음소리를 그쳤다는 표현, 여전히 달이 텅 빈 산에 가득하다는 표현을 통해 시간적으로는 아직 어둠이 가시지 않은 새벽녘임을 알 수 있다. 작자는 고요한 새벽에 금계암 주변에서 못을 바라보고 있다.

　금계는 전설 속에 등장하는 신령스러운 닭의 일종으로, 『신이경』에 의하면 扶桑山에 玉鷄가 있는데 玉鷄가 울면 金鷄가 따라 울고, 金鷄가 울면

石鷄가 울고 石鷄가 울면 천하의 닭이 다 울고 潮水가 감응한다고 한다. 이런 전설로 인해 금계는 새벽에 우는 새의 미칭으로 사용되었다.

작자는 금계암에서 만물이 태동하기 시작하는 시기의 생동감을 느꼈다. 이슬을 머금어 묵직하고도 짙푸른 풀빛, 못 가득한 물, 달빛은 모두 물[水]의 이미지와 맞닿아 있으며 이것은 곧 陰氣, 생기의 태동과 관련된 아이콘들이다. 이를 통해 4곡은 넘치는 생동감을 함유하고 있는 장소로 형상화되었다.

五曲山高雲氣深 오곡이라 산 높아 구름 기운 깊으니
長時煙雨暗平林 오래도록 안개 끼고 비 내려 平林 어둡구나.
林間有客無人識 숲 속에 나그네 있어도 알아보는 이 없고
欸乃聲中萬古心 어기여차 소리에 만고에 변치 않는 마음 어렸네.

5곡은 鐵笛亭의 모습을 묘사하였다. 산이 높아 그 사이 긴 구름도 기운이 몰려 있어 더욱 깊어져 있다. 구름이 깊은 까닭에 계속해서 안개 끼고 비가 내려 平林이 어둡다. 『무이산지』에 따르면 5곡에는 隱屏峰(大隱屏), 接筍峰(小隱屏), 晩對峰(紫石屛, 弥勒峰), 文峰(一名 更衣臺), 天柱峰이 있다.[59]

작자는 어둑해진 숲속에서 있으며 '어기여차'하는 노 젓는 소리[欸乃聲]를 듣고 있다. 앞서 4곡에서는 새벽녘이라 주변에 아무도 없음을 이야기한 바 있는데, 여기서는 숲속에 있는 나그네를 알아보는 이가 없다고 하였다. 알아보는 사람이 없다는 표현은 곧 '知音'의 고사를 연상케 하고, 이 고사는 5곡의 명칭인 '쇠피리'와 자연스럽게 맞닿게 된다. 쇠피리를 분다는

---

59 董天工 纂, 『武夷山志』 상, 강소고적출판사, 131쪽.

표현은 어디에도 없으나 이 시에서는 노 젓는 소리가 곧 '흡'의 의미를
담당하고 있다. 더불어 아무도 알아주는 이가 없어도 이상향을 찾아가고
자 하는 마음은 오래도록 변치 않을 것임을 암유하고 있다.

[그림 12] 董天工 編, 『武夷山志』, 제5곡

六曲蒼屛遶碧灣   육곡이라 창병봉 짙푸른 물굽이 둘러쳤는데,
茅茨終日掩柴關   띠집은 하루 종일 사립문이 닫혀 있네.
客來倚櫂巖花落   객이 노 저으며 와 바위에 핀 꽃이 떨어지는데
猿鳥不驚春意閒   원숭이와 새는 놀라지 않으니 봄은 한가로워라.

6곡은 蒼屛峰의 모습을 노래하였다. 6곡의 북쪽에는 蒼屛峰이 병풍처럼 둘러쳐 있고, 그 아래 따로 엮은 초가가 한 채 있는데, 하루종일 사립문이 닫혀 있다. 나그네가 찾아와 노를 젓는 움직임에 바위에 핀 꽃이 떨어지는 모습은 靜的인 풍광을 더욱 부각시킨다. 한편 원숭이와 새는 나그네의 출현에도 놀라지 않는 모습에서 나그네와 자연스럽게 동화된 모습을 보이며 봄의 한적한 정취를 표현하였다.

이 시의에 대하여 조익은 "사곡(四曲)부터 여기까지는 그 뜻이 대개 비슷해서, 모두 사욕(私欲)이 없어지고 난 뒤의 자득(自得)한 경지를 말하고 있는데, 한 단계씩 들어갈수록 더욱 깊은 경지를 보여 주고 있다."[60]고 해석하여 점차 입도차제로 들어서면서 평안하고 자득한 경지에 이르고 있음을 설명하려고 하였다. 그 의도와 부합하든 그렇지 않든 6곡은 다른 어떤 곡보다도 평온한 정경으로 묘사되어 있음은 분명하다. 병풍처럼 골짜기를 둘러싼 창병봉은 속세와 절연한 분위기를 만들고 있으며, 거기에 소박한 초가의 모습이 더해지며 안온한 분위기를 함께 형성하고 있다. 창병봉과 초가는 평온한 6곡을 형상화하는 아이콘으로 볼 수 있다.

七曲移船上碧灘　　칠곡이라 배를 저어 푸른 여울 올라가며
隱屛仙掌更回看　　은병봉과 선장봉 다시 돌아보네.
却憐昨夜峰頭雨　　도리어 예쁘구나. 어젯밤 봉우리 위에 내린 비
添得飛泉幾道寒　　날리는 샘물에 더해지니 그 얼마나 차가운가.

7곡은 石唐寺 주변 경관을 묘사하였다. 작자는 배를 저어 위쪽에 자리한

60　조익,『浦渚先生集』卷22, 雜著,「武夷櫂歌十首解」, "… 自四曲至此 其意蓋相似 皆是言私欲盡後自得之樂 而一節深一節也.…"

푸른 여울로 거슬러 올라와 그간의 노정을 되돌아보았다. 은병봉(5곡)과 선장봉(6곡)이 내려다 보이는 것으로 보아 7곡은 상류에 자리하고 있음을 알 수 있다. 7곡을 흐르는 푸른 여울물에 여러 봉우리에서 모여 든 샘이 합해지는데, 이 광경을 '添得飛泉'이라 하여 샘물이 물방울을 튀기며 격렬하게 모여드는 모습을 형용하고 있다. 지난밤에 비가 내려 산골짜기 물이 불었기 때문이다. '차갑다'는 시어는 이 시에 등장하는 여러 형태의 물(여울, 비, 샘물)의 이미지를 대표하고 있다.

그뿐만 아니라 '寒'자는 이 시의 운자이기 때문에, 「무이도가」를 차운한 후대의 많은 시에서 7곡은 맑고도 차가운 기운이 서린 곳으로 표현되었다. 이황의 「閒居讀武夷志 次九曲櫂歌韻」, 정구의 「仰和朱夫子武夷九曲詩韻 十首」, 권상하의 「詠高山七曲 用武夷櫂歌韻 尤菴先生次第一韻 命同志人各 次九曲韻」, 송규렴의 「敬次武夷櫂歌韻」, 조헌의 「遊栗原 次武夷棹歌韻」, 이형상의 「城皐九曲十絶 次晦菴武夷九曲」 등에서도 같은 맥락을 보인다.

八曲風煙勢欲開 팔곡이라 풍연의 기세가 개일 듯 하니
鼓樓巖下水縈洄 고루암 아래에는 물결이 얽혀 돌아가네.
莫言此處無佳景 이곳에 아름다운 경치가 없다고 말하지 마소.
自是遊人不上來 여기부터는 유람하는 이가 올라오지 않는다네.

8곡은 鼓樓巖의 정경을 묘사하였다. 8곡에 들어서자 바람과 안개가 곧 갤 듯하다. 바람과 안개 사이로 고루암 아래에 고인 물을 들여다보니 물결이 소용돌이치며 얽혀 돌아가고 있다. 물결의 움직임을 관조하던 작자는 신비로움을 느껴 이곳 경치가 매우 아름답다 감탄하였다. 그러면서 8곡의 경치가 수려하다는 것을 알아차리지 못하는 뭇사람들에게, 이곳이 승경처

라는 것을 깨닫지 못하는 까닭은 미처 와 보지 못했기 때문이라 설명하였
다. 이 언술의 이면에는 8곡까지 올라오는 이가 없음을 안타까워하는 심정
이 드러나 있다. 9곡까지 이르는 길을 입도차제의 과정으로 해석하든, 그
냥 산수를 완상하는 과정으로 해석하든 관계없이, 풍연 때문에 진면목이
확연히 드러나지는 않고 있으나 8곡은 목표로 하는 최종의 경지에 가까웠
음을 암시하고 있다.

> 九曲將窮眼豁然　　구곡이라 장차 끝나려 하는데 눈앞이 확 트이고
> 桑麻雨露見平川　　뽕나무와 삼은 비에 젖어 平川이 보이네.
> 漁郎更覓桃源路　　어부는 다시금 무릉도원 가는 길을 찾는데
> 除是人間別有天　　오직 여기가 인간 세계 별천지라네.

　무이구곡의 마지막은 新村市(星村)이다. 9곡에 이르러 비로소 시야가 확
트였다. 뽕나무와 삼이 재배되는 것으로 보아 인가가 가까웠음을 알 수
있다. 『무이산지』〈구곡도〉에 그려진 9곡 星村의 풍경은 이 시에서 묘사
된 것과 일치한다. 기암괴석들로 표현되던 여타 곡과는 달리 구릉의 형태
를 띤 산이 멀리 묘사되고 근경에는 平川과 齊雲峰이 우뚝하게 솟아 있다.
평천은 그 지역에서는 '曹墩'이라 불린다고 한다.[61] 그 아래 몇 척의 고깃배
가 노를 저어 떠다니는 모습이 형상화되었다.[62]

61　『武夷山志』上, 卷1, 總志, 145쪽.
62　『武夷山志』中, 卷14, 九曲圖, 851쪽.

[그림 13] 董天工 編, 『武夷山志』, 九曲 제9곡

    구곡의 가장 궁극처에 다다랐는데 그간의 험준한 산색과는 달리 뽕나무나 삼을 키우는 평범하고 평온한 마을, 桑村을 만나게 된 것이다. 어부는 여기가 별천지임을 깨닫지 못하고 다시금 무릉도원 가는 길을 찾자 작자는 이곳이야말로 그동안 찾던 이상향이라 설명하고 있다. 도체의 궁극은 먼 곳에 있는 것이 아니라 평범한 것에 깃들어 있다는 것이며, 그것을 깨닫게 되는 순간 궁극을 맛볼 수 있다는 설명이다.

2. 『武夷志』의 유통과 「무이도가」 해석에 대한 논쟁

앞서 살핀 바와 같이, 무이구곡에서의 생활을 읊은 이 시들은 조선의 성리학 풍토에 큰 영향을 미쳤다. 무이구곡에 대한 언급한 가장 선대의 자료는 고려 때 승려 굉연(宏演)의 「分題得九曲溪送友」로, 무이구곡을 읊은 시들 역시 고려 후기에 주자의 사상 및 무이구곡 경영의 행적과 더불어 자연스럽게 유입되었을 것으로 추정할 수 있다.

조선 중기에 주자학이 난숙기에 접어들면서 주자와 무이구곡 경영에 대한 정보가 보편화되면서 주자와 무이구곡에 관한 논의는 깊이 있게 발전하였다. 그 동력으로 작용했던 것이 무이구곡과 「무이도가」에 대한 주해서들의 유통이다. 『武夷志』,[63] 『櫂歌註解』(또는 『무이도가주해』) 등이 그 예다. 이 책들은 주자가 무이구곡에 머물며 지었던 해당 시문은 물론 무이구곡의 지형지물에 대한 설명과 그림, 해당 장소와 관련 있는 역대 시인들의 시문을 모아놓은 서적이다. 일종의 인문지리지의 역할과 시집의 역할을 겸하고 있다.

중국에서 유입된 무이도가 해설로는

　가. 蔡模(宋)가 부친 蔡沈에게 배워 남긴 해설(1237년)
　나. 懼齋 陳普(元)가 붙이고 劉槩(元)가 간행한 해설(1304년)
　다. 劉夔가 찬한 것을 명대에 楊恒叔과 동생 乾叔이 다시 수찬한 해설

이 있는 것으로 파악된다. 이들은 다시 조선의 문인들에 의해 내용의 보완

---

[63] 중국에서 편찬한 『무이지』는 총 19종이라고 한다. 또 이 중 중국에는 9종이 전하는데 그 중 양항숙의 편찬서는 전하지 않는다(전병철, 「『청량지』를 통해 본 퇴계 이황과 청량산」, 『남명학연구』 26권, 경상대학교 경남문화연구원, 2008, 301-330쪽에서 재인용).

을 거쳐 현재까지 전하고 있다. 현재 퇴계의 문인 李楨이 간행한『문공주선생감흥시』, 鄭逑가 증보한『무이지』,『연주시격』,『염락풍아』에「무이도가」에 대한 해설이 실려 있다.[64]

현재 우리나라에는 鄭逑가 1609년에 간행한『무이지』가 고려대학교 도서관에 유일본으로 전한다. 이 책은 楊亙(恒叔)이 편찬하고 楊易(乾叔)이 校訂한 '武夷新志'를 저본으로 간행하였다. 맨 앞에 費宏이 1520년에 쓴「武夷新志序」가 있다. 鄭逑의 발문인「무이지발」은 이 고서에서 확인할 수 없었고, 퇴계의 발문 뒤에 부친「書武夷志附退溪李先生跋李仲久家藏武夷九曲圖後」는 권1 앞에 실려 있다.『한강집』의「무이지발」과「書武夷志附……」를 참고해 볼 때, 1604년에『무이지』간행이 어느 정도 준비가 되었고 1609년 봄에 완성되었음을 알 수 있다. 鄭逑는 필사본『무이지』에서 오탈자를 수정하고, 누락된 그림을 보충하는 한편, 퇴계의 시를 실어『무이지』를 다시 간행하였다.

이후「무이도가」에 대한 해석은 '입도차제'를 노래한 시인가, 호연지기를 담은 시인가에 대한 논쟁으로 확대 재생산되는데 그 시작은 이황과 기대승의 서신에서 비롯된다. 기대승과 이황의 서신에 의하면『무이지』의 존재를 모르고 있다가 1553년(명종 8년), 과거 응시를 위해 서울에 머물렀을 때 우연히 이 서책을 열람하였다고 한다.[65] 기대승과 이황이 열람한『무이지』는 필사본『무이지』를 가리킨다.

---

64 沈慶昊(1994),「朱子『齋居感興詩』와『武夷櫂歌』의 조선판본」,『서지학보』14, 한국서지학회, 25~33쪽.

65 기대승, 민족문화추진회 역, 국역『고봉선생문집(高峯先生文集)』, 양선생왕복서 제1권,「別紙武夷櫂歌和韻」

(가) 내가 일찍이 한가로운 가운데 『武夷志』를 읽고서 당시에 여러 사람들이 화답한 「武夷櫂歌」가 매우 많음을 알았습니다. 그러나 주자의 뜻을 깊이 안 사람은 없는 것 같았습니다. 또 일찍이 유개(劉槩)가 간행한 『櫂歌詩註』를 보건대 九曲詩의 首尾를 학문과 도에 들어가는 차례라 하였으니, 내 생각에는 주자의 본의가 이처럼 구구하게 얽매이지는 않았을 것 같습니다. 근래 茂長에 사는 변성온(卞成溫)이 일찍이 김하서(金河西)에게 배웠다고 하면서, 멀리 나를 찾아와서 하서가 지은 「武夷律詩」 한 편을 보여 주었는데, 하서의 시도 註의 뜻만을 전용했습니다. 공은 평소에 어떻게 보았는지요?[66]

(나) 저의 생각에는 '주자는 九曲詩 10장에서 사물로 인하여 흥을 일으켜 가슴속의 지취를 쏟아낸 것으로, 그 우의와 선언이 모두 청고·화후하고 맑고 깨끗하여 곧 浴沂의 기상과 그 쾌활함을 함께하고 있는데, 어찌 하나의 도에 들어가는 차례를 만들어 암암리에 「구곡도가」 중에 모사해 넣어 은미한 뜻을 붙였을 리가 있겠는가. 성현의 심사가 아마도 이처럼 복잡다단하지는 않았을 것이다.' (…하략…)[67]

(가)는 퇴계가 고봉에게 1560년 12월에 보낸 편지로, 「무이도가」에 대한 유개(劉槩)의 해석에 무리가 있다고 생각하며 고봉의 생각을 물었다. 이에 대해 고봉은 1561년 4월 (나)와 같이 평소의 생각을 피력하며 퇴계의 뜻에 동조하였다. 고봉은 「무이도가」를 입도차제로 이해할 수 없다는 것을 구체적인 구절을 들어 반박하였다.[68]

---

66 위의 책, 「명언에게 절하고 물음」
67 위의 책, 「선생께 올리는 편지」
68 이민홍(1982), 「「武夷櫂歌」 수용을 통해 본 士林派文學의 一樣相」, 『韓國漢文學研究』 6,

하서 김인후의 「무이도가」에 대한 해석을 반박한 이들의 견해에 대해서
는 한동안 별다른 이견이 없었다. 1607년 퇴계의 일문인 우복 정경세가
쓴 「書武夷志後」에도 「무이도가」를 어떻게 해석해야 하는가에 대한 논쟁
적 접근은 보이지 않는다. 후세 사람들이 무이구곡에 주목하는 이유는 성
현이 계셨던 곳이기 때문이라는 논평을 남겼을 뿐이다.[69] 이렇듯 「무이도
가」에 대한 해석은 그 뒤로 얼마간은 큰 논란이 되지는 않았던 것으로
보인다.

그러다가 병자호란이 지난 뒤 서인 노론계 인사를 필두로 「무이도가」에
대한 해석 논쟁이 시작되었다. 그 시작은 1638년, 조익(趙翼, 1579~1655)의
논변에서 비롯한다. 조익은 퇴계와 고봉이 무이구곡에 대해 논한 글을 읽
고, 특히 고봉의 논변에 대해 劉槃의 해석을 대조하며 조목조목 비판했다.

> 河西는 劉氏의 주석에 대해서 흠잡을 데가 없는 것으로 받아들였고, 退溪
> 는 의심을 하였으며, 高峯은 곧장 배척하였다. 선배들의 견해가 무슨 이유
> 로 이와 같이 큰 차이를 보이게 되었는지 모르겠는데, 그중에서도 고봉이
> 논한 것을 보면 더욱 이해할 수 없는 점이 있기에, 여기에 의혹되는 바를
> 기록해 놓고서 이에 대해 잘 아는 자를 기다려 바로잡을까 한다.[70]

송시열도 「論武夷櫂歌九曲詩」에서 다음과 같이 논함으로써 조익의 의
견과 같이하였다.

한국한문학회, 25-44쪽.
69 정경세, 『우복집』 권 15, 「書懋夷志後」
70 조익, 민족문화추진회 역, 국역 『포저집』 제22권 雜著, 「退溪高峯論武夷詩書」

도원이 이 구곡 중에 있으니, 다른 데서 찾을 필요가 없다. 대체로 '豁然'이라고 하였으니, 학문의 도리로 논하면 이는 온갖 이치가 환히 밝아서 한 가지도 흠이 없는 다음의 일이다. 이것을 버리고 다른 데서 찾는다면 곧 이단의 괴벽한 술법이고, 성현의 大中至正한 도가 아니다. (…중략…) 그런데 퇴계의 뜻은 아마도 이 구곡을 闡揚하는 것이 아닌 듯하고, 고봉의 뜻은 천양함은 적고 禁絶하는 것이 많다. 그러나 이것이 인간의 별천지가 아니면 이는 바로 더 없는 경계인데, 어찌 사람들로 하여금 갈 것이 없다고 하였는가.[71]

송시열은 '도원'이 바로 이 구곡 중에 있어 다른 데서 찾을 필요가 없다고 하였다. 이것은 퇴계의 차운시에서 말한 "구곡산은 그저 넓게 열려 있어 / 人家와 村落이 장천을 굽어보고 있네. / 그대는 이 놀이가 좋다고 말을 말라 / 별일천의 묘처를 다시 찾아야지.(九曲山開只曠然 / 人烟墟落俯長川 / 勸君莫道斯遊極 / 妙處猶須別一天)"의 구절을 가리킨 것이다. 이어서 고봉이 언급한 "九曲이 이미 활연한 眞境인데, 만일 이를 버리고 다시 桃源을 찾는다면 이는 人間이 아닌 別天地이니, 학문상으로 말한다면 異端인 것이다."라고 한 것을 가리켜 '금절하는 것이 많다'고 논평하였다.

병자호란 이후 퇴계학파 인물들은 「무이도가」에 대해 퇴계의 의견을 강력히 지지하였다. 갈암 이현일의 외증손인 대산 이상정은 「答權孟堅」에서 퇴계와 고봉의 해석을 계승하였다.

---

71 송시열, 민족문화추진회 역, 국역 『송자대전』 제134권, 雜著, 「論武夷櫂歌九曲詩」, "……若是則桃源只在此曲中間 不待別求也 蓋旣曰豁然則以學問之道論之 是萬理明盡 一疵不存之後也 舍是而別求他境則是異端僻術 而非聖賢大中至正之道也 (…중략…) 若以退溪意看則恐非闡揚此曲之意也 以高峯意看則闡揚意少而禁切意多 且非人間別有天則是無上好境界也 豈可使人莫往也"

구곡 10장은 대저 모두 물건을 보고 경치를 만났을 때에 흥을 풀고 뜻을 말하기 위하여 지어진 것이지, 애당초 入道의 차례와 공부의 의사를 몇 편의 시 가운데에 구구하게 편입했던 것이 아닙니다. (…중략…) 陳氏의 註說은 견강부회하고 천착하였으니 선생(주자―필자 주)의 본뜻이 아닙니다. (…중략…) 그러므로 퇴계 선생이 이를 깊이 병폐로 여겼으니, 기명언 (奇明彦)과 김성보(金成甫)에게 보낸 편지는 바로 이 뜻을 말한 것입니다.[72]

편지를 받는 孟堅은 權緻(1693~1766)를 가리킨다. 이상정은 「무이도가」 는 '흥을 풀고 뜻을 말하기(遣興道意)' 위해 지어진 것일 뿐, 入道次第를 구구 하게 편입한 것이 아니라고 해석하였다. 이어서 「무이도가」를 입도차제로 해석한 진보의 주석은 주자의 뜻을 견강부회한 것이라고 비판하였다. 또 자신의 이러한 견해는 이황과 기대승 등의 의견에 부합하는 것이라고 덧 붙였다.

주자의 시에 특히 관심이 깊었던 정조(1752~1800)도 故寔3「朱子大全 2」 (1794년)과 「雅誦 序」(1799년)에서 '무이도가'를 어떻게 이해해야 하는지에 대한 견해를 밝히기도 하였다. 갑인년(1794년)에 유태좌(柳台佐)가,

성현의 말은 위아래로 모두 통하여 가로로 봐도 세로로 봐도 자연히 이 치가 도저(到底)하니, 평이한 곳으로 굳이 고원하게 볼 필요가 없고 무심히 지은 것을 무슨 의도가 있는 것으로 보아서는 안 될 것입니다. 주자가 시(詩) 를 해석한 뜻이 본래 이와 같으니, 주해에서 말한 것은 아마도 천착과 견강

---

72 이상정, 『대산집』, 제7권, 書, 「答權孟堅」, "九曲十章 大抵皆覽物遇境遣興道意之作 初非將 入道次第工夫意思屑屑編入於幾首詩中也 (…중략…) 陳氏註說 傳會穿鑿 非先生本意 (…중 략…) 故退陶先生 蓋深病之 所與奇明彦, 金成甫書 正說此意"

부회를 면치 못할 듯합니다.[73]

라 하였는데 이에 대해 정조는

네가 말한 '평이한 곳으로 굳이 고원하게 볼 필요가 없고 무심히 지은
것을 무슨 의도가 있는 것으로 보아서는 안 된다'는 것이 매우 옳고 매우
옳다. 어찌 유독 시를 해석함에만 그러하겠는가. 경(經)을 해설함에도 역시
마찬가지이다.[74]

라 하였다. 즉 「무이도가」를 해석하는 데에 있어서 지나치게 造道詩로 견
강부회해서는 안 됨을 인정하였다. 그러나 한편으로는 "체용(体用)과 현미
(顯微)의 묘리를 체험하고 싶으면 '도가(權歌)'를 보면 된다."[75]고 하여 '무이
도가'가 도를 실천하게 하는 데에 일정한 효용이 있음을 인정하고 있다.
　대개 기호학파 문인·학자들은 『무이지』에 실린 유개와 진보의 해석,
김인후와 조익의 주장을 지지하며 「무이도가」를 입도차제라 이해해야 한
다고 주장하였다. 그런가 하면 영남 남인 문인·학자들은 퇴계와 고봉의
의견을 지지하며 「무이도가」를 자연을 마주하여 느끼는 흥의 발현이자,
성정 도야의 내용을 담고 있는 시로 이해할 것을 주장하였다.
　「무이도가」에 대한 해석이 상반되었던 원인은 여러 가지에서 찾을 수

73　정조, 국역 『弘齋全書』, 卷百三十一, 故寔三, 「朱子大全」 二, "臣台佐竊惟權歌詩一篇 近儒
　　有以道學淺深之說 逐段註解 然聖賢之言 上下皆通 橫看竪看 自然理到 平易處不必作高遠
　　看 無心處不可作有意看 夫子解詩之意 本自如此 註解云云 恐不免爲穿鑿牽合之歸矣"
74　위의 책, "爾所云平易處不必作高遠看 無心處不可作有意看 甚是甚是 奚獨於解詩爲然 說經
　　亦云."
75　위의 책, 卷十, 序引三, 「雅誦 序」己未. "欲驗其体用顯微之妙 則覽乎權歌……"

있을 것이다. 기호학파와 영남학파의 성리학적인 견해의 차이[76]는 물론, 정치적 맥락에서도 원인을 찾을 수 있다. 자신들의 학파/학맥의 정통성을 확보하고, 집단화하는 차원에서도 상반된 해석을 유지해 나갔다. 「무이도가」에 대한 이해에서 비롯된 차이는 구곡 경영과 구곡시의 향유에도 일정한 영향을 미쳤다. 그리하여 퇴계를 도산구곡을 중심으로 한 영남학파 계열과 율곡의 고산구곡을 중심으로 한 기호학파 계열로 양분되어 계승되었다.

3. 「무이도가」 해석에 따른 구곡시의 양상

주자의 「무이도가」를 이해하는 데 영남학파와 기호학파는 일정한 차이를 보였던 것과 같은 맥락으로, 그들의 구곡시에도 특징적인 차이가 포착된다. 특히 「무이도가」의 제10수, 아홉 번째 곡을 노래한 시에 대한 해석은 학파별 특징이 드러난다.

인용한 시는 주자의 「무이도가」 마지막 수로, 무이구곡의 제9곡 新村市 (星村)을 읊은 시다.

> 九曲將窮眼豁然　　구곡이라 장차 끝나려는데 눈앞이 확 트이고
> 桑麻雨露見平川　　뽕나무와 삼은 비에 젖어 平川이 보이네.
> 漁郎更覓桃源路　　어부는 다시금 무릉도원 가는 길을 찾는데
> 除是人間別有天[77]　오직 여기가 인간 세계 별천지라네.

76　金文基(1991), 「九曲歌系 詩歌의 系譜와 展開樣相」, 『국어교육연구』 23, 82쪽.

77　주희, 『주자대전』 권9, 「淳熙甲辰中春精舍閑居戲作武夷櫂歌十首呈諸同遊相與一笑」

영남학파 인물들은 이 시를 다음과 같이 이해하였다. 다음은 기대승의
해석이다.

"구곡이 다하려 하자 눈앞이 환하게 트여 / 상마 우로가 평천에 나타나네
(九曲將窮眼豁然 桑麻雨露見平川)" 하는 데 이르러서는 그 기상을 보건대
이치에 통달하고 속세를 벗어나 참되고 깨끗하여 정신과 의미가 言外에
넘쳐흐르는 것을 깊이 알 수 있으니, 더욱 뜻이 없지 않은 듯합니다. 주석가
의 이른바 "넉넉히 성인의 경지에 들어갔으되 일찍이 백성의 日用의 常道
가 아님이 없다"는 설은 장황한 듯합니다.

'漁郎' 이하는 심상하게 경계하고 비유한 말로 보아야 하니, 그 뜻이 구곡
을 다 구경하고 나면 眼界가 트이나 桑麻 雨露 때문에 平川이 어둠침침하게
보이는 이것이 참으로 맑고 그윽하며 평평하고 드넓은 境界로서 유람의
극치인데, 만약 이곳을 마음에 만족스럽게 여기지 않고 다시 桃源의 경계를
구한다면 이는 곧 별천지이고 인간의 일이 아니니, 遊者들에게 이것을 버리
고 다른 데서 구해서는 안 된다는 것을 경계한 것인 듯합니다.[78]

기대승은 9곡이 성인의 경지에 들어간 상태라는 주석가 劉槩의 해석을
쓸데없이 장황하다고 일축하였다. 후대 기호학파의 인물인 조익이 '고봉
은 배척'했다는 것은 이 지점을 가리킨다. 이어서 평천에 이르러 마주한
경관에 대해 "맑고 그윽하며 평탄하고 드넓은 경계로서 유람의 극치"라고
평하였다. 그러므로 이곳을 만족스럽게 여기고 다시 도원의 경계를 구해
서는 안 된다는 것을 경계한 것이라고 풀이하였다.

여기서 우선 살펴야 하는 것은 바로 전제 조건이다. 9곡, 平川이 여정의

---

[78]　기대승, 앞의 책, 제1권, 「선생께 올리는 편지」

마지막인 것은 인정하나, 순차적인 흐름 속에서 맞이한 완벽하고도 최종
적인 단계라는 의식은 전제되지 않았다는 점이다. 즉 8단계 다음에 나오는
9단계로서의 완성이 아니라, 그 자체로 유람의 극치라고 지적한 점이다.
9번째 만난 유람처에서 평담한 경관을 만나 유람의 흥이 그것으로 만족스
러운 상태가 된 것일 뿐이라는 점이다.

퇴계의 문인인 이상정의 해석은 이 점이 더욱 분명하게 드러난다.

> 그 끝 장의 뜻을 말하자면, 산수가 끝나려 할 즈음에 눈앞이 환하게 열리
> 는 평평한 시내는 심히 오묘하고 그윽한 정취는 없으니, 혹 유람하는 사람
> 이 여기에 이르면 흥취가 다하고 뜻이 게을러져서 완상이 이미 끝났다고
> 여길까 염려한 것입니다. 그러므로 다시 무릉도원의 한 길을 찾아서 범상한
> 인간 세상의 바깥에 있는 별천지를 보기를 권하고, 단지 눈앞의 뽕나무와
> 삼을 마지막 땅으로 여겨서는 안 된다고 한 것이니, 이 또한 유람하여 보는
> 하나의 일을 말했을 뿐입니다. 그러나 그 의미가 심원하기 때문에 돌이켜서
> 학문의 의사에다 구해 보더라도 또한 백척간두에서 진일보하거나 堂에 올
> 라 방에 들어가는 가르침으로 삼을 수 있으니, 이는 본래 시를 읽는 사람이
> 풍송하고 완색하여 자득한 남은 맛일 뿐, 시 중에는 애당초 이러한 뜻이
> 있지 않았습니다.[79]

이상정은 주자의 시구절이 9곡의 경관이 다른 곡에 비교해 오묘한 정취
가 없어 자칫 유람하는 이들이 완상을 그만둘까 염려한 내용이라고 풀이

---

79   이상정, 『대산집』, 제7권, 書, 「答權孟堅」, "至末章之意 則山水將窮 眼監川平 無甚奧妙幽
絶之趣 或恐遊者至此 興闌意倦 謂玩賞已了 故勸其更覓桃源一路 見其別有天地於泛常人間
之外 不可只以眼前桑麻爲究竟地也 此亦但言遊觀一段事耳 然其意味深遠 反以求之學問意
思 亦可以爲竿頭進步升堂入室者之論 此自是讀詩者諷玩自得之餘味耳 詩中初未有此意也."

하였다. 이어서 이것이 유람하는 일을 말했을 뿐이었는데 그 뜻이 심원하다 보니 읽는 이들이 학문의 길에 비유하여 해석했던 것이라고 하였다. 덧붙여 주자가 시를 지을 때는 입도차제로 해석해야 한다는 어떠한 의도도 기술하지 않았으나, 후대 주석가 또는 '시를 읽는 사람'들이 그 뜻을 음미하다 '自得'한 것일 뿐이라는 것이다.

이상에서 살펴본 바와 같이 영남학파 문인들은 「무이도가」 그 자체를 입도차제로 보는 것은 주석가, 또는 시를 읽는 사람의 해석일 뿐, 주자의 작시 의도는 아니라는 점을 분명히 하고 있다. 해석가들이 견강부회하고 있다는 의견, 또는 뜻을 음미하다가 자득한 것이라는 의견 등으로 정도의 차이는 있으나 주자의 의도와 해석자의 의견을 구분해야 한다고 이야기한 것은 동일한 맥락이다. 더욱이 그 마지막 종착지에 해당하는 9곡을 시어마다 해석하는 행위를 통해 이를 보다 구체적으로 증명하였다.

다음은 영남학파 문인·학자들이 「무이도가」의 9곡을 차운한 시들이다.

(가)

九曲山開只曠然　　구곡이라 산 열리니 툭 트여 훤하고
人煙墟落俯長川　　사람 사는 마을 긴 냇가에 보이네.
勸君莫道斯遊極　　그대 말하지 말게. 노닐기 좋은 곳이라고
妙處猶須別一天[80]　묘처는 별천지에 있는 것을

(나)

九曲回頭更喟然　　아홉 굽이라 고개를 돌리고서 한탄한다
我心非爲好山川　　이내 마음 산천을 좋아한 게 아니거니

80　이황, 『退溪先生文集』 卷之一, 詩, 「閒居讀武夷志 次九曲櫂歌韻」

源頭自有難言妙　샘물 근원 이곳에 형언 못할 묘리 있어
捨此何須問別天[81]　여기 이걸 놓아두고 다른 세계 찾을쏘냐

(다)

어위야

桃花 쓰라 가자스라 九曲石門 가주스라

金鷄峯 브리보니 큰길이 널러셔라

觀瀾臺 나린물은 晝夜로 양양ᄒ니

亞聖의 ᄒ신말ᄉᆞᆷ 긔아니 올토턴야

渭川漁父 노던덴가 釣臺도 완연홀샤

滿山紅綠 자자ᄂᆞᆫ디 光風霽月 그지업다.

觀魚石 비긴후의 무어시 주미런고

깁푼못 쒸ᄂᆞᆫ고기 靑天의 ᄂᆞ난쇼록

任意로 노ᄂᆞᆫ양은 自然性 그러커든

하물며 사름이야 本ᄆᆞᆷ 일홀손가

洗心堂 幽寂ᄒᆞᆫ디 石門을 구지닷고

風月을 벗ᄎᆞᆯᄉᆞ마 이ᄆᆞᆷ 길너보쟈 ᄒ노라

(라)

九曲平原望豁然　구곡이라 평원을 바라보자 확 트였으니
微茫遙峀又遙川　먼 산과 먼 내가 아득하기만 하네.
世間絶景饒隨處　세간의 절경이 가는 곳마다 넉넉하니
不是仙區在別天[82]　선경이 별천지에만 있는 것이 아니네.

81　정구, 민족문화추진회 역, 국역 『한강집』 제1권, 「朱夫子의 <武夷九曲> 시의 운자에 삼
　　가 화답하다」.

(가)는 퇴계가 『무이지』를 읽다가 「무이도가」에 차운한 시로 1560년 무렵에 지은 시의 마지막 수다. (나)는 1604년 무렵 정구가 지은 시로, 「무이도가」에 화운한 시의 마지막 수다. (다)는 蔡瀗(1715~1795)이 자신이 경영한 구곡인 石門九曲을 읊은 가사체의 「石門九曲櫂歌」 마지막 부분이다. 1787년 경에 지은 것이며, 최초의 가사체 구곡가로 알려져 있다. (라)는 이상정의 문인인 鄭宗魯(1738~1816)의 시로, 제9곡에 대한 차운시다.

(가)에서 퇴계는 고봉과 서신으로 나누었던 이야기대로, '妙處'는 다른 곳에 있을 것이라고 하여 「무이도가」의 맥락을 고수하지 않았다. 이에 반해 「무이도가」 해석에 있어 퇴계와 같은 입장을 취했던 정구는 「무이도가」 화운시에서는 주자의 9곡과 비슷한 논조를 이어갔다. (라)에서는 시의 형식은 전통적인 차운시의 양식을 따르면서도 별천지가 따로 있느냐 아니냐의 문제에서는 유보적인 태도를 보인다. 즉 절경이 가는 곳마다 넉넉하므로 '별천지'가 특정한 선경에만 존재하는 것이 아니라 여러 곳에 있을 수 있다고 이야기하였다. (다)는 형식은 물론, 시의 내용에 있어서도 9곡의 주제, 眞源이 별도로 존재하느냐 아니냐의 문제에서 완전히 벗어나 있다. 石門의 풍광을 바라보며 '桃花', '渭川', 顔淵의 고사 등을 떠올리며 存心養性하는 자세를 이야기하고 있다. 안연의 고사는 『맹자』 「이루 하(離婁下)」에 "근원이 좋은 물은 줄줄 흘러서 밤낮을 그치지 아니하여 구덩이를 가득 채운 뒤에 나아가서 바다에 이른다. 학문에 근본이 있는 것이 이와 같다. 이 때문에 취한 것이다.(原泉混混, 不舍晝夜, 盈科而後進, 放乎四海, 有本者如是, 是之取爾)"라고 한 고사를 말한다.

영남학파의 인물들이 쓴 구곡시 중에서 「무이도가」 차운시는 내용상

---

82   정종로, 『입재집』 제6권, 「敬次武夷櫂歌十首」

「무이도가」와 맥락을 같이 한다. 그런데 차운시가 아니라 본인이 경영한 구곡을 대상으로 한 창작한 구곡가는 그 해석에 있어서 서로 이견이 존재한다. 「석문구곡가」 이외에도 영남 지역을 기반으로 하는 구곡가 중에는 「무이도가」의 전형성에서 벗어난 구곡가가 여러 편 존재한다.

형식에 있어서도 보다 자유로운 모습을 보인다. 주지하다시피 「무이도가」는 서시를 시작으로 하여 1곡부터 9곡까지의 곡경을 읊는 형태로 총 10수의 칠언절구 연작시 형식이다. 그런데, 영남학파의 시 중에는 10수의 연작시 형태를 취하지 않고 서시를 뺀 9수의 연작시인 경우도 존재한다. 「석문구곡가」의 경우처럼 한글 시가로 창작된 시가들이 보이다. 이를 통해 볼 때 영남학파의 경우, 더욱 유연하게 구곡시를 향유한 것으로 판단할 수 있다.

기호학파의 조익은 원시의 제9곡을 다음과 같이 해석하였다.

가장 높은 경지의 도를 소유한 분으로 말하면, 기특하고 비범하여 인간 세상을 초월한 일을 그 안에 지니고 있는 것이 아니라, 오직 평상적으로 날마다 쓰는 사물 사이에서 벗어나지 않으니, 이른바 "요순도 우리 사람들과 똑같다(堯舜與人同)"고 한 것이 이것이라 하겠다. (…중략…) '眼豁然'은 본 것이 투철한 것을 말하니, 즉 '지혜를 통해 높아진 것으로서 하늘을 본받은 것(知崇 法天)'에 해당하고, '桑麻雨露見平川'은 도가 단지 평상적인 일 상생활 속에 있는 것을 말하니, 즉 '예법을 따라 낮춘 것으로서 땅을 본받은 것(禮卑 法地)'에 해당한다. 이것은 터득한 견해가 지극히 高明하지만, 그 행동을 보면 그저 평상적인 일일 뿐이라는 말이다. '漁郎更覓桃源路 / 除是 人間別有天'은 이곳이 바로 仙境의 궁극에 다다른 곳인데, 만약 노니는 자가 평상적인 것을 싫어해서 다시 桃源을 찾는다면 잘못이라는 말이다. 가령

도를 배우는 자가 도는 일상생활 사이에 있지 않다고 말하면서 기이하고 특이한 일이 되는 것을 구하려고 한다면 도에서 멀어지기만 할 것이다. '除是'는 오직이라는 뜻의 '唯是'와 같다. 오직 인간 세상 속에 별천지가 있는 것이요, 별도로 찾아갈 만한 도원이 있을 수는 없음을 말한 것이니, 이는 異端의 학을 지칭한 것으로 그 虛妄함을 말한 것이다.[83]

전술한 바와 같이 조익은 「무이도가」에 대한 이해를 논쟁적으로 다시 꺼낸 인물이다. 조익은 평천에 펼쳐진 일상적이고 평담한 경관에 대해 성인의 경지는 '기특하고 비범하여 인간 세상을 초월한 일을 그 안에 지니는 것이 아니라, 오직 평상적으로 날마다 쓰는 사물 사이에서 벗어나지 않'은 것이라 논평하였다. 월등한 것을 평범한 것 속에 숨기고 있는 것이 아니라 의도하지 않아도 평상적인 것이 예법에 잘 들어맞는다는 의미로 이해할 수 있다. 그렇기 때문에 '별천지'에 대한 논쟁에 대해서도 '이곳이 바로 仙境의 궁극에 다다른 곳인데, 만약 노니는 자가 평상적인 것을 싫어해서 다시 桃源을 찾는다면 잘못'이라 논평한 것이다. 유자들이 추구하는 '도'를 기이하고 특이한 것에서 구하려고 하면 오히려 도에서 멀어질 뿐이며, 그것이 곧 이단의 학문을 가리키는 것이라고 논변하였다.

다음은 서인 노론계 인사들이 쓴 시의 9곡을 인용하였다.

---

[83] 조익, 앞의 책, "蓋道之極處 非有奇特非常絶人之事 唯不離於平常日用事物之間 所謂堯舜與人同 是也 (…중략…) 眼豁然 言其所見透徹 卽知崇法天也 桑麻雨露見平川 言道只在平常日用間也 卽禮卑法地也 言其見極於高明 而其行只是平常也 漁郎更覓桃源路 除是人間別有天 此言是仙境極處 若遊者厭其平常 而更求桃源則失之矣 如學道者謂道不在日用間 欲求爲奇特之事 則去道遠矣 除是 猶言唯是也 唯是人世間有別乾坤 乃有桃源可覓處 言其無此理也 蓋指異端之學而言其虛妄也"

(가)

九曲層巖更嶄然　　구곡이라 층암절벽 더욱 우뚝하고

臺成重壁映淸川　　누대가 층암을 이루어 맑은 내에 비치네.

飛湍暮與松風急　　뛰는 급류는 저녁 솔바람에 급해지니

靈籟嘈嘈滿洞天[84]　신령한 소리 대단하여 동천에 가득하네.

(나)

九曲巴溪最谺然　　九曲이라 파곳은 제일로 확 트여 있으니

雪鋪寒石玉噴川　　눈이 찬 돌에 퍼진 듯 옥이 물에 쏟아지듯

行行始悟眞源到　　가고 가다 비로소 깨닫네. 진원에 왔음을

勝景都輸此洞天[85]　승경에 이 동천을 온통 실어놓았네.

　(가)는 1692년 김수증이 경영했던 谷雲九曲의 제9곡 疊石臺를 읊은 것으로, 김수증의 外孫인 洪有人이 「무이도가」의 운을 써서 쓴 시다. (나)는 1844년에 송시열의 8대손인 宋達洙(1808~1858)가 華陽九曲의 제9곡인 巴串을 읊은 시다.

　두 시 모두 「무이구곡」의 운자를 활용해 시상을 계승하고 있다. 「무이도가」의 평천의 경우와 마찬가지로, 아홉 물굽이의 마지막인 제9곡에 이르러 확 트인 공간감을 느끼며 谺然한 기상을 표현하였다. 이어서 유람의 마지막인 이곳이 곧 眞源임을 형용하였다. (가)에서는 동천을 가득 메운 급류와 솔바람 소리를 중심으로 몰입할 수 있도록 표현하였다. (나)에서는 비로소 진원에 도달했음을 직접적인 언급을 통해 피력하고 있다. 두 시

84　『谷雲集』 附錄, 「谷雲九曲次晦翁武夷櫂歌韻」(홍유인)

85　宋達洙, 『守宗齋集』, 「華陽九曲 次武夷棹歌韻」

모두「무이도가」를 입도차제의 과정으로 파악하고자 했던 전통에 따라 이곳이 도체를 궁구하는 과정의 최종 목적지임을 확인하고 있다.

예로 든 시 이외에도 서인 노론 계열의 구곡시의 제9곡은「무이도가」에서 표현하고자 했던 바, 물굽이의 상류는 탁 트여 개방감 있는 장소이며 평범한 듯 보이지만 곧 그곳이 최종 목적지며, 근원임을 깨닫는다는 맥락을 한결같이 표현하고 있다. 결국「무이도가」의 이해에 있어서 『무이지』의 주석 내용에서 벗어나지 않는 전통적인 시각을 고수하고 있음을 알 수 있었다.

시 형식에 있어서도「무이구곡」의 형식을 고수하였다. 19세기 말, 옥계구곡의「옥계조」를 제외하고, 차운시일 경우는 물론 자신이 경영하는 구곡을 읊은 경우에도 칠언절구 10수의 연작시 형태를 대체로 유지하였다.

기호학파의 구곡 문화와 영남학파의 구곡 문화가 전술한 바와 같은 특징을 지니는 이유는「무이도가」해석에 있어서 이들 학파가 지닌 기본적인 입장과 직결되어 있다고 본다. 영남학파의 경우, 구곡을 탐방하고 경영하는 것은 자연을 완상하며 성정을 도야하는 방편이었기 때문에 집단화하거나 집중화할 필요성이 존재하지 않았다. 반면 기호학파의 경우는 구곡 탐방이 입도차제의 과정이었고, 구곡 경영을 통해 도맥을 계승하고자 했기 때문에 동일 집단(혈연, 학맥) 간 집단화 경향을 보였다.

Ⅳ. 구곡의 한국적 변용

1. 무이구곡의 재현, 그 시작인 고산구곡

高山九曲은 황해도 해주에 있는 구곡으로, 栗谷 李珥가 朱子의 武夷九曲을 본받아 은거했던 곳이다. 조선 중기 이후로 주자 중심의 성리학이 학문적·정치적으로 절대적인 위상을 지니면서 주자의 구곡 경영은 이 시기 많은 문인 학자들에게 출처의 한 표본으로 인식되었다. 율곡 역시 「高山九曲歌」에서 고산구곡을 '學朱子'의 상징적 장소로 표방하고 있음은 주지의 사실이다.

율곡이 세상을 떴다고 하여 고산구곡과 그 장소에 대한 생각이나 기억[場所感]이 일시에 사라지는 것은 아니다. 고산구곡이 율곡에 의해 만들어진 이념적 장소라 하더라도, 율곡의 전유물은 아님은 당연하다. 율곡과 직접적으로 교유했던 문우들뿐만 아니라 해주에 부임하는 관료들, 유람자들은 계속해서 고산구곡을 답사하였고, 그 결과 고산구곡은 문학의 소재로 등장하고, 새로운 이념을 담은 장소로 인식되었다.

여기서 한 가지 주목할 만한 것은 고산구곡에 대한 글이 문헌에 드러나는 데에는 일정한 흐름이 존재한다는 점이다. 어느 일정한 시기에 폭발적으로 나오다가 다시 한동안 고산구곡에 대한 언급이 없다가 다시 문헌에 등장하고 있다는 점 그 자체로 '고산구곡'이라는 장소는 율곡 당대에나 그 사후에나 여전히 의미있는 '장소'로 인식되고 있음을 의미한다. 고산구곡을 어떻게 인식하고자 했는가는 곧, 그 시대의 가치관이 무엇을 지향하는가와 직접적으로 연결되어 있다.

1) 九曲의 成立과 文友들이 記憶하는 高山九曲

율곡도 다른 전통적인 유자들과 마찬가지로 정치적 상황에 따라 출처를 반복하였다. 그 복거지 중의 하나가 바로 황해도 해주였다. 율곡이 해주에 머물렀던 시기는 크게 세 시기로 요약할 수 있다. 첫 번째 시기는 1570년 10월부터 1571년 6월까지로, 가족의 잇단 죽음과 삭훈 논의 후 위축된 조정의 분위기 때문이며, 이 시기에 고산구곡을 발견하고 복거할 계획을 정하였다. 두 번째 시기는 1576년 10월부터 1580년 9월까지로, 동서 분당 때문에 해주에 내려왔던 시기다. 세 번째 시기는 율곡이 세상을 뜨기 1년 전인 1583년 여름부터 10월까지로, 三司의 탄핵으로 말미암은 것이었다.[86]

이 중 두 번째 시기에 聽溪堂, 隱屏精舍 등을 지어 구곡 경영을 구체화했다. 우선 물굽이 가운데 9개의 勝景을 뽑아 九曲[冠巖 · 花巖 · 翠屏 · 松厓 · 隱屏 · 釣峽 · 楓巖 · 琴灘 · 文山]을 設定하였다. 이곳을 중심으로 하여 「高山九曲歌」를 지은 시기 역시 이때다.

---

86 이효숙(2009), 「李珥의 海州 체류 시 시문 고찰」, 『한겨레어문연구』 4

여기서 율곡의 「고산구곡가」를 살펴보자.

高山九曲潭을 살룸이 몰으든이 / 誅茅卜居ᄒ니 벗님네 다 오신다 / 어즙어, 武夷를 想像ᄒ고 學朱子를 ᄒ리라//

一曲은 어드미고 冠巖에 히 벗췬다 / 平蕪에 닉 거든이 遠近이 글림이로다 / 松間에 綠樽을 녹코 벗 온 양 보노라//

二曲은 어드미고 花巖에 春晩커다 / 碧波에 곳츨 띄워 野外로 보내노라 / 살룸이 勝地를 몰온이 알게 흔들 엇더리//

三曲은 어드미고 翠屛에 닙 퍼졋다 / 綠樹에 山鳥는 下上其音ᄒ는적의 / 盤松이 愛情風혼이 녀름 景이 업세라//

四曲은 어드미고 松崖에 히 넘거다 / 潭心巖影은 온갓 빗치 좀겻셰라 / 林泉이 깁도록 죠 ᄒ니 興을 계워 ᄒ노라//

五曲은 어드미고 隱屛이 보기 죠회 / 水邊精舍는 瀟灑흠도 ᄀ이업다 / 이 中에 講學도 홀연이와 詠月吟風ᄒ올리라//

六曲은 어드미고 釣峽에 물이 넙다 / 나와 고기와 뉘야 더욱 즑이는고 / 黃昏에 낙대를 메고 帶月歸를 ᄒ노라//

七曲은 어드미고 楓巖에 秋色이 좃타 / 淸霜이 엷게 친이 絶壁이 錦繡ㅣ로다 / 寒巖에 혼자 안자셔 집을 닛고 잇노라//

八曲은 어드미고 琴灘에 돌이 붉다 / 玉軫金徽로 數三曲을 노론 말이 / 古調를 알 리 업쓴이 혼자 즑여 ᄒ노라//

九曲은 어드미고 文山에 歲暮커다 / 奇巖怪石이 눈 쏙에 뭇쳣셰라 / 遊人은 오지 안이ᄒ고 볼 껏 업다 ᄒ드라//[87]

---

87   『全書』 권38 附錄 「高山九曲歌」

제1수에서는 자연은 사람이 찾아 주지 않으면 그 자체로 있는 것, 그러나 자연의 아름다움과 理致를 모르던 사람들도, 그 곳에 誅茅卜居하여 친구들을 모아 같이 즐기면 그 자연에서 삶의 理致를 생각해낼 수 있다고 한다. 제2수에서는 冠巖(1曲)에 해가 비치면서 안개가 걷히자 어두움 때문에 가려져 있던 사물의 본성이 밝게 드러나게 되어 사물의 원근이 구별된다. 사물의 원근에 도의 이치를 빗대어 표현하였다. 그래서 花巖(2曲)에서 일부러 꽃을 강물에 띄어 보내어 勝景을 사람들에게 알려 주고 싶다고 하였다. 이는 「桃花源記」의 발상과 유사하다. 「桃花源記」에서는 물에 흘러오는 꽃잎을 따라 가다가 우연히 武陵桃源에 가게 되었지만, 栗谷은 일부러 꽃을 띄어 보냄으로써 많은 사람들에게 승경이 있음을 알리고자 하였다. 해 저물녘이 되어 햇빛이 못[潭]에 잠기니 흥에 겨워하고(4曲) 講學과 더불어 詠月吟風하니(5曲) 물에 잠긴 물고기나 나나 自樂하는 마음은 한가지이다.(6曲) 天理에 따라 順行하여 얻은 만족감으로 집에 들어서자(7曲) 어느새 날은 저물고 홀로 自得하였음을 깨닫게 된다.(8曲) 道의 本體는 마치 歲暮에 눈 속에 덮힌 奇巖怪石과 같아 뭇 사람들은 그 본체를 파악하지 못한 채 '볼 썻'이 없다고 여기는 것을 보며 진정한 도를 찾지 못하는 풍속을 안타까워하고 있다(9曲).

이 시는 제1수에서 '주자를 배울 것[學朱子]'을 표방하고 있음에서도 알수 있듯이 朱子의 「武夷棹歌」에 비하는 시이다. 아울러 道를 體得하는 科程을 順次的으로 드러낸 것이라 하여 「武夷棹歌」와 더불어 入道次第를 표방하였다고 평가되고 있다. 10수 중 總首에 해당하는 제1수와 隱屏精舍를 노래한 제 6수를 제외한 나머지 수는 1年 또는 1日이 陰陽에 따라 順換하는 秩序를 보여주고 있다. 음양이 서로 교체하여 자라나고 사라지는[陰陽消息] 순환적인 질서를 보여줌으로써 天理에 부합되는 조화로운 모습을 보여주고 있다. 이를 표로 요약하면 다음과 같다.

[표 2] 율곡의 「고산구곡가」 구성

對象		1	2	3	4	5	6	7	8	9	10
對象		總首	冠巖 (1곡)	花巖 (2곡)	翠屏 (3곡)	松崖 (4곡)	隱屏精舍 (5곡)	釣峽 (6곡)	楓巖 (7곡)	琴灘 (8곡)	文山 (9곡)
時間背景	1年	-		春	녀름		-	秋色			歲暮
時間背景	1日	-	히 빗췬다			히 넘거다	-	黃昏		둘이 붉다	

栗谷은 이 시기 隱屏精舍를 포함한 여러 건축물의 지었다. 申欽의 「栗谷先生 隱屏精舍重修記」에 따르면, 이 당시 講堂·溪堂·養正齋·敬齋·義齋·存養齋·省察齋 그리고 선현의 사당과 부엌, 창고까지 모두 갖추었다고 한다.[88] 栗谷은 고산구곡 경영을 통해 朱子의 武夷九曲 경영을 본받고자 하는 뜻을 적극적으로 밝혔다. 그 대표적인 예가 '隱屏精舍'의 命名이다. 朱子의 '大隱屏'의 뜻을 가져온 것이다.[89]

栗谷은 '궁하면 홀로 몸소 선을 행하며, 달하면 겸하여 천하를 제도한다'[90]는 유자의 전통적인 출처관을 따랐다. 栗谷은 고산구곡을 은거의 장소로 여겨, 巖泉을 다니며 吟詠하기도 하며 후학을 양성하고 심신을 닦는 터전으로 삼았다. 다시 말해 栗谷에게 있어서 고산구곡은 출사하지 않고 있을 때, 자연을 벗하여 心身을 단련하며 후학을 양성하는 곳이되, 「高山九曲歌」에서 말했던 바와 같이 '學朱子'를 실천하는 장소로 인식되었다.

---

88 신흠, 『상촌선생집』 제23권, 「栗谷先生 隱屏精舍重修記」

89 『栗谷全書』, 연보, 戊寅六年, "先生築精舍於其間 取武夷大隱屏之義 扁之曰隱屏 以寓宗仰考亭之意. 精舍在聽溪堂之東 先生作高山九曲歌 以擬武夷棹歌 自是遠近學者益進"

90 『孟子』, 「盡心 上」 "窮則獨善其身, 達則兼濟天下"

율곡 사후에 宋時烈의 문인들과 화서학파 문인들은 이 高山九曲을 통해 일정한 이념적 지향을 담아내고자 하였다. 그런데, 宋時烈 이전이나 그 이후에도 고산구곡에 대한 언급이 없었던 것은 아니다. 栗谷 사후에 栗谷의 문우들을 중심으로 하여 高山九曲은 栗谷의 다른 연고지들과는 구별되는 특별한 장소로 인식되었다. 栗谷 사후에 율곡의 문우들이 고산구곡에 대해 쓴 글은 다음과 같다.

[표 3] 율곡 사후 율곡 문우들이 쓴 고산구곡 관련 글

저작 시기	작자	문집	제목
1593	成渾	『牛溪集』 卷1	「石潭 次李大仲韻」
1593	成渾	『牛溪集』 卷1	「次尹生韻 送別還京」
1593	成渾	『牛溪集』 卷1	「次尹生韻」
1593	成渾	『牛溪集』 續輯 卷1	「寓石潭」
1593	成渾	『牛溪集』 續輯 卷1	「和石潭精舍諸賢」
1597	金長生	『沙溪全書』 卷7	「栗谷李先生行狀」 下
1606	申欽	『象村先生集』 卷23	「栗谷先生 隱屛精舍重修記」
1608	崔岦	『簡易集』 卷9	「高山九曲潭記」
1616	宋國澤	『四友堂先生集』 卷3	先蹟補遺

이 시기 인물 중 먼저 주목을 끄는 인물은 牛溪 成渾이다. 「牛溪年譜」에 따르면 牛溪는 1554년부터 栗谷과 교유하며 평생지기가 되었다고 한다. 특히 1572년에 두 사람은 9차례의 서신을 주고 받으며 四七理氣說을 논한 것으로도 유명하다. 栗谷은 牛溪의 정계 진출을 도왔으며 栗谷 사후에 牛溪는 서인의 핵심적인 역할을 맡기도 하였다. 牛溪는 임진왜란 당시 大駕를 따라 義州·永柔를 거쳐 해주에 머물렀다. 1593년에는 해주에서 중전을 호위하였는데 대가가 도성으로 돌아간 이후에도 병환 때문에 해주의

石潭에서 우거한 바 있다.[91] 표에 제시된 詩文은 이 시기 지어진 것이다.
다음 1593년 당시, 石潭精舍에 있던 栗谷 문하의 제현을 보고 쓴 시이다.

世亂流離入里仁　　난세에 유리하여 좋은 마을에 들어오니
一邦賢俊喜相親　　한 고을의 현자와 준걸들 반갑게 대하네.
滿山風雪寒齋夜　　온 산에 눈보라 몰아치는 차가운 밤 서재에서
論學方知意味新　　학문을 논하니 의미가 새로움 비로소 알겠구려.

切磋到底能言志　　절차탁마하여 시를 지어 자신의 뜻을 말하니
輪寫心肝語益眞　　마음속의 회포 털어놓아 말이 더욱 참되네.
治疾旣知能去藥　　병통을 다스릴 방법을 이미 알았으니
從來舊習勿因循　　종래의 옛 습관 부디 따르지 마오[92]

첫 번째 시에는 시를 쓰게 된 정황이 드러나 있다. 임진왜란을 만나
이곳저곳을 떠돌아다니다가 오랜 벗인 栗谷의 유풍이 남아 있는 해주 석
담에 들어와 그곳에서 栗谷 문하의 제현을 만났다. 이 시 뒤에 붙어 있는
후기에 따르면, 栗谷과 함께 강학하던 곳은 유적이 매몰되어 찾을 수 없었
다고 한다. '온 산에 눈보라 몰아치는 차가운 밤'은 이 시의 계절적·시간
적 배경을 가리키기도 하지만 바깥세상의 시대적 상황에 대한 비유적 표
현으로 읽을 수 있다. 임진왜란 중에 젊은 선비들이 모여 학문을 논하는
모습을 보니, 후학들에게서 새로운 기운을 느낄 수 있었다.

두 번째 시에서 牛溪는 그들에게 더욱 정진할 것을 당부하였다. 그들이

91　국역 『우계집』, 우계연보 부록, 後敍, 아들 문준(文濬)이 보충한 것이다.
92　성혼, 국역 『우계집』 속집 제1권, 「和石潭精舍諸賢」

절차탁마하며 참된 시를 지었음을 치하하면서도, 舊習을 버리고 계속해서 힘쓸 것을 말하고 있다. 이것만으로는 시의 구체적인 내용이 무엇인지 가늠하기 어려우나 후기의 내용을 참조하면 진의가 무엇이었는가를 짐작할 수 있다. 牛溪는 후기에서 "善한 말을 듣고 感發하는 한때의 意氣는 오랫동안 유지될 수 없음"을 경계하였다. 우리가 "이익과 녹을 탐하고 도의를 탐하지 않으며, 귀한 사람이 되려 하고 좋은 사람이 되려고 하지 않음"은 그간 익숙해진 풍속과 습관 때문이며, 이런 태도 때문에 학문에 있어서 뜻을 세우지 못하고 학업을 성취하지 못한다고 하였다. 이어 "병통이 생겨난 곳을 찾아 곧바로 제거하고자 하는 마음이 곧 이것을 제거할 수 있는 좋은 藥이다."라는 朱子의 말을 들어 생활 태도에 있어서도 현실에 안주하지 않아야 함을 강조하였다.

栗谷이 세상을 떠난 지 10여 년이 지난 당시, 고산구곡은 여전히 栗谷의 유풍이 남아 있는 장소로, 栗谷이 바라던 바인 '學朱子'의 태도를 따라 젊은 선비들이 강학하는 곳이며, 栗谷의 오랜 친구가 栗谷을 추억하는 장소로 그려져 있다.

簡易 崔岦(1539~1612) 또한 栗谷과 비슷한 연배로, 젊은 시절부터 친분을 맺은 것으로 알려져 있다. 栗谷이 세상을 떠난 지 25여 년이 흐른 1608년, 栗谷의 아들인 景臨은 簡易에게 高山九曲에 대한 記文을 부탁하였다. 簡易는,

　　나로 말하면 公이 그곳에 터를 처음 잡을 때부터 이웃 고을의 守令으로 있으면서 往來하다 보니 그곳을 너무나도 잘 알게 되었기 때문에, 이른바 九曲潭이라고 하는 곳이 未嘗不 나의 꿈속에 나타나기까지 하던 터였다. 그래서 이제 다시 그가 보여 주는 자료에 의거해서 다음과 같이 차례로

술회하게 되었다.[93]

며, 흔쾌히 글을 써 주었다. 이 글은 처음으로 고산구곡의 풍광에 대해 기록한 기문이기 때문에 후대인들에게 고산구곡에 대한 안내서 역할을 하였다. 이 중에서도 5曲 '隱屛'과 '隱屛精舍'를 다음과 같이 기술하였다.

> 第5曲은 隱屛이니, 松厓에서 2, 3里 정도의 거리에 있다. 높고도 둥근 石峯의 모양이 조촐하고 산뜻하여 특이한 느낌을 주고 있으며, 못 주위를 마치 계단처럼 돌로 모두 쌓아올려 내려오는 물을 담아 두고 있다. (ㄱ)屛의 뜻이 앞서의 것보다도 隱하기 때문에 '隱屛'이라고 이름을 지은 것인데, 이와 함께 公이 자신의 가까이에서 취하여 벼슬을 그만두고 쉬려는 뜻을 여기에다 부친 것이 아닌가 하는 생각도 든다. 공이 처음에 石潭에 와서 집을 지을 때에는 간략하게 혼자서 棲息할 공간만 마련하고자 하였던 것인데, 공을 따라와서 배우는 이들이 많아지자 서로 더불어 머물 곳을 상의하기에 이르렀다. 그리하여 더욱 구체적으로 설계하면서 (ㄴ)先賢을 존숭하고 後學을 引導하는 일에 하나라도 부족함이 없게끔 하였다. 이렇게 해서 隱屛精舍가 세워지게 되었고, 그 뒤로 이 정사의 부속 건물들도 차례로 落成되면서 어지간히 面貌를 갖추었다.
>
> (…中略…)
>
> (ㄷ)公이 이미 地下 世界에 들어가서 다시 일으킬 수가 없으니, 어떻게 九曲의 맑은 물가에서 술잔을 나누며 노래할 수가 있겠는가. 그런 가운데에서도 다만 함께 공부하며 文字의 交分을 나눈 이들이 있으니, 이들이 公을 위해 글을 지어 읊는다면, 추억 어린 九曲으로 公의 魂魄을 다시 불러올

---

93 최립, 국역 『간이집』 제9권, 「高山九曲潭記」

<u>수도 있을 것이다.</u> 하지만 그것마저도 그들이 멀리 떨어져 있기 때문에 하나의 詩卷으로 엮어서 景臨生에게 줄 수가 없는 형편이다. 그리하여 그가 그것을 가지고 돌아가서 懸板에 걸어 두게 할 수가 없으니, 아, 생각하면 슬픈 마음만 든다.[94]

　다른 곡에 비해 5곡을 설명하는 데 많은 분량을 할애하였다. 栗谷이 구곡을 설정할 때의 상황을 함께한 사람으로서, 栗谷이 왜 이상과 같이 구곡을 설정하였는지의 뜻을 충실하게 전달하고자 하였다. (ㄱ)栗谷이 5曲을 '隱屏'이라 명명한 까닭은 병풍 모양의 암벽의 모습이 앞의 곡(제1곡)보다 더욱 '隱'하기 때문이라고 하였다. 최립은 앞서 제1곡, 冠巖에 대하여 "여기에서부터 산의 형세가 구불구불 휘돌아 계곡물과 함께 나란히 뻗어 내려오는데, 갑자기 끊어져 벼랑을 이룬 곳마다 그 아래에는 반드시 맑은 못이 자리하고 있다. 그래서 은자가 머물러 살기에 충분한 장소를 제공해 주고 있다. 대개 이쯤에서부터 산촌(山村)의 몇 가호가 비로소 눈에 띄기 시작한다"라고 기록한 바 있다.

　어수선한 세사에서 벗어나 그윽하고 맑은 자연에 머물며 쉬고자 하는 뜻을 구현하는 것이 고산구곡을 설정한 첫 번째 의도라는 것이다. 다음으로는 (ㄴ)에서 말한 바와 같이, 선현을 존숭하고 후학을 인도하는 장소가 되기를 희망했다는 것이다. 이것은 율곡이 구곡을 경영한 이유이기도 하고, 그와 함께 암천을 다니며 술잔을 기울였던 簡易가 생각하는 九曲의 의미와도 맞닿아 있다.

　그러나 栗谷이 이미 세상을 떠난 후이기 때문에 더 이상 栗谷을 불러일

94　최립, 위의 글.

으킬 수 없다. 다만 栗谷과 친분이 있는 이들이 栗谷을 위해 글을 짓는다면 그의 혼백을 불러올 수 있으리라 생각했다. 물론, 이미 그 인물들이 다 흩어져 그것도 마음대로 될 수는 없는 상황이 되었지만 말이다.

簡易의 경우, '고산구곡'이라는 장소의 기능을 (ㄱ) 은거와 (ㄴ) 강학으로 정확하게 규정하고 있다. 여기에 개인적인 추억이 덧보태 지면서 栗谷을 추억하는 장소로 그려지고 있다.

이 시기 고산구곡은 栗谷이라는 大賢이 은거와 강학을 했던 장소라는 公的인 기억에, 栗谷과의 친분과 고산구곡에서의 개인적인 경험이 덧보태 지면서 보다 실질적인 장소로 기억되고 있다.

2) 도맥 확립의 구심점으로서의 고산구곡

고산구곡에 대한 언급은 한동안 문헌에서 잘 보이지 않다가 1688年 宋時烈이 『高山九曲圖帖』을 만들고자 知人들에게 편지를 보내면서 다시 문헌에 등장하였다.

[표 4] 17세기 후반 고산구곡 관련 글 목록

저작 시기	작자	문집	제목
1688	宋時烈	『宋子大全』 卷53	「與金起之戊辰端陽日」
1688	宋時烈	『宋子大全』 卷53	「答金起之戊辰六月二日」
1688	宋時烈	『宋子大全』 卷56	「答金久之戊辰六月二日」
1688	宋時烈	『宋子大全』 卷115	「答李子馨戊辰六月十五日」
1688	宋時烈	『宋子大全』 卷89	「與權致道戊辰六月十八日」
1688	宋時烈	『宋子大全』 卷2	「高山九曲歌를 읊어 權尙夏에게 보내다」
1688	宋時烈	『宋子大全』 卷53	「答金起之戊辰九月十六日」

저작 시기	작자	문집	제목
1688	權尙夏	『寒水齋先生文集』 卷4	「尤菴先生께 올림」
1689	金壽恒	『文谷集』 卷6	「高山一曲 次朱子武夷一曲韻」
1689	宋時烈	『宋子大全』 卷182	「文谷金公 墓誌銘 幷序」
1690~1	權尙夏	『寒水齋先生文集』卷1	「高山七曲을 읊으면서 武夷棹歌의 韻을 쓰다」
1692?	宋疇錫	『鳳谷集』 卷1	「石潭第九曲」
1693	李畬	『睡谷先生集』 卷1	「石潭第四曲」
1698	金昌翕	『三淵集』 卷6	「石潭九曲」
1699?	李喜朝	『芝村先生文集』 卷1	「石潭八曲 次朱子武夷棹歌韻」
1699	金昌協	『농암집』 卷6	「詠懷故跡 贈別同甫之任海州」
1699	金昌協	『농암집』 卷22	「送李同甫牧海州序」
1699	李喜朝	『芝村先生文集』 卷19	「石潭瑤琴亭記」
1700	金昌協	『농암집』 卷25	「李樂甫의 『西游錄』 뒤에 쓰다.」
1700	李賀朝	『三秀軒稿』 卷2	「又用朱先生武夷九曲韻　以寓高山景行之思」
1700	李賀朝	『三秀軒稿』 卷2	「石潭九曲 用曲名中一字題一絶」
1709	權尙夏	『寒水齋先生文集』 卷5	「이동보에게 보냄」
1709	金昌翕	『삼연집』 卷9	「石潭六曲 次朱子武夷棹歌韻」
1709	金昌翕	『三淵集』 拾遺 卷7	「石潭六曲」
1709	宋奎濂	『霽月堂先生文集』 卷3	「石潭二曲」
1715	김유	『儉齋集』	「翻栗谷先生高山九曲歌」
1715	이의현	『도곡집』 卷1	「謁石潭祠」
1739	이의현	『도곡집』 卷4	「感舊遊篇」
1739	이의현	『도곡집』 卷4	「述懷」

　　선행 연구자들이 지적한 바와 같이 宋時烈은 『高山九曲圖帖』을 제작하는 데 열의를 보였다. 宋時烈은 노론계 문인들과 함께 朱子의 「武夷棹歌」를 분운하여 차운시인 「高山九曲詩」를 만들고자 했다. 尤庵은 생시에 이 작업이 완성되는 것을 보지 못하였고, 권상하가 우암 사후에 이 일을 마무리하였다. 이 과정에서 宋時烈과 권상하는 누구에게 시를 맡길 것인가를

고심하며 적임자를 찾는 데 여러 차례 논의를 거쳤음은 선행 논문에서 밝혀진 바 있다.[95] 송시열은 이 해에 김수항·김수흥 형제를 비롯해 栗谷의 후손에게까지 모두 6통의 편지를 보내 『高山九曲圖帖』 제작에 대한 열의를 보였다.

이 시기 「高山九曲詩」를 쓴 이들 중 김수항의 작시 배경은 주목할 만하다. 다음은 아들 김창협이 기록한 김수항의 행장이다.

> 자식들에게 훈계한 다음 죽은 뒤의 일에 대해 매우 자세히 조처하고는 붓을 잡아 큰형과 작은형 두 분 및 일가 사람들에게 영결을 고하는 편지 몇 장을 쓰고, 또 절구 두 수를 써서 뜻을 드러내었다. 이윽고 또 詩 「高山一曲」과 「黃山八卦亭」을 썼는데, 「高山」은 朱子의 「武夷棹歌」 韻에 맞추어 지어 달라고 尤齋가 일찍이 부탁하여 지어 둔 것이었고, 「黃山八卦亭」은 壺谷 南龍翼의 운에 맞추어 지어 달라고 竹林書院 유생이 청하여 지어 둔 것이므로 모두 조만간 전해 주라고 명하였다. 孤子 金昌業이 일찍이 「盆梅」 시를 짓고 그 시의 운자에 맞추어 시를 지어 달라고 청하자 승낙만 하고 실행하지 못했는데, 이때에 이르러 한번 말해 보았더니 부군은 즉흥으로 읊고 써서 보여 주었다. 부군은 이처럼 사약이 내려졌다는 소식을 듣고부터 며칠 동안 시문을 짓고 편지를 쓰는 것과 침식이나 말하고 웃는 것이 모두 평소와 조금도 다름없이 똑같았다.[96]

기사환국으로 사사되기 직전에 김수항은 일종의 의식을 치르듯이 「高山九曲詩」를 지었다. 이 일은 宋時烈이 지은 김수항의 묘지명 序에도 기록

---

95 이상원(2003), 앞의 논문.
96 金昌協, 국역 『농암집』 속집, 하권, 「선부군(先府君) 행장」 하

되어 있다. 宋時烈은 "朱子의 故事를 인용하여 高山一曲을 追作하고 八卦
亭 시를 지어 栗谷・牛溪 두 선생을 景慕하는 뜻을 보이니 그 지조의 굳음
과 涵養의 깊음을 속일 수 없었다."[97]고 하였다. 이렇게 하여 지어진 시는
다음과 같다.

> 一曲松間漾玉船　일곡이라 솔숲 사이로 옥선 띄우니
> 冠巖初日映前川　관암의 갓 뜬 해가 앞 개울을 비추네
> 携筇坐待佳朋至　지팡이 들고 좋은 벗 앉아서 기다리니
> 遠岫平蕪卷曙煙　먼 멧부리와 들판에 아침 연기 피어나네[98]

栗谷의 「高山九曲歌」 1곡의 시상과 비교했을 때, '冠巖에 해 비치는 모
습', '平蕪에 안개' 등의 풍광에 대한 묘사는 동일하게 계승되고 있다. 다만
다른 점이라고 할 만한 것은 「高山九曲歌」 1曲의 終章 부분이다. 「高山九
曲歌」에서는 "松間에 綠樽을 녹코 벗 온 양 보노라"라고 하였으나, 김수항
은 "좋은 벗 앉아서 기다린다"라고 표현했다는 점이다.

이 부분은 사사를 기다리는 사람이 쓴 시라고 보기에 다소 부자연스럽
기도 하다. 좋은 벗이란 과연 누구이며, 왜, 언제 기다리겠다는 것인가?
이 점을 이해하기 위해서는 시를 짓는 목적을 생각해야 할 것이다. 전술한
바와 같이, 이것은 『高山九曲圖帖』 제작을 목적으로 지어진 시이다. 『高山
九曲圖帖』에 참여한 인물들이 모두 노론계 학맥의 문사였다는 점, 『高山九
曲圖帖』 제작을 통해 자신들의 학통이 栗谷으로부터 계승되고 있음을 강

97　宋時烈, 국역 『송자대전』 권182, 「文谷金公墓誌銘」, "用朱子故事 追作高山一曲, 八卦亭
詩 以寓景慕栗, 牛兩先生之意 其持守之固 涵養之深 不可誣矣"

98　김수항, 국역 『文谷集』 卷之六, 「高山一曲 次朱子武夷一曲韻」

조했다는 점을 상기해야 할 것이다. 『高山九曲圖帖』이 완성되었을 때 자신의 학맥의 여러 문사들이 이 시들을 읽으며 자신들만의 '동류의식'을 고취하고자 하였음을 유추할 수 있다. 김수항에게 있어서 고산구곡은 栗谷이 강학한 장소임과 동시에 학맥이 같은 이들과의 同志愛를 느끼게 하는 장소로서 인식되었다.

「高山九曲詩」 이외에도 이 시기에 노론계 문인들은 고산구곡과 관련한 시문을 다수 창작하였다. 그 중 李喜朝, 李賀朝 형제의 고산구곡 방문은 중요한 기점이 된다. 1699년 李喜朝는 해주 목사를 제수받았다. 李喜朝의 매형 金昌協은 李喜朝에게 「옛 자취에 대한 회포를 읊어 해주에 부임되어 가는 同甫를 증별하다」와 「海州牧使로 赴任해 가는 李同甫를 송별한 서」를 써 그를 전송한다. 李喜朝는 목사가 되어 고산구곡을 찾아가 架空庵을 중건하고 瑤琴亭을 창설하였다. 夷齊祠의 편액을 尤庵의 친필인 淸聖廟로 바꾸었다.

이듬해인 1700년 2월에 李喜朝의 동생 李賀朝는 형의 任地인 이 해서 지방을 유람하며 『西遊錄』을 남긴다. 『西遊錄』에는 「又用朱先生武夷九曲韻 以寓高山景行之思」(10首)와 「石潭九曲 用曲名中一字題一絶」(10首)을 포함한 시 16편 수록되어 있다. 金昌協은 李賀朝에게도 『서유록』 후서를 써 주었다. 金昌協은 이들 형제와 학문적·혈연적으로 각별한 관계이기도 했으나, 金昌協이 이토록 이들 형제의 海州 訪問에 많은 글을 남긴 데에는 특별한 이유가 있다. 金昌協의 외조부인 羅星斗가 한때 해주 목사로 부임한 적이 있는데, 당시 8세이던 金昌協은 외조부를 따라 해주에서 글을 배우며 유년 시절을 보낸 바 있기 때문에 이들 형제의 海州 방문을 각별하게 여겼던 것으로 보인다.

　　더구나 해주의 高山에 있는 石潭은 우리 文成 先生이 道를 講究했던 곳이고, 그 아홉 굽이 계곡의 巖泉은 세상에서 朱子의 武夷九曲에 견주는 곳이다. 同甫가 政事를 행하는 餘暇에 자주 고을의 諸生을 이끌고 그곳에 가서 선생이 남긴 글을 강독하며, 또 鄕飮禮와 鄕射禮를 행하여 揖하고 辭讓하고 나아가고 물러나는 등의 예법을 익히고는, 그들과 함께 冠巖과 文山 사이를 오르내리고 逍遙하면서 仁, 智의 취향을 발현시킨다면, 同甫는 公西華의 禮樂을 펴겠다는 뜻과 曾點의 시를 읊으며 돌아오겠다는 뜻을 모두 얻을 수 있을 것이니, 어찌 훌륭하지 않겠는가.[99]

　　이 글을 통해, 海州는 '高山九曲이 있는 곳'이라는 상징성을 지님을 알 수 있다. 고산구곡은 栗谷이 도를 강구했던 곳이요, 그곳은 朱子의 무이구곡에 비견되는 곳으로 인식되고 있다. 여기서 앞선 시대와는 조금 층위를 달리하는 의견이 제시된다. 앞선 시대에는 栗谷이 고산구곡에서 주자를 따르고자 하였다는 것은 인정했지만, 그 자체로 栗谷이 주자를 계승하였다는 점을 인정한 것은 아니었다. 계승하고자 노력하는 사람과 실제로 계승자는 다르기 때문이다. 세상 사람들이 고산구곡을 무이구곡에 빗대는 까닭은, 고산구곡에서 선현이 남긴 글을 강독하고, 예법을 익히고, 자연에서 음영하며 樂山樂水하는 장소이기 때문이다.

　　그런데 정작에 金昌協은 자신이 짓기로 했던 「高山九曲詩」 第6首를 끝내 짓지 않았다. 金昌協을 대신해 그의 아우인 金昌翕이 지은 6곡 시가 「高山九曲詩」에 수록되었다. 이에 대해서는 金昌協이 李賀朝의 『西遊錄』에 썼던 발문을 참고할 만하다.

99　金昌協, 국역 『농암집』 제22권, 「海州牧使로 부임해 가는 李同甫를 송별한 서」

　나는 어릴 적에 海州牧使로 赴任한 외할아버지를 모시고 있으면서 어른
들을 따라 읍 안의 명승지를 꽤 구경하였다. 그러나 유독 石潭에는 한 번도
가보지 못하였으니, 이는 마치 泗州를 지나면서 闕里를 보지 못한 것과
같은 꼴이라, 後日에 그 일을 생각하면 늘 매우 부끄럽고 한스러웠다.

　지난날 尤齋 선생은 뜻을 같이하는 여러 공들과 '朱先生의 「武夷棹歌」에
次韻하여 石潭 아홉 굽이를 나누어 각자 시를 읊어 보자.'고 약속하고는
先生이 먼저 짓고 선군자가 그 뒤를 이었다. 나도 외람되이 그 속에 끼게
되었으나 12년이 지난 지금까지 짓지 못하고 있으니, 이승과 저승을 돌아볼
때 부끄럽고 한스러운 마음이 더욱 절실하다. 그런데 이제 樂甫는 그 아홉
굽이를 두루 유람한 데다 각 굽이마다 「武夷棹歌」의 韻을 사용하여 그 아름
다운 경치를 읊었으니, 어찌하여 내가 하지 못한 것을 樂甫는 모두 얻었단
말인가.[100]

　이 글에 따르면, 자신이 「高山九曲詩」를 짓지 않은 까닭은 유람의 기회
가 있었음에도 불구하고 아직까지 직접 가보지 못했기 때문이라고 하여
시를 짓는 것 자체가 어려움을 호소하고 있다. 그런데, 여기서 주목할 만한
점은 더 이상 高山九曲은 栗谷과 朱子만을 떠올리는 장소가 아니라는 사
실이다. 宋時烈이 「高山九曲詩」를 부탁한 이후로, 고산구곡은 '우재 선생
의 뜻'을 떠올리게 하는 장소로 인식된다. 그래서 金昌協은 해주의 高山九
曲을 떠올릴 때마다 그 상황을 "부끄럽고 한스러워"하고 있다. 같은 학맥
의 문인들과 합심하여 「高山九曲詩」를 짓고자 했던 스승의 뜻을 알고도
지키지 못했기 때문이다.

　이 시기는 특히 노론계 문인 학자들이 고산구곡에 대한 시문을 폭발적

100　金昌協, 국역 『농암집』 제25권, 題跋, 「李樂甫의 『西游錄』 뒤에 쓰다.」

으로 남긴 시기다. 宋時烈이 『高山九曲圖帖』을 제작하자고 발의한 데에
서 비롯되었는데, 기사환국으로 이들이 정치적으로 위기를 겪게 되면서
고산구곡은 栗谷을 중심으로 한 도맥의 확립이라는 새로운 이념을 담은
장소로 인식되기에 이르렀다. 여기에 『高山九曲圖帖』 제작을 위한 宋時
烈의 의지가 덧보태 지면서 高山九曲을 통해 '大老' 宋時烈이 연상되기도
하였다.

3) '崇儒重道'의 상징적 장소로서의 고산구곡

앞선 시기에는 고산구곡에 대한 열의가 노론계 문인에 의해 이어졌던데
반해, 18세기 중반에 들어서는 이 양상이 다소 변화하게 된다. 임금의 주도
하에 고산구곡과 紹賢書院에 대한 치제 등이 이루어졌다. 이 시기 고산구
곡과 관련한 기사는 다음과 같다.

[표 5] 18세기 후반 고산구곡 관련 글 목록

저작 시기	작자	문집	제목
1770	洪良浩	『耳溪集』 권4	「夜入九曲潭」
1770	洪良浩	『耳溪集』 권4	「曉發石潭 冒雨向松禾」
1770	洪良浩	『耳溪集』 권4	「石潭書院」
1783	正祖	『弘齋全書』 20권	「紹賢書院 致祭文」
1785	尹行恁	『碩齋稿』 권1	「謁紹賢書院 次九曲韻」
1807	洪仁謨	『足睡堂集』 권4	「祇拜紹賢書院 仍登聽溪堂 堂是 栗谷先生舊堂址也」
1807	洪仁謨	『足睡堂集』 권4	「石潭瑤琴亭」
1811	洪敬謨	『冠巖全書』 18책	「紹賢書院記」
1811	洪敬謨	『冠巖全書』 18책	「石潭九曲記」

1760(英祖 36)년에 英祖는 熙政堂에서 儒臣을 불러『聖學輯要』를 강연하다가 栗谷의 "惓惓한 뜻"이 이 책에 모두 실려 있다 여겨 소현서원에 치제하도록 한 바 있다.[101] 다음 시기 서원이 철폐된 이후 소현서원을 회복할 것을 청하는 상소문에 따르면 이때, 英祖는 서원 터를 그려 바치게 하였다고 한다. 正祖도 1781(정조 5)년에 고산구곡을 그려 바치게 하였다. 正祖의 경우, 이외에도 '崇儒重道'라는 綸音을 써서 걸게 하고(1783년), 御製『擊蒙要訣』 서문을 걸게 하고(1790년), 사서삼경을 간행하여 紹賢書院에 내려주는(1794년) 등[102] 각별하게 紹賢書院을 대했음을 알 수 있다.

正祖는 집권 초기부터 몇 차례에 걸쳐 소현서원에 치제하게 하고 직접 제문을 지어 내린 바 있다.[103] 그 중 正祖 6년(1782년) 12月 28日의 치제에는 당시의 정치적 상황이 깔려 있다. 당시에 李澤徵(1715~1782)은 正祖의 규장각 운영에 대한 상소를 올리는데, 이것이 모반사건으로 확장되어 결국 그 해 화를 당하게 되었다. 正祖는 매우 강경한 태도로 이 일을 마무리하였다. 李澤徵과, 그를 옹호했던 李有白은 모두 사형에 처했고, 李澤徵의 고향이 江陵이라 하여 '江原道'를 '原春道'라 바꾸게 하는 등, 강도 높게 이 일을 처리하였다.

그리고는 '선비를 숭상하고 도를 중히 여기는 일[崇儒重道]'에 대하여 중앙과 지방에 유시하면서 "西原의 華陽書院과 海州의 石潭書院에 閣臣을 파견하여 제사를 지내"라고 유시하였다. 그리고 특히 해주는 趙光祖·李滉·成渾·金長生·宋時烈 등이 栗谷과 함께 배향되어 있으므로 친히 祭

---

101 『영조실록』36년(1760), 2월29일 (갑진), 「희정당에서 유신을 불러 소대하여『성학집요』를 강하다」

102 『승정원일기』, 고종 21년(1884), 2월 13일, 「紹賢書院을 회복해 줄 것을 청하는 황해도 유생 진사 박능사 등의 상소」

103 『정조실록』5년(1781), 7월 5일조 ;『정조실록』6년(1782), 12월 28일조.

文을 지었다. 다음은 正祖의 紹賢書院 致祭文 일부이다.

仰止高山	고산을 우러러봄에
逶迤九曲	구곡이 길게 뻗어 내렸으니
居因武夷	거처는 무이에 인연하고
院起白鹿	서원은 백록에 기인하네
緬憶高風	높은 풍성(風聲)을 아득히 생각하니
出日曒若	솟아오르는 해처럼 빛나네
如公在者	만일 공이 살아 있었더라면
人豈冥摘	사람들이 어찌 어두운 길에 헤맸으리오
展也君子	진실로 군자로되
九原難作	구원에서 일으키기 어려워라
親製數行	친히 몇 줄의 제문을 지어서
馨我悃愊	나의 간곡한 정성을 기울이나이다[104]

正祖는 현재 사대부들이 정론을 잃고 어둠 속에서 헤매고 있다고 인식하고 있다. 이 치제문에서 高山九曲이 주자의 무이구곡에 연원을 두고 있으며, 紹賢書院의 학규 등이 白鹿洞書院에서 비롯했음을 말함으로써, 栗谷이 우리나라 성리학의 도맥을 계승하고 있음을 강조하고 있다. 이를 통해 국가적 차원에서 성리학의 학문적 근원을 다시 환기시키고자 했다. 규장 각을 중심으로 학문적 분위기를 신장시키고, 주자 중심의 학문적 풍토를 재정립하는 일련의 행위는 왕권 강화의 한 방편으로 활용되기도 하였다. 이러한 움직임은 차후에 『尊周錄』 편찬으로 확대되기도 하였다.

---

104 정조, 국역 『홍재전서』 제20권, 「紹賢書院 致祭文」

다음은 尹行恁(1762~1801)이 소현서원에 배알하고 지은 시이다.

五曲隱屏境更深　　오곡이라 은병은 지경 더욱 깊어
夕風蕭散振靑林　　저녁 바람 서늘하니 흩어져 푸른 숲을 흔드네.
先生講道知何歲　　선생께서 도를 강학하시던 때 그 언제런고
明月千秋印水心　　밝은 달 천추에 물에 비추네.[105]

尹行恁은 병자호란 때 화의에 반대하다 청나라에 잡혀가 순절한 삼학사의 한사람인 尹集의 후손이다. 그는 22살 때 抄啓文臣으로 선발되었으며, 그 해 정조로부터 '碩齋'라는 호를 하사받았다. 1786년(正祖 10)에 윤행임은 正祖의 명으로 肅廟御贊三忠圖像을 永柔縣 臥龍祠에 奉安하러 갔다 왔는데, 正祖는 그가 忠臣 尹集의 後孫이기 때문에 치제의 일을 맡겼던 것이다.[106] 돌아오는 길에 당시 형 尹行儼이 해주 판관이었으므로 高山九曲을 거쳐 돌아왔다. 이 시는 그때 지어진 시로 보인다.

이 시는 朱子의 「武夷棹歌」를 次韻한 시나, 첫 수를 빼고 1곡부터 9곡까지 각 곡의 풍경에 대해서만 읊었으므로 모두 9수로 구성되어 있다. 5곡 은병정사를 읊은 시에서는 주자의 「齋居感興」의 '秋月寒水'가 전고로 사용되었다. 주자는 이 시에서 "삼가 천 년의 마음을 생각하니 가을 달이 찬 물에 비치는 듯 하네(恭惟千載心 秋月照寒水)"라 읊었는데, 성현 즉 공자의 가르침이 가을 달처럼 밝아 아주 냉철하고도 明澄하게 비추어 보인다고 말한 것이다.

105　尹行恁, 『碩齋稿』 卷一, 「謁紹賢書院 次九曲韻」
106　尹行恁, 『碩齋遺稿』 附錄, 「行狀」(尹定鉉), "時肅廟御贊三忠圖像 將奉安于永柔縣臥龍祠 教曰 尹某忠臣之後也 其令陪往致祭"

이 시 구절을 인용함으로써 尹行恁은 栗谷의 가르침 너머에 朱子와 공자의 유풍을 중첩해 연결한 것이다. 첫 구절은 崔岦이 평한 바와 같이 5곡에 들어서 '隱'의 의미가 깊어졌음을 이야기하였다. 물리적 환경으로 유추했을 때, 돌로 된 봉우리가 병풍처럼 쳐 있는 풍광에 저녁 바람이 불면 그 바람 소리가 숲을 뒤흔들 만한 풍광을 상상할 수 있다. 수많은 풍경 가운데 이 풍경을 선택함으로써 尹行恁은 栗谷의 남은 자취와 그가 후세에 끼친 영향을 비유적으로 표현하고자 했다. 轉句에 이르러, 栗谷이 강학하던 그 시절을 회상하고는 이어 結句에 이르러서 그의 가르침이 명징하여 지금도 여전히 후학에게 전수되고 있음을 말하였다. 마치 朱子가 옛 성현의 가르침을 고요히 바라보듯, 그 광경을 자신이 지켜보고 있다는 것이다.

다음은 洪敬謨가 쓴 「石潭九曲記」이다.

(가) 이것은 모두 선생께서 命名하신 바이다. 이 못은 淸溪로부터 흘러 文山이 되어 내려와 합하여 九曲의 못이 되는데 葛阿村의 물줄기에서 합류하여 東南으로 바다에 흘러들어간다. 대개 文山은 石潭의 시작이요, 九曲의 끝이 되고, 冠巖은 石潭의 下流이고 九曲의 첫 번째가 된다. 아래로부터 올라가니 거의 학문으로 나아가는 차례와 비슷하다. 또 9라는 것은 陽數의 極이라, 乾의 策數는 9를 쓰고 「洪範」에는 九疇가 있고, 「禹貢」에는 九州가 있고 못은 九曲이 있으니 또한 절로 그러하게 된 수이다.

(나) 아! 선생은 세상의 大賢으로서 물러나 바위틈에서 머물며 仁과 智를 즐기시고 性情을 기르셨도다. 거의 夫子께서 洙泗에서 하신 바와 같아 德을 이루려는 자로 하여금 薰化하시고, 風敎를 듣고자 하는 자에게 感發하여 넓게 가르침을 주시니, '城南의 목욕과 壇上의 읊음[城南之浴 壇上之詠]'을

방불케 하네. 遺風과 남은 자취는 지금 사람의 耳目에 남아 있으니 바위와 물이 맑고 깨끗하여 하나의 빼어난 경계가 되니 武夷九曲이 오로지 예부터 아름다웠다 여기지 마시오 어찌 東南으로 千里나 吾道는 한 가지 氣脈이니 서로 관통하고 있다네![107]

이 글은 1811년 4월, 海州에 가뭄으로 인해 綸音을 전하기 위해 갔을 때 쓰인 것으로 보인다. 洪敬謨는 (가)에서 高山九曲의 순서가 학문의 차례와 닮았다는 점과 '9'라는 숫자가 지닌 상징성을 전제로 하고 있다. 주자학에 근거해 노론계 문인 학자들이 '武夷九曲'을 '入道次第'로 인식하는 것과 같은 맥락이다.

이어서 (나)에서는 栗谷이 이 고산구곡 경영을 통해 성정을 기르고자 했다는 점이 주자, 더 나아가 공자에 비의할 만하다고 말하였다. '城南의 목욕과 壇上의 읊음[城南之浴 壇上之詠]'은 『論語』에서, "曾點이 '늦은 봄에 봄옷이 만들어지면 冠을 쓴 벗 대여섯 명과 아이들 예닐곱 명을 데리고 沂水에 가서 목욕을 하고 祈雨祭 드리는 舞雩에서 바람을 쐰 뒤에 노래하며 돌아오겠다.'라고 하니, 공자가 아! 감탄하시고 '나는 너의 뜻에 찬성하노라.'"[108]고 한 구절을 의미한다. 결국 洪敬謨는 栗谷의 高山九曲 경영을

---

107 洪敬謨, 『冠巖全書』 冊十八, 「石潭九曲記」, "斯皆先生之所命名者也 是潭也自淸溪流爲文山而下 滙成九曲之潭 合于葛阿村之曲川 東南入于海 盖文山潭之源頭而爲九曲之終 冠岩潭之下流而爲九曲之一 自下而上 殆類進學之次序 且九者陽數之極也 乾之策用九 而範有九疇 貢有九州潭之有九曲 亦自然之數也 噫先生以曆世之大賢 退老岩棲 樂仁智而養情性 殆若夫子之作于洙泗之上 使觀德者薰化 聞風者感發 洋洋絃誦 彷彿乎城南之浴壇上之詠 流風余躅 至今在人耳目 而巖淨水清 爲一區勝區 罔俾武夷之九曲專美于古 豈東南千里 吾道一氣脈 自相貫通歟"

108 『논어』, 「선진」, "暮春者 春服既成 冠者五六人 童子六七人 浴乎沂 風乎舞雩 詠而歸 夫子喟然嘆曰 吾與點也."

朱子 - 孔子와 연결함으로써 도맥의 흐름이 관통하여 전해지고 있음을 표명하였다.

이 시기의 특징은 고산구곡에 대해 위상을 높이고자 하는 일이 조정에 서부터 비롯되고 있다는 점이다. 아울러, 이 작업은 단순히 대현을 기억하 는 차원을 넘어 '선비를 숭상하고 도를 중히 여기는 일[崇儒重道]'이라는 명분을 지닌 정치적 이념으로 활용되었다. 이로써, 高山九曲은 보다 공적 인 정체성을 지닌 추상적인 장소로 인식되기에 이르렀다.

4) 서원 철폐 시기의 고산구곡

1863年 大院君이 집권한 이래로, 서원철폐가 서서히 시작되었다. 紹賢 書院도 사액서원임에도 불구하고 1871年 철폐되었다. 1884年 高宗 21년에 황해도 유생들이 몇 차례 상소를 올려 다시 회복시켜 줄 것을 간청했으나 이 청은 받아들여지지 않았다.

이 시기 고산구곡에 대한 기사는 다음과 같다.

[표 6] 19세기 후반 고산구곡 관련 글 목록

저작 시기	작자	문집	제목
1867	宋秉璿	『淵齋先生文集』 권19	西遊記
1867	宋秉璿	『淵齋先生文集』 권1	石潭有感
1876	金允植	『雲養集』 권3	石潭瑤琴亭
1877	金平默	『重菴先生文集』 권44	書栗谷李先生高山九曲歌帖後
1884		『承政院日記』	高宗 21年 甲申(1884) 2月 13日, 2月 16日
1891	柳重教	『省齋先生文集』 권1	「步韻贈金智庵居士」
1901	宋秉璿	『淵齋先生文集』 卷27	「隱屛精舍重建記」
1902	柳麟錫	『毅菴先生文集』 卷42	「隱屛精舍記」

金允植의 다음 시는 서원철폐 이후 고산구곡의 모습을 여실히 보여준다.

澗阿秋日明皜皜	계곡과 언덕에 가을 햇살이 환히 비추는데
亭上無人杏樹老	정자 위엔 사람 없고 은행나무만 늙었네.
先生昔日歌考槃	지난날 선생께선 「고반」을 노래하며
三尺瑤琴手自抱	삼 척의 고운 거문고를 손수 껴안았네.
一彈怡性靈	한 번 뜯으며 성령을 도야하고
再彈憂世道	두 번 뜯으며 세도를 근심했네.
先生一去琴隨亡	선생께서 떠나니 거문고도 따라 사라지고
遺韻滿山空文藻	남겨진 가락만 산에 가득하여 문채만 쓸쓸하네.
廢院荒涼不可尋	폐원은 황폐해져 찾을 길 없고
穹碑埋沒庭中草	비석은 파묻혀 마당 풀 속에 있네.
九曲之水迷眞源	아홉 구비 물 진원을 잃었으니
將身何處更洗澡	어디서 이 몸을 다시 씻어야 하나[109]

이 시는 1876년 황해도 암행어사 시절의 시를 엮은 「海西持斧集」에 수록되어 있다. 高山九曲에 있는 瑤琴亭에 올라 지은 시다. 瑤琴亭은 1699年 李喜朝가 해주 목사로 부임하여 만든 정자이다. 李喜朝는 栗谷이 평소 아우 李瑀와 거문고를 즐겨 연주했다는 것을 생각하여 이 정자를 세웠다.

이 시에서 이야기하는 '考槃'은 『詩經』 衛風의 시, 「考槃」을 가리킨다. '考槃'이란 은자가 사는 집을 가리키는 말로, '고반을 노래하였다'는 의미는 高山九曲에 머물던 당시의 栗谷의 은자다운 풍모를 표현한 것이다. 그러나 이 시 속에서는 栗谷이 朱子로부터 이어지는 도맥을 계승했다는 언

---

109 김윤식, 국역 『운양집』 제3권, 「石潭瑤琴亭」

술은 어디에도 보이지 않는다. 같은 맥락으로, 高山九曲은 성현이 떠난 이후에 황량한 모습으로 묘사되어 있다. 그 중에서도 소현서원은 서원철폐 이후 황폐해진 모습으로 묘사되었다.

大院君이 물러난 이후 1884年에는 지방의 유생들을 중심으로 紹賢書院의 지위를 회복해 줄 것을 청하는 노력이 있었다.

> 황해도 유생 진사 朴能洄 등이 상소하기를, "삼가 아룁니다. 공자 뒤에 대성한 이는 주자이고 주자 뒤에 대성한 이는 先正臣 文成公 李珥입니다. (…中略…) 대개 사당을 세워 성현을 제사하는 것은 높이 받들고 은혜에 보답하기 위한 것이겠으나, 터전을 잡고 살면서 講道하던 곳에서 더욱이 정성스레 존숭을 다하니, 이 때문에 공자의 사당이 천하에 벌여 있으나 曲阜만한 데가 없고, 주자의 사당이 閩中에 두루 있으나 武夷를 더욱 중히 여기는 것입니다.
>
> 이제 신들은 先正의 遺風에 물들고 先正의 鄕約을 따르며 孔子처럼 우러르고 朱子처럼 사모하거니와, <u>石潭이 文成公에게는 곧 孔子의 曲阜이고 朱子의 武夷입니다.</u> (…中略…) <u>萬曆 庚戌年(1610, 光海君2)에 紹賢書院이라 賜額하였는데, '紹賢'이라는 두 글자는 道統이 서로 이어졌다는 뜻입니다.</u> 朱子 이후로 聖賢이 가고 말이 끊어져 우리의 유교가 전해지지 않더니 우리 성조에 이르러 뭇 어진이가 배출되었는데, 오직 이 여섯 어진이가 위로 천 년 동안 전하지 않던 통서를 잇고 아래로 百代를 이어 갈 斯文의 正脈을 열었으니, 이 서원에 扁額한 거룩한 뜻이 어찌 우연한 것이겠습니까.[110]
>
> 신들이 이 서원은 斯文에 관계되는 바이고 道脈이 의지하는 바이므로

---

110 『승정원일기』, 고종 21년 갑신(1884, 광서10), 2월 13일, 「紹賢書院을 회복해 줄 것을 청하는 황해도 유생 진사 박능사 등의 상소」

도로 설치하는 일을 하루라도 천천히 할 수 없다는 뜻을 다시 아뢰오니, 聖明은 굽어살펴 주시기 바랍니다. (…中略…) 생각건대, 先正이 石潭에서 山水의 자연을 즐긴 것은 아득히 道와 부합하거니와 살아서는 이곳에서 학문에 힘쓰고 서거하여서는 이곳에서 제사하므로 精靈이 洋洋하여 편안한 지 이미 오래 되어서 이제까지 수백 년 동안 산천초목도 빛을 입었으니, 여느 자취를 남긴 곳과 견주어 논할 수 없는데, 이 서원이 철폐하는 데 섞여 들어간 것은 有司가 거행할 때에 잘못 살폈기 때문이고 머물던 곳을 그대로 보존하라고 그때 하교하신 본래의 취지와 어긋나는 일인 듯합니다. <u>斯道의 統紹가 이어진 것이 이러하고 이곳이 이처럼 중요한데도 이곳에 서원의 제사를 그대로 보존하지 않는다면 儒術을 숭상하고 학풍을 북돋우는 정사로서는 참으로 작은 일이 아니니, 신들이 이 때문에 번거로움을 피하지 않고 윤허받을 때까지 그만두지 않으려는 것입니다.</u>[111]

이들은 상소문에서 소현서원이 그동안 先王들로부터 많은 후의를 입었음을 강조하였다. 그 후의를 받을 수 있었던 근거로 두 가지를 들고 있다. 첫째는 고산구곡은 栗谷이 조성한 곳으로, 이 장소가 栗谷에게 지니는 의미가 마치 孔子에게 있어서 曲阜, 朱子에게 있어서 武夷와 같기 때문이라고 하였다. 두 번째는 趙光祖를 비롯한 여러 유학자들을 배향함으로써 조선 유학의 도맥을 계승한 이들을 함께 모시고 있기 때문이라고 하였다. 그러니 斯文의 맥을 잇기 위해서라도 紹賢書院이 회복되어야 함을 강조하였다. 그러나 高宗은 이 상소를 받아들이지 않았다.

이후 栗谷의 門中을 중심으로 고산구곡의 실추된 권위를 회복하고자 하는 노력이 계속되었다. 그 노력은 隱屛精舍를 중건하는 것으로 결실을

---

111 『승정원일기』, 고종 21년 갑신(1884, 광서10), 2월 16일, 「紹賢書院을 회복해 줄 것을 청하는 황해도 유생 이민경 등의 상소」

맺게 되었다.

다음은 柳麟錫의 「隱屛精舍重修記」 일부이다.

(가) 朱子는 孔子보다 뒤에 태어났다. 대체로 전체를 쫓아 대용을 행하고
孔子의 학문을 集成하여 뒷사람들의 길을 계속해서 열어주었으니 하나같
이 孔子와 닮았다고 한다. 朱子보다 뒤에 우리나라에서 태어난 분으로 우리
栗谷 李 先生이 있으시다. 그의 자질이 총명하여 朱子를 배워 그의 전체와
대용을 모두 얻었다. 위로는 모든 儒學者들을 모으고 아래로는 여러 賢者들
을 계몽했다. 이와 같은 까닭에 뒤에 끝없는 하늘 아래 큰 眼目의 賢人이
出現했다는 말로 정론을 삼게 되었다. 大聖人이 위에서 지어서 그를 기리어
말하기를, "참으로 文成은 左海의 夫子로다. 武夷, 石潭은 千古에 두 사람뿐,
아아 위대하다"라고 했다.

(나) 지금 嗣孫인 校理 種文이 그 선대 參判公이 서원이 철폐되어 학문이
해이해진 것을 몹시 아프게 여기면서부터 매년 봄가을에 서원터로 나가
선생의 學規를 강하고 契를 세워 강학하는 사람들이 바탕 삼을 수 있는
방법을 꾀하다가 지금 祭酒 先生 宋秉璿 公이 다시 朱子의 사당을 세울
것을 권하니 그것을 기회로 그 친족형 種珏, 고을 선비 朴昌弼, 吳克濟와
더불어 다시 세울 것을 상의하여 辛丑年(1901) 2월에 시작하여 5월 20日에
이르러 일을 끝냈다. 朱子의 影幀은 궤에 담아 그것을 奉安했고 선생을
배향했으나 본래 영정이 없어 종이로 만든 위패를 사용했다. 대체로 규모와
체재가 前日의 것과 다름이 없을 수 없었으나 시대의 형편과 일에 들이는
힘을 헤아려 잠시 그렇게 하고 매월 초하루 보름에 많은 선비들을 모아
영정을 걸고 배알하고는 물러나 앉아서 書를 강했다. 이에 隱屛精舍의 옛
호칭을 扁額으로 걸고 이에 편지를 金淳範에게 주어 밀리 關西까지 오게
하여 麟錫에게 記文 써주기를 명했다.

(다) 그러나 지금 천하가 어두워 仁義가 꽉 막혀 人道가 거의 망하려고
하는 때를 당하여 先生의 後孫으로부터 그의 마을에 그의 후학들이 선생이
뜻하던 일을 일으키어 시기적절하게 폐쇄됐던 精舍를 잘 손질하여 회복시
켰으니 이것은 아마도 斯文이 흥하고 쇠하는 관건일 것이니 만약 天心이
존재한다면 역시 그것을 위하여 그 결실이 있을 뿐이다. 만약 선생의 자손
으로 하여금 '어찌 이다지도 다행스럽단 말인가. 孔子, 朱子를 계승해 大賢
이 일어나 우리 집안의 先祖가 되셨으니! 그러니 전형을 계승하지 아니할
수 있겠는가?'라고 말하게 한다면 후학들은 '얼마나 다행스럽단 말인가!
孔子, 朱子를 계승하여 대현이 일어나 우리 고을의 先師가 되셨으니! 그러
니 모범을 받들지 않을 수 있겠는가?'라고 말할 것이다. <u>先祖를 계승하지
않고 받들지 않으면 내가 先祖, 先師를 등지게 되고 先祖, 先師를 등지면
孔子, 朱子를 등지게 된다.</u>[112]

柳麟錫은 이 글에서 (가) 栗谷은 孔子에서 朱子로 넘어오는 우리나라
도맥의 계승자임을 강조하여 隱屛精舍 중건의 당위성을 말하였다. 이어서
(나) 隱屛精舍를 중건하기 위한 그간의 노력과 享祀의 기능을 회복하고자
노력했던 과정을 자세히 기록하였다. (다) 부분에서는 高山九曲에 대한 위
상이 전과 같지 않음을 시사한다. 이미 조선 말기에 접어들면서 주자 중심
의 성리학은 서세동점하는 급변하는 사회 질서에서 부조화를 빚고 있었다.
더욱이 사액서원으로서 누리던 지위는 부역과 조세의 혜택이 없어지면서
현실적으로 실추될 수밖에 없는 상황이었다. 이러한 상황에서 문중 차원
에서 선조의 유적을 관리하는 것은, 그 시도 자체는 높이 살만 하나 실현
가능성은 그리 높아 보이지 않는다. (다)의 마지막 언술은 이러한 현실적

---

112 유인석, 국역 『의암집』(의암학회 역) 권 42, 「隱屛精舍記」

상황을 의식한 표현으로 보인다.

조선 말기, 대원군의 집정 이후 전국적으로 시행된 서원 철폐령에 따라 紹賢書院도 훼철되기에 이른다. 시대적으로 주자 중심의 성리학이 위협을 받는 상황에서, 국가적인 차원에서 제공하던 실질적인 지원이 끊어지면서 紹賢書院은 물론, 高山九曲의 위상은 위협을 받게 되었다. 노론 학맥에서 분파한 화서학파 인물들을 중심으로 하여 우리나라의 도맥 계승의 중심지로서의 고산구곡의 정통성을 확립하려고 노력하였으나, 그 노력을 결실을 맺지 못하였다.

5) 고산구곡의 의미

高山九曲은 황해도 해주에 있는 구곡의 하나로, 栗谷 李珥가 주자의 무이구곡을 본받아 은거했던 곳이다. 조선 중기 이후 주자 중심의 성리학이 학문적·정치적으로 절대적인 위상을 지니면서 朱子의 구곡 경영은 이 시기 많은 문인 학자들에게 출처의 한 표본으로 인식되었다. 栗谷 역시 고산구곡을 '學朱子'의 상징적 장소로 삼았다.

栗谷 사후에도 고산구곡은 지속적으로 문학의 소재로 등장하였고, 새로운 이념을 담은 장소로 인식되었다. 이 장에서는 高山九曲의 성립을 살펴보고, 高山九曲에 대한 시문을 살펴봄으로써 高山九曲의 시대적 의미가 어떻게 변화하는지, 그를 통해 고산구곡이라는 장소가 당대 문인들에게 어떻게 인식되는가를 규정해 보았다.

栗谷 死後에 栗谷의 문우들을 중심으로 하여 高山九曲은 栗谷의 다른 연고지들과는 구별되는 특별한 장소로 인식되었다. 이 시기에 고산구곡은 栗谷이라는 대현이 은거와 강학을 했던 장소라는 공적인 기억에, 고산구

곡이라는 장소와 관련하여 栗谷과의 친분 혹은 개인적인 경험이 덧보태
지면서 보다 실질적인 장소로 기억되고 있다.

　다음 시기는 宋時烈을 필두로 하여 노론계 문인들이 고산구곡과 관련한
시문을 남긴 시기다. 宋時烈의『高山九曲圖帖』제작을 향한 열의와, 기사
환국으로 사사되기 직전에「高山九曲詩」를 남긴 金壽恒의 이야기는 노론
계 문인들이 고산구곡을 기억하는 데 있어서 자극이 될 만하였다. 이들은
고산구곡을 栗谷을 중심으로 한 도맥의 확립이라는 새로운 이념을 담은
장소로 인식하였다. 여기에『高山九曲圖帖』제작을 위한 宋時烈의 노력이
덧보태 지면서 고산구곡을 통해 '大老'로서 宋時烈이 연결되기도 하였다.

　다음 시기는 英 · 正祖 집권 시기이다. 앞선 시기와는 다르게, 조정에서
왕의 발의로 고산구곡에 대한 숭앙이 적극적으로 이행되었던 시기이다.
그 작업은 단순히 대현을 기억하는 차원을 넘어 '선비를 숭상하고 도를
중히 여기는 일[崇儒重道]'이라는 명분을 지닌 일련의 정치적 이념으로 활용
됨으로써, 고산구곡은 보다 공적인 정체성을 지니며 추상적인 장소로 인
식되기에 이르렀다. 작품 또한 주로 해주에 방문하는 관원들의 시문이 주
를 이루었다.

　마지막 시기는 고산구곡이라는 장소에 대한 정체성이 점차 희박해지는
시기이기도 하다. 이 시기, 대원군의 집정 이후 전국적으로 시행된 서원
철폐령에 따라 소현서원도 훼철되기에 이른다. 시대적으로 주자 중심의
성리학이 위협을 받는 상황에서, 국가적인 차원에서 제공하던 실질적인
지원이 끊어지면서 소현서원은 물론, 고산구곡의 위상은 위협을 받게 되
었다. 노론 학맥에서 분파한 화서학파 인물들을 중심으로 하여 우리나라
의 도맥 계승의 중심지로서의 고산구곡의 정통성을 확립하려고 노력하였
으나, 그 노력을 결실을 맺지 못하였다.

2. 실천적 강학의 장소, 곡운구곡

1) 곡운구곡의 성립과 장동 김문

현종 연간에 서인의 중심 가문으로 정국을 주도하는 위치에 서 있었던 가문은 송준길(宋浚吉, 1606~1672) · 송시열 등 은진 송문(恩津 宋門), 김만기(金萬基, 1633~1687) · 김만중(金萬重, 1637~1692) 형제로 대표되는 광산 김문(光山 金門), 민정중(閔鼎重, 1628~1692) · 민유중(閔維重, 1630~1687) 형제의 여흥 민문(驪興 閔門), 김수흥(金壽興) · 김수항(金壽恒) 형제의 장동 김문(壯洞 金門) 등이다.

노론계 학맥에서 가장 중요한 집안 중 하나가 바로 장동 김문이다. 장동 김문은 안동 김문의 한 지파로써 16세기 이후 서울에 세거한 안동 김문을 일컫는다. 이 가문은 조선 전기에는 미미하다가 후기에 부상하여 19세기 초반 최대의 세도가문이 되었다. 병자호란 시기 김상용이 순절하고 김상헌이 척화론을 주도하였으며, 환국기에 김수항, 김창집 부자가 사사되는 과정을 거치면서 장동 김문은 서인 노론 계열에서 척화(斥和)와 충량(忠良)을 대표하는 가문이 되었다. 정계에서 물러났을 때는 은사와 학자가 등장하여 학풍과 문예를 이끌었다.[113]

장동 김문은 김상용과 김상헌 형제가 각각 문과에 급제하고 서인의 중진으로 명성을 날리면서 중앙 정계에 두각을 나타내었다. 김상헌은 대표적인 반청 인사로, 병자호란 당시 척화를 주장하다가 심양에 볼모로 잡혀간 바 있다. 청나라에 잡혀간 이후에도 절개를 굽히지 않았던 김상헌은 귀국 후에 낙향하여 은거하였다. '대명의리론'을 내세운 서인 노론계가 정계의 주도권을 잡으면서 김상헌은 '大老'로 추앙받으며 명분의 상징이

---

113 이경구(2003), "장동 김문의 문물수용론과 문예활동", 『한국학보』 29, 일지사.

되었다. 김상헌의 손자인 김수증, 김수홍, 김수항 형제는 그 정신적 유산 속에서 중앙 정계에서 활동하였다. 김수홍, 김수항은 중앙 정계에서 활동 하였는데, 17세기 후반 예송논쟁에 적극적으로 참여하였다가 기사환국 (1689년)에 유배되어 생을 마감하였다.

김수증은 김상헌의 세 명의 손자(수증, 수항, 수홍), 이른바 三壽 중 맏이이 며, 김창협 · 김창흡을 필두로 문명을 날린 이른바 '6昌'의 백부다. 기사환 국으로 가문에 화가 미치자 김수증은 거듭된 예송논쟁으로 인해 혼란한 정치 상황을 피하여 현재의 강원도 화천군 사내면 영당동 일대를 자신의 卜居地로 정하여 은거했다. 그는 골짜기에 '谷雲'이라는 이름을 붙이고 九曲을 경영하며 그 주변에 籠水亭 · 不知菴 · 無名窩 등의 여러 정자와 堂을 마련하였다. 화음동의 자연경관을 완상하며 여러 편의 記文을 지어 그 자세한 경위를 자신의 문집에 기록하였다.[114] 특히 김수증의 구곡 경영 과 관련한 김창협 · 김창흡 형제와의 영향 관계는 일찍이 김창협 · 김창흡 에 대한 연구에서 폭넓게 다뤄진 바 있다.[115]

기사환국 이후 김수증은 벼슬을 그만두고 양주의 석실서원에 은둔하다 가 곡운으로 돌아와 이름을 '화음동(華陰洞)'이라 고쳐 짓고 은거를 자처했 다. 당시의 김수증의 행보를 따라 김수항의 자손들도 영평(지금의 경기도 가평 군) 등지에 은거하게 된다. 이후에 갑술옥사로 다시 서인이 정권을 잡았으

---

114 이효숙(2008), 「17-18세기 장동 김문의 산수문학 연구」, 강원대학교 박사학위논문, 2008, 46쪽.

115 고연희(2001), 『조선후기 산수기행예술 연구』, 일지사. ; 김남기(2001), 「삼연 김창흡의 시문학연구」, 서울대 박사학위논문. ; 안대회(1999), 『18세기 한국한시사 연구』, 소명출판 사. ; 이승수(1998), 『삼연김창흡연구』, 영가문화사. ; 이종호(1992), 「삼연 김창흡의 시론 에 관한 연구」, 성균관대 박사학위논문. ; 조성산(2003), 「조선후기 낙론계 학풍의 형성과 경세론 연구」, 고려대 박사학위논문. ; 진영미(1997), 「농암 김창협 시론의 연구」, 성균관 대 박사학위논문.

나 김수증은 벼슬길에 나아가지 않고 화음동에 은거한다.

화음동이라고 이름을 고친 이유는 곡운이 화악산(華嶽山) 북쪽에 있었기 때문이기도 하거니와 송시열이 만년에 강학하던 곳이 '화양동(華陽洞)'이었던 것을 고려한 명칭이라고 하겠다. 김수증은 이 화음동에서 자연경관을 완상하며 정자와 누대를 세웠다. 한편, 화가인 조세걸(趙世杰 1636~1705)로 하여금 「곡운구곡도」를 그리게 하는 등 곡운구곡을 글씨와 그림으로 남기는 데 열의를 보였다.

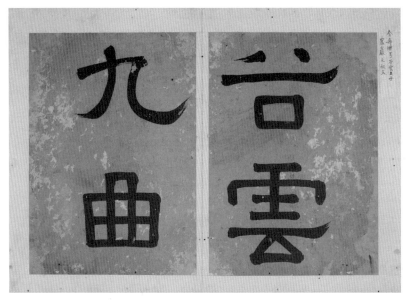

[그림 14] 곡운구곡도첩

『곡운구곡도첩』은 곡운구곡과 농수정(籠水亭)을 포함한 가로 64cm×세로 42.5cm 크기의 열 폭 實景을 絹本 위에 淡彩로 그려서 粧帖한 것이다. 발문(跋文)은 김창협이 쓴 것인데, 그림이 완성된 지 11년 후인 1693년에 김수증과 두 아들, 다섯 조카, 그리고 외손인 홍유인까지 합하여 아홉 사람이 나이순에 따라 「무이도가(武夷櫂歌)」에 차운하여 매 곡을 묘사하는 칠언절구의 시, 「谷雲九曲 次晦翁武夷櫂歌韻」을 지어 화첩을 만들었다.[116]

김수증이 『곡운구곡도첩』을 완성한 시기는 김수항과 김수홍이 유명을 달리한 뒤 탈상을 마친 시기인 1693년 무렵이다. 일찍이 김수증은 1682년에 화가 조세걸로 하여금 「곡운구곡도」를 그리게 하여 주변의 지인에게 글을 받은 바 있다. 조세걸의 그림에 장동 김문 일가 사람들의 시가 더해져 『곡운구곡도첩』이 완성된 시기는 1693년으로 추정된다.[117]

1693년은 김수증이 70세가 되던 해로, 장동 김문 일가는 김수증의 장수를 축하하는 모임을 가졌던 것으로 보인다. 김창협이 백부의 70세 장수를 축하한 서(「伯父谷雲先生七十歲壽序」)를 통해 확인할 수 있다. 金昌集, 金昌協, 金昌緝이 이 해에 곡운제영 시를 여러 편 남긴 것도 이와 무관하지 않다. 이러한 정황을 놓고 보았을 때, 『곡운구곡도첩』이 谷雲九曲圖가 완성된 지 십여 년이 흐른 뒤에 차운시까지 갖추어 완성된 것에는 김수증의 70세 수연이 영향을 미친 것으로 추정할 수 있다.

이들 가문에게 친숙한 장소인 곡운구곡을 주제로 10수의 연작시인 구곡시를 나누어 짓는 행위는 그 자체로 이들 스스로가 혈연으로 이어진 강력한 지지기반을 구축하고 있음을 의미한다. 이들은 '次韻'이라는 한시 특유의 글쓰기 방식을 활용하여 동일한 주제의 시작에 참여하였다. 공통의 시작에 참여함으로써 감정과 기억을 공유하였다.[118]

---

116 유준영(1980), 谷雲九曲圖를 중심으로 본 17세기 實景圖發展의 일례, 정신문화 8호, 한국정신문화연구소, 44쪽.

117 조규희(2006b), 앞의 논문, 242-244쪽. 이 논문에서는 시가 마련된 것이 1692년이라 밝혔다. 그러나 김창협의 『농암집』에 따르면 4곡 백운담 시가 1693년 작으로 기록되어 있기 때문에 시가 지어진 시기와 도첩이 완성된 시기는 시차가 있을 것으로 본다.

2) 장동 김문의 곡운구곡시

김수증과 그 자제들이 지은 「谷雲九曲次晦翁武夷櫂歌韻」은 『한국문집총간』본이 아닌 1978년에 영인한 『谷雲集』附錄에 실려 있다. 1978년 영인본 『곡운집』은 후손인 김창현 선생이 가장본을 모아 김수홍, 김수항의 문집과 합본하여 영인한 것이다. 한편 『여유당전서』 「산행일기」에 정약용이 곡운구곡을 다녀가면서 화첩의 내용을 베껴 적어놓은 것이 있어 「곡운구곡가」를 확인할 수 있었다. 그런데, 1978년 영인본 「곡운구곡가」와 「산행일기」 속 <곡운구곡가>의 시어가 부분적으로 차이를 보인다.

다음에 인용하는 시는 序詩에 해당하는데 김수증 자신이 지은 것이다.

絶境端宜養性靈	세상과 떨어져 있어 성령을 기르기 마땅하니
暮年心跡喜雙淸	늘그막에 마음과 자취 둘 다 맑은 것 기뻐하네.
白雲東畔華山北	백운산 동쪽 화악산 북쪽에는
曲曲溪流滿耳聲	굽이마다 물소리 귀에 가득하구나.

이 시에는 곡운구곡의 지리적 위치와 곡운구곡에 임하는 작자의 정서, 작자의 행위가 비교적 명료하게 제시되어 있다. 곡운구곡을 전체적으로 조망하면서도 중심에 있는 농수정을 시상 전개에 끌어들였다. 우선 곡운구곡은 지리적으로 백운산(영평 부근. 지금의 경기도 가평) 동쪽이자 화악산(강원도 화천) 북쪽에 위치하고 있다. 작자는 늘그막에 세상과 떨어져 성령을 기르고자 하는 의도로 곡운구곡으로 들어오게 되었다고 서술하였다. 은거를 택하니 마음과 더불어 자취(행동)가 모두 다 맑은 상태가 되어 흡족하다고

---

118 이효숙(2019), 「기사환국의 트라우마와 그 치유 양상」, 국제어문 80집, 197-198쪽.

하였다.

　이 시에서 곡운구곡이라는 장소에 정체성을 불어넣는 것은 '굽이마다 들리는 물소리'다. 전술한 바와 같이, 「곡운구곡도첩」은 9개의 曲과 籠水亭의 경치로 이루어졌다. 그만큼 농수정은 곡운구곡에 있어 상징적 의미를 지닌 또 하나의 장소이다. '籠水亭'은 6곡의 와룡담 근처에 세워진 정자로, 최치원의 「題伽倻山讀書堂」에서 시어를 취하여 명명한 것이다.[119] 최치원의 '농수'의 뜻을 취해 외적으로는 속세와의 단절을 표방하고 있다. 그러나 한편으로 볼 때 곡운구곡은 그 자체로 또 하나의 독립된 세계를 구축했음을 의미한다. 스스로의 성령을 기르며 마음과 자취가 모두 맑아 기쁘다는 것을 통해 '자득'한 경지를 표현하였다.

　다음 시는 곡운구곡의 一曲인 傍花溪를 읊은 것으로, 김수증이 지은 작품이다.

一曲難容入洞船	일곡이라 골짜기에 배 들어가기 쉽지 않고
桃花開落隔雲川	복사꽃 피고 지며 구름 낀 시내와 격했네.
林深路絶來人少	숲 깊어 길 끊어지니 오는 이 적고
何處山家有吠烟	산골집 어디서 개 짖는 소리 밥 짓는 연기 나는가?

　1곡은 배가 들어가기 쉽지 않을 만큼 계곡 폭이 넓지 않다. 「곡운구곡도」에 묘사된 1곡의 모습 또한 유사하다. 사람이 다니는 숲길은 폭이 매우 좁아 겨우 나귀를 끌고 지나 갈 수 있을 정도로 묘사되어 있다. 이러한 설정 자체가 곡운구곡이 속세와 물리적, 심리적 거리를 두고 있음을 표현

119　김수증, 『곡운집』 卷4, 「谷雲記」, "… 其南涯松林葱鬱, 可置亭子, 取崔孤雲詩語, 名以籠水.…"

한다. 1곡의 정체성을 부여하는 데에 중요한 역할을 하는 소재는 '복사꽃'
이다.

　전술한 바와 같이 「도화원기」 이래로 복사꽃과 어부, 뱃노래 등은 한자
문화권에서 전통적인 이상향을 의미하였다. 복사꽃의 이미지는 이 시뿐만
아니라 '傍花溪'라는 명칭과 「곡운구곡도」 1곡의 전반적인 분위기를 형성
하고 있어, 이상향으로 들어가는 신성한 장소의 입구에 해당한다는 뜻을
강조하였다.

[그림 15] 곡운구곡 제1곡 방화계 각자

　다음 시는 2곡인 靑玉峽을 묘사한 것으로, 김수증의 장남인 昌國이 지
었다.

二曲嶒嶒玉作峰　　이곡이라 험준하게도 옥으로 봉우리를 만들었고
白雲黃葉映秋容　　백운산 누런 잎에는 가을 빛이 비쳤네.
行行石棧仙居近　　棧道를 가고 가 신선 사는 곳 가까워지니
已覺塵喧隔萬重　　이제야 깨닫노라. 시끄러운 속세 만 겹이나 격했음을.

金昌國(1644~1717)은 谷雲의 큰아들로 자는 元桂다. 谷雲은 文忠公 晦谷
漢英의 여식인 昌寧 曺氏와의 사이에 아들 셋과 딸 넷을 두었는데, 아들은
차례로 昌國, 昌肅, 昌直이고, 딸은 각각 洪文度, 李秉天, 申鎭華, 兪命健에
게 출가시켰다. 昌國은 23세에 進士에 합격하고 成川 府使를 지낸 바 있다.

[그림 16] 『곡운구곡도첩』 제2곡 청옥협

험준하게 솟은 봉우리는 옥으로 만든 것처럼 푸른 빛을 띠는 석벽이다.
백운산은 김수증의 동생인 김수항의 별업이 있던 곳으로, 원경으로 보이

는 산은 가을이 들어 누런빛을 띠게 되니 푸른 석벽과는 그 색감이 더욱 대조적이다. 석벽 옆으로 난 좁은 잔도가 신선의 세계로 가는 길의 역할을 하고 있다. 「곡운구곡도」에 그려진 2곡의 정경과 화제도 시에서 표현한 물리적 공간을 그대로 보여주고 있다. 왼쪽으로는 험한 물굽이가 있고, 오른쪽으로는 층암을 끼고 있는 모습이 근경에 자리하고 있다. 정면에 험준한 바위산 중턱에 좁은 잔도가 그려져 있다. 작자는 잔도를 걸어 들어간 이곳에 이르러, 점차 선계에 가까워지고 상대적으로 먼지 낀 속세와 떨어져 있음을 깨달았다.

3곡 신녀협은 조카 김창집(金昌集, 1648~1722)이 쓴 것이다.

> 三曲僊蹤杳夜船　　삼곡이라 신선의 자취 밤배에 아득한데
> 空臺仙[120]月自千年　빈 누대에 달은 예나 다름없다.
> 超然會得清寒趣　　문득 깨달았네. 청한자 놀던 흥취
> 素石飛湍絶可憐　　흰 돌에 튀는 여울은 참으로 사랑스럽네.

「곡운기」에는 3곡의 모습을 다음과 같이 설명하였다.

> (청옥협에서-역자 주) 1里 남짓 가니 이른바 女妓亭이 있는데, 神女峽이라 고쳤다. 또 貞女峽이라고도 이름한다. 솔 벼랑이 높고 상쾌하여 水石을 굽어 보니 무척 맑고도 확 트여 水雲臺라 이름하였다. 마을 사람들은 이곳이 梅月堂이 머물러 즐기던 곳이라 전하기에 뒤에 清隱臺라 하여 고쳤다.[121]

120　부록에는 "仙"으로 되어 있는데, 그 아래 "璇"이 아닌가 의심스럽다는 후주가 붙어 있다. 정약용의 「산행일기」에는 '松'으로 표기되어 있다.

121　김수증, 『곡운집』 卷4, 「곡운기」, "…行里許, 有所謂女妓亭, 改以神女峽, 又名貞女峽. 松崖 高爽, 俯觀水石, 甚清曠, 名之曰水雲臺. 鄉人伝是梅月堂留賞處, 故後改以清隱臺."

3곡의 명칭은 "女妓亭"에서 "神女峽, 貞女峽"으로 바뀌었다. 소나무가 있는 벼랑은 "水雲臺"라 이름하였다가 김시습이 머물던 곳이라 하여 다시 "淸隱臺"라 이름을 바꾸었다. 그러니 시에서 말한 누대는 곧 '청은대'를 의미하며, 청은대의 주인은 곧 청한자 김시습을 가리킨다. 신선의 자취를 쫓아 밤 배로 3곡에 올라오니 누대는 주인을 잃고 비어있는데, 소나무에 걸린 달은 예나 다름없다. 「무이도가」의 3곡에서 상전벽해의 무상함을 표현한 '가학선'의 이미지가 이 시에서는 주인 없이 텅 비어있는 '청은대'로 이어졌다. 다른 점은 「무이도가」에서는 泡沫과 風燈이 유한한 대상으로 등장하여 애상감을 자아냈지만, 「곡운구곡가」에서는 청한자의 흥취가 흰 돌에 부서지며 물결치는 여울물에 있었음을 깨닫게 됨으로써 옛 성현의 흥취를 느끼는 계기로 작용하였다는 것이다.

4곡은 백운담을 읊은 작품으로 조카 김창협(金昌協, 1651~1708)이 맡았다.

四曲川觀倚翠巖　　사곡이라 천관석은 푸른 암벽에 기대어 있는데
近人松影落㲯㲯　　가까이 선 소나무 그림자는 가지를 늘어뜨렸네.
奔湍濺沫無時歇　　빠르게 흘러가는 물방울은 잠시도 쉼이 없으니
雲氣尋常漲一潭　　구름 기운은 항상 한 못 가득 넘쳐난다.

작자는 천관석에 기대어 백운담을 관조하였다. 천관석은 4곡에 있는 聊淹留亭 아래에 있는 반석을 가리킨다. 소나무는 가지를 축축 늘어뜨리며 그림자를 만들고, 그 아래 백운담을 흐르는 물은 쉼 없이 포말을 만들어가며 흐르니 못 위로 구름의 기운이 생동하고 있다. 「곡운구곡도」의 표현과도 유사하다. 푸른 암벽에 소나무 가지가 길게 늘어져 있으며 물에 소나무 그림자가 어려 있다.

[그림 17] 『곡운구곡도첩』 제4곡 백운담

[그림 18] 곡운구곡 제4곡 실경

「곡운기」에는 백운담의 모습이 보다 자세히 묘사되었다.

연못의 생김은 깊숙이 우묵하고, 연못 좌우로는 큰 바위가 둘쑥날쑥 늘어져 모양이 마치 거북이나 용이 물을 마시는 듯하였다. 물기운이 세차게 뿜어 오르면 수많은 기와를 무너뜨리는 듯 소리가 산골짜기에 진동하여, 이를 보고 있자니 마음이 서늘하였다. 물 밑 모두가 온통 돌인데, 기슭 사이로 드러난 것은 형세에 따라 높고 낮으며 넓게 비탈져서 깨끗하게 반질거린다. 길이와 넓이가 무려 수백 걸음이라 봄여름 사이에는 고장 사람들이 통발을 드리우고 그물을 펼쳐 열목어를 잡는다고 한다.[122]

이를 통해 볼 때, 4곡에서 형상화된 백운담은 「무이도가」의 4곡과 마찬가지로 생동감을 그 정체성으로 삼고 있음을 알 수 있다. 시어로 사용된 '소나무 그림자(松影)'와 '용솟음치는 물방울(奔潨濺沫)'은 4곡의 생동감을 표현하였다.

5곡은 鳴玉瀨를 묘사한 것으로 조카인 김창흡(金昌翕, 1653~1722)이 맡았다.

五曲溪聲宜夜深　　오곡이라 시냇물 소리 밤이 깊어 아름다우니
鏘然玉佩響遙林　　쟁글거리는 옥패소리 아득한 숲을 울리네.
松門步出霜厓靜　　소나무 대문 걸어 나오니 서리 내린 벼랑 고요하고
圓月孤琴世外心　　둥근 달 외로이 뜯는 해금, 세속 밖 마음이로다.

122　김수증, 『곡운집』 卷4, 「谷雲記」, "潭形深凹, 潭左右, 大石隆然錯列, 狀如龜龍飲水. 水勢噴激, 如裂萬瓦, 聲振山谷, 見之凜然. 水底皆是全石, 露出崖際者, 隨勢高低, 盤陀淨滑. 延袤無慮數百步, 春夏間, 鄕人設筍或張網, 取余項魚. 遂改名曰雪雲溪, 追開舊稱白雲潭, 還仍其舊. 其傍巖崖斗起, 名之曰悅雲臺. 由此上數百餘步, 又得勝處, 奇壯遜百雲潭, 而淸穩過之, 名之以鳴玉瀨."

명칭에서 보이는 바와 같이, 5곡은 청각적인 이미지를 표현하였다. 밤이 깊어 사방이 어두워지자 온 신경은 쟁글거리며 흐르는 시냇물 소리에 집중된다. 숲을 울리는 시냇물 소리에 잠들지 못하고 밖으로 나와 달을 바라보며 외로이 해금을 뜯는다. 「곡운구곡도」에는 물가 바위 뒤로 소나무가 늘어서 있고, 물가에는 젊은이가 해금을 켜는 모습이 형상화되어 있다. 실제로 작자가 해금을 연주했는지는 알 수 없으나 '孤琴'이라는 시어는 앞서 소개한 「무이도가」 5곡의 '鐵笛'의 심상과 맥락을 같이 한다. '世外心'이란 곧 세속의 것을 벗어나고자 하는 마음이며, 「곡운구곡가」의 창작에 참여한 一門이 함께 추구하고자 하는 뜻이다.

6곡은 臥龍潭을 읊은 것으로 곡운의 셋째 아들인 김창직(金昌直, 1653~1702)이 맡았다. 김창직의 자는 季達. 34세에 文科에 급제하고 弘文 校理를 지냈다.

六曲幽居枕綠灣	육곡이라 한적하게 푸른 물굽이 베고 누우니
深潭千尺映松關	깊은 못에는 천 척 소나무 빗장이 비치네.
潛龍不管風雲事	잠룡은 풍운 같은 세상사 상관하지 않고
長臥波心自在閒	오래도록 누웠으니 물 중심이 절로 한가롭네.

6곡에서는 우선 한적한 거처에 초점을 맞추었다. 이 거처란 곧 전술한 '농수정'을 가리킨다. 소박한 농수정을 키가 매우 큰 소나무가 마치 관문처럼 에워싸고 있다. 그 주변은 다시 물굽이가 감싼 형국이다. 이러한 모습은 「곡운구곡도」에 여실히 드러나 있다. 다른 곡은 대체로 주로 골짜기에 기대어 주변을 형상화하였으나 6곡은 맞은편 봉우리에서 俯瞰한 형태를 취하고 있다. 이를 통해 농수정과 농수정을 둘러싼 관문같은 소나무, 6곡

의 물굽이가 표현되었다. 그림 가운데 있는 주인옹은 멀리서 휘돌아 흐르는 물굽이를 관조하고 있다.

와룡담은 말 그대로 용이 잠겨 있는 못이라는 의미인데, 시 속에 '용'은 세상에 나아갈 뜻이 없이 물속에 오래도록 잠겨 있으므로 물 중심이 고요할 따름이다. 여기서 말한 용은 곧 세상사에 관심을 끊고 곡운구곡에 침잠해 있는 농수정 주인옹 김수증을 의미한 것이다.

7곡은 明月溪를 읊은 것으로 조카 김창업(金昌業, 1658~1721)이 맡았다.

> 七曲平潭連淺灘　칠곡이라 잔잔한 못, 얕은 여울에 이었고,
> 清漣堪向月中看　맑은 물결은 달을 향해 볼 만 하네.
> 山空夜靜無人度　산은 비었고 밤은 고요해 지나는 이 없이
> 惟有長松倒影寒[123]　오직 큰 소나무 거꾸러진 그림자만 차갑네.

잔잔한 못에 얕은 여울이 더해져 흐른다. 그러나 물결은 거세지 않아 달빛에 간혹 비칠 따름이다. 인적 없이 고요한 산중에 밤이 드니 오직 큰 소나무만이 흐르는 못에 그림자를 드리웠다. 작자는 평담하게 흐르는 여울물과 여기에 비친 소나무를 바라보고 있다. 「곡운구곡도」에는 한 가운데 구불구불하게 자란 소나무가 그림자를 늘어뜨리며 자리하고 있으며 그 옆에 먼 곳을 보는 노옹이 서 있다. 시와 그림 모두 6곡에 이어서 관조자로서의 주인옹과, 그를 표상하는 또 다른 분신인 소나무가 그림을 읽는데 중요한 역할을 하고 있다. 「무이도가」의 7곡처럼 거센 물결은 아니지만 다른 봉우리에서 흘러내린 물이 합수되는 양상이나, '寒'자로 표상되는 서

123　김창업, 『老稼齋集』 卷1 「谷雲七曲 明月溪」 "七曲平潭連淺灘 月明多向此中看 山空夜靜無人度 唯有長松倒影寒"

늘한 기상은 「곡운구곡가」에서도 동일하게 나타나고 있다.

8곡은 隆義淵을 읊은 것으로 조카인 金昌緝이 맡았다.

八曲淸淵漠漠開	팔곡이라 맑은 물 아득히 펼쳐지니
時將雲影獨沿洄	때때로 구름 그림자만 물 따라 돌아 흐르네.
眞源咫尺澄明別	진원이 지척이라 맑고 또렷하니
坐見鯈魚自往來[124]	피라미 오고 가는 것 앉아서 보네.

8곡에 이르자 맑은 물굽이가 아득하게 펼쳐졌다. 때때로 구름 그림자만 이 물길을 따라 돌아 흐르곤 하는 모습이다. 물굽이가 점차 환하게 열리는 모습을 보니 진원, 곧 이상향이 가까이에 있음을 알 수 있다고 하였다. 작자는 가만히 앉아서 피라미 오가는 모습을 지켜본다. 「곡운구곡도」에도 그림 속에 한 선비가 물굽이에 탁족을 한 모습이 표현되어 있다. 이 모습은 「무이도가」 8곡에서 고루암에 앉아 물결의 움직임을 관조하고 있는 선비의 모습과 흡사하게 관조를 통한 격물치지를 그리고 있다.

9곡은 疊石臺를 읊은 것으로 外孫인 洪有人이 맡았다.

九曲層巖更嶄然	구곡이라 층암절벽 더욱 우뚝하고
臺成重壁映淸川	누대가 층암을 이루어 맑은 내에 비치네.
飛湍暮與松風急	튀어 나는 급류는 저녁 솔바람과 함께 급해서
靈籟嘈嘈滿洞天	신령한 소리 대단하여 동천에 가득하네.

9곡은 겹겹이 쌓인 돌이 누대처럼 우뚝하고 기이한 바위들이 이리저리

---

124   金昌緝, 『圃陰集』 卷1, 敬明著 「谷雲第八曲隆義淵圖」 壬申

늘어서 있어 疊石臺라 명명된 곳이다. 층암은 맑은 내에 비치고, 층암 사이로 흐르는 물은 저물녘 솔바람과 함께 급류를 이뤄 요란하게 소리를 내며 흐른다. 정신이 멍할 정도의 급류와 바람 소리가 골짜기를 가득 메웠는데 이에 대해 작자는 시끄럽다기보다는 신령한 느낌을 받는다. 곧 동천에 가득한 신령한 소리는 구구한 세사를 잊게 하는 울림이다. 이는 「무이도가」에서 묘사한 9곡과는 이미지가 다르다. 「무이도가」의 9곡인 성촌은 평온하고 일상적인 마을로 그려졌다. 「곡운구곡가」와 「곡운구곡도」에 형상화된 9곡은 무이구곡의 제9곡인 '平川'과 비슷한 층암이 계곡을 중심으로 늘어져 있고, 계곡에서 타고 흐르는 물의 울림을 관조하는 노옹의 모습에 초점을 맞추었다.

3) 장동 김문의 곡운구곡시의 장소성

곡운구곡은 장동 김문이라는 혈연적 집단을 기반으로 비교적 뚜렷하게 '장소'로서의 정체성을 확립할 수 있었다. 김수증은 '주인옹'으로서 구곡의 명명뿐만 아니라 곡운구곡 곳곳에 정자나 당을 짓고 주변 경물에 일일이 '명명화'하는 작업을 수행하였다. 또, 그는 자신의 아들과 당대 문명을 날리던 조카들(이른바 '6昌')에게 곡운구곡에 대한 시문을 짓도록 적극 권유하기도 하였다.[125] 이렇게 하여 탄생한 곡운구곡시에는 다음과 같은 특질을 갖는다.

첫째, 구곡가의 일반적인 특징인 수직적 탐방이 표현되었다. 구곡가에

---

125 이효숙(2019), 앞의 논문, 196-197쪽.

는 물굽이에 따른 이동이 표현된다. 이푸-투안은 공간의 이동에 대해,

> 자유는 활동할 수 있는 힘과 충분한 공간을 가지고 있음을 뜻한다. 자유
> 롭다는 것은 여러 수준의 의미를 가진다. 근본적인 것은 현재의 조건을
> 초월하는 능력이다. 이러한 초월성은 기본적인 운동 능력에서 가장 잘 드러
> 난다. 운동하는 과정에서, 공간과 그 속성은 직접적으로 체험된다. 움직이
> 지 못하는 사람은 추상적인 공간에 대한 원초적인 개념을 익히는 데에도
> 어려움을 겪는다.[126]

고 설명하였다. 구곡을 유람하는 행위는 주변에 대한 일종의 탐험의 성격
을 띤다. 이 행위를 통해 행위자는 스스로 運身의 폭이 넓음을 느낄 수
있다.

게다가 이 이동은 평지에서 평지로의 수평적 이동이 아니라 서서히 상
승하는 수직적인 이동이라는 점에서 더욱 의미를 지닌다. 물리적 공간에
있어서 '中心'이인가 주변인가, 높은가 낮은가는 상징적인 의미를 갖는다.
어떤 장소가 지니는 고도는 곧 그 장소의 권위를 의미한다. 구곡의 시작인
1곡에서 9곡으로의 이동은 물굽이가 시작되는 근원을 따라가는 상승 이동
이며, 곧 이상향의 근원을 찾기 위한 노정으로 이해할 수 있다.

둘째, 「무이도가」의 전통을 계승하고 있다. 序詩에서는 구곡에 대한 전
체적인 조망이 이루어졌다. 여기에 '뱃노래', '굽이마다 들리는 물소리'가
이정표가 되어 작자(들)가 찾고자 하는 곳이 이상향이라는 것임을 말하고
있다. 1곡이 이상향으로 들어가는 진입로임을 설명하였다. 2곡에서는 속

---

126 이-푸 투안, 앞의 책, 90-91쪽.

세와 일정한 거리를 두고 있음을 부각시켰다. 3곡을 읊은 시에서는 유한한
속세에 대한 가련한 심사를 주로 드러냈다. 4곡에서는 모두 생동감이 시에
전반적인 분위기를 형성하였다. 5곡에서는 모두 청각적 심상 부각되었다.
이 청각적인 심상은 '知音'의 고사와 연결되어 표현되었다. 6곡에서는 병
풍처럼 둘러싸인 곳에 고요하게 자리한 은자의 집이 묘사되었다. 이곳에
서 은자는 세상과 절연하고 자연과 동화되어 침잠한 모습으로 형상화되었
다. 7곡에서는 작자 자신이 어느 정도 상류에 올라온 상태에서 여러 곳에
서 합수되어 흐르는 물을 관조하는 행위가 부각되었다. 8곡에서는 찾고자
하는 이상향이 가까워졌음을 이야기하였다. 9곡에서는 자신이 찾고자 하
는 이상향에 도달한 심사를 담담하게 표현하였다.

[그림 19] 화음동정사지 전경

3. 존주론의 이념적 장소, 화양구곡

華陽洞은 宋時烈(1607~1689)이 朱子의 행적을 흠모하여 晩年에 講學을 했던 공간이다. 華陽洞은 宋時烈 사후에 그의 제자들의 노력으로 막강한 상징성을 지닌 "華陽九曲"으로 재탄생하게 되었다. 權尙夏는 스승의 유언에 따라 萬東廟를 설치하고 구곡을 완성하였다. 이로써 조선 후기 정권을 장악한 노론계 사대부들에게 화양구곡은 사상적·정치적 토대로 자리하였다. 최근 화양구곡의 경우,『화양지』와『화양동지』가 번역되면서 화양구곡과 구곡 문화 전반에 대한 연구가 축적되었다.[127]

1) 華陽九曲 작품 개관

華陽九曲의 사적과 관련 작품을 정리하고자 한 노력은 宋時烈 사후부터 계속되었다. 송시열 사후에 권상하를 필두로 한 그의 제자들은 스승의 유지를 받들어 만동묘를 건립하였다. 그들은 享祀의 기능을 수행하는 萬東廟, 스승의 강학처인 巖棲齋를 중심에 배치하여 구곡을 설정하였다. 이렇게 하여 설정된 화양구곡은 擎天壁(1曲) - 雲影潭(2曲) - 泣弓巖(3曲) - 金沙潭(4曲) - 瞻星臺(5曲) - 凌雲臺(6曲) - 臥龍巖(7曲) - 鶴巢臺(8曲) - 巴串(9曲)이다.

華陽九曲에 대한 대표적인 기록이『華陽志』와『華陽洞志』다. 두 편 모두 華陽洞의 山水 淵源과 萬東廟와 관련된 事蹟을 기록하고 있다. 우선

---

127 宋周相 編, 宋達洙 補,『華陽志』, 1861(철종12년), 목활자본, 국립중앙도서관 소장. ; 한석수 외 역,『역주 화양지』, 도서출판 한솔, 2007, 1-330쪽. ; 成海應,『華陽洞志』,『硏經齋全集』外集 卷30~32, 尊攘類. ; 충북대학교 우암연구소 역,『역주 화양동지』, 충북대학교출판부, 2009, 1-292쪽. ; 김양식·우경섭,『우암 송시열과 화양동』, 도서출판 한솔, 2007, 1-127쪽. ; 국립청주박물관 편,『우암 송시열』, 통천문화사, 2007, 1-353쪽. ; 이완우,「華陽洞과 尤庵 事蹟」,『장서각』18, 2007, 89-162쪽.

『華陽志』는 宋周相(1695~1751)이 1747년에 華陽洞 관련 사적을 모아 필사한 것을 기반으로 하여 後孫인 宋達洙(1808~1858)가 1861년에 목판으로 補整하여 出刊하였다. 『화양지』 범례 끝에 송주상이 "崇禎踐阼之再周丁卯歲"라고 밝힌 바 있으며, 권 말에 송근수와 송익수가 쓴 발문에 출간 경위와 간기("崇禎四辛酉孟秋")가 밝혀져 있다. 『華陽志』를 송주상이 1900년대에 편찬한 것이라는 일부의 논의는 오류로 보인다. 여기에는 지명 연원과 崖刻 사실, 萬東廟와 華陽書院에 대한 사실이 수록되어 있다. 이와 더불어 宋時烈이 華陽洞에서 머물던 당시 창작한 시와 그 시에 和韻한 여러 문인의 시가 함께 수록되어 있다.

『華陽洞志』는 成海應이 편찬한 책이다. 이 『華陽洞志』는 『研經齋全集』外集 卷30~32, 尊攘類에 수록되어 있다. 부친인 成大中(1732~1809)과 함께 1803년에 華陽洞을 유람할 무렵 편찬에 착수하였다. 일찍이 成大中은 正祖의 命으로 李書九 등과 더불어 『尊周彙編』 편찬을 맡고 있었다. 당시 청나라가 새로운 문명국으로 강력한 힘을 갖추게 되면서 조선에도 북학 사상이 제창되었다. 그간 지속되어 오던 대명의리론은 점차 그 영향력을 잃게 되었다. 이에 정조는 존주론으로 대표되는 대명의리론을 대대적으로 정비하기 위해 『존주휘편』 편찬을 명하였다.[128] 『尊周彙編』 초고가 어느 정도 완성되자 1803년 가을에 成大中은 아들 成海應과 함께 화양구곡을 탐방하고 萬東廟에 참배하였다. 이 후 成大中은 생시에 『尊周彙編』 완간을 보지 못하였고, 대신 成海應이 1825년에 『尊周彙編』을 완성하였다. 『존주휘편』의 부록으로 「華陽洞志」가 수록되었는데, 이것은 成海應의 『華陽洞志』를 저본으로 한 것으로 파악된다. 추가로 기록된 <조종암> 부분을 제외하고

---

128 정옥자(1992), 「정조대 대명의리론의 정리작업」, 『한국학보』 69, 78-79쪽.

『尊周彙編』부록「華陽洞志」의 화양구곡 관련 기록은 成海應의『華陽洞志』의 내용과 중복된다. 成海應의『華陽洞志』와『尊周彙編』부록에 실린「華陽洞志」의 차이점은 관련 시문의 수록 여부에 있다. 成海應의『華陽洞志』에는 시와 문이 따로 1권씩 編成되어 있는 반면『尊周彙編』에는 시문 부분이 실리지 않았다.

『화양동지』앞에 제시된 인용서목을 보면 알 수 있듯이, 성해응은『화양동지』를 편찬하며 가급적 여러 문헌을 참고하고자 한 것으로 보인다. 『화양동지』권3, 4에는 화양동을 읊은 작품들을 망라하고 있다. 이들 작품은 華陽九曲의 풍광을 그리는 것뿐만 아니라 萬東廟, 宋時烈과 관련한 사적 등을 끌어들여 작품화하고 있다. 물론『화양동지』에 실리지 않은 작품들도 여타의 문집에서 찾아볼 수 있었다. 이 작품 중 華陽洞을 '九曲'으로 命名하며 각 曲을 노래한 연작시와 기문을 목록화하면 다음과 같다.

[표 7] 화양구곡 시 작품 목록

작자	제목	창작시기	출전	비고
任相周	<漫興詠華陽九曲>(9首)	미상	『華陽洞志』	화양서원의 서원장 (1761년 경) 『화양동지』수록
權震應	<華陽九曲和武夷棹歌> (10首)	1757~1759	『산수헌선생유고』 『華陽洞志』	權尙夏의 증손 『화양동지』수록
金相定	<華陽洞諸詠>(11首)	1755~1757	『석당유고』권5 『華陽洞志』	『화양동지』수록
成大中	<華陽九曲 依武夷棹歌 十韻>	1803	『華陽洞志』	成海應의 아버지 『尊周彙編』편찬에 관여 『화양동지』수록
김신겸	<화양동근차회옹려산잡시>(14首)	미상	『증소집』권5	『화양동지』미수록
朴胤源	<題華陽九曲>(9首)	1788	『近齋集』卷3	『화양동지』미수록

작자	제목	창작 시기	출전	비고
홍석주	<화양동잡영>(7首)	1791~1803	『연천선생문집』권1	『화양동지』 미수록
宋達洙	<華陽九曲 次武夷棹歌韻>	1844	『守宗齋集』	『華陽志』 교정 『화양동지』 미수록
朴文鎬	<화양구곡시구수>		『壺山集』	『화양동지』 미수록

이 중 成大中의 「華陽九曲 依武夷棹歌 十韻」은 『靑城集』에 실리지 않아 宋欽學의 작품이라는 주장도 있다. 이 작품은 『華陽洞志』에 실린 작품으로, 작자에 대한 별도의 표기는 없으나 순차 상으로 볼 때 앞선 작품의 작자인 '家大人', 즉 成海應이 자신의 아버지인 成大中을 가리킨 것이다. 또 송흠학의 작품이라고 보기에는 그의 생몰 연대와 『華陽洞志』 편찬 시기가 맞지 않다. 『守宗齋集』에 실린 「皇考墓誌」에 의하면 宋欽學의 생몰 연대는 1787~1841년이며, 成海應이 『華陽洞志』 편찬에 착수한 시기는 1803년이므로 송흠학의 작품이라고 보기에는 무리가 있다.

[표 8] 화양구곡 기문 작품 목록

작자	제목	창작 시기	출전	비고
成大中	<華陽洞記>	1803	『華陽洞志』 『靑城集』 권7	
성해응	<화양동기>		『연경재전집』	
金鼎大	<東行錄>		『休殻齋遺稿』 권3	1886년 간행
李象秀	<華陽洞遊記>		『峿堂集』 권14	
沈定鎭	<화양구곡기>		『제헌집』	
鄭在弼	<華陽錄>	1876	『薇齋集』	1902년 간행
朴文鎬	<遊華陽洞記>		『壺山集』	1919년 간행
金永穆	<遊華陽洞記>		『蘿雲子初學集』	19세기 후반 간행
權參鉉	<서행일기>		『覺齋文集』	
미상	<화양로정긔>	1911		

　제목에서 알 수 있듯이, '화양동'이라는 명칭과 '화양구곡'이라는 명칭이 혼재되어 나타난다. 그 원인은 송시열이 당대에 구곡을 구체적으로 명명하지 않았기 때문이다. '화양구곡'을 구체적으로 정한 자는 권상하라고[129] 하나 권상하도 이에 대한 기록을 남기지 않아 혼란이 있었던 것으로 보인다. 민진원이 구곡에 각자를 했다고도 하나, 민진원의 문집에서도 이에 대한 언급을 찾을 수 없었다.

　현재의 구곡과 비교했을 때 다음과 같은 차이를 보인다. 김신겸은 금사담과 능운대를 뺀 대신 서실, 서원, 만동묘, 암서재, 오운대, 환장암, 장경각을 포함시켰다. 김상정의 시에는 경천벽과 파곶이 빠져있고, 만동묘, 화양서원, 서당, 암서재가 포함되어 있다. 권진응의 시에는 능운대가 빠진 대신 '仙遊洞'이 포함되어 있다.

　그러나 구곡이라는 인식은 초반부터 있었던 것으로 보인다. 선정된 구곡에는 차이가 있었으나, 승경처를 분절적으로 인식하고 시재로 삼았다. 구곡 이외에 명나라 신종과 의종의 위패를 모신 萬東廟와 宋時烈을 배향한 華陽書院, 書堂, 宋時烈의 서재이던 巖棲齋가 포함되기도 하였다. 현재와 같은 구곡이 정해진 시기는 18세기 후반으로 추정된다. 구곡이 설정된 이후에도 능운대와 첨성대는 순서가 바뀌어 제시되기도 하였다.

　작시 형식에도 다양한 양상이 포착된다. 「무이도가」류의 전통적인 양식, 즉 7언 절구의 10수 형태도 존재하며, 잡영류의 형태도 존재한다. 두가지 형태 모두 주자의 전례를 따르고 있기는 하나 구곡 설정이 안정화되기 이전에는 주로 잡영류의 형태가 창작되었으며, 그 이후에는 「무이도가」류의 작품들이 창작되었다. 「무이도가」류의 작품이라 하더라도 그 형식에

129　<洞天九曲>, 『華陽志』 卷1, "今按九曲名號多昉於先生時 而其定爲九曲則實逢巖所命也"

있어서는 비교적 자유로운 양태를 보인다. 序詩를 제외한 9수 형태의 시를 쓰거나(임상주, 박윤원), 10수를 쓰더라도 그 중에 일부만 골라 문집에 남기기도 하였다.(홍석주)

화양구곡을 다룬 작품은 시 외에 기문도 여러 편 조사되었다. 유람기 형태의 기문이 일제 강점이 시작될 때까지 지속적으로 창작되었음을 알 수 있었다. 이들 기문은 유적에 대한 상세한 고증과 함께 유람 당시의 상황과 유람의 목적 등을 밝히고 있어 관련 시를 읽는 데에도 도움을 준다. 특히 成大中은 1803년 유람 시에 시 이외에도 「華陽洞記」를 남겼으므로 자세한 여정과 華陽洞 유람에 대한 작자의 생각을 읽을 수 있다. 宋達洙의 경우도 시 앞에 序를 남겨 9곡부터 1곡까지의 풍경에 대한 묘사와 작시의 의지를 밝히고 있다.

이상에서 살펴본 바와 같이, 화양구곡은 송시열 사후에 구곡이 설정되었던 까닭으로 18세기 후반에 들어서야 구곡에 대한 명명이 안정화되었다. 이러한 이유로 詩作에 있어서도 차운의 형태를 띠던 「무이도가」류의 작품보다는 다양한 형식의 시들이 더 많이 창작되었음을 확인할 수 있었다. 오히려 시보다는 기문에서 1곡부터 9곡까지 실경을 답사하는 형태가 오래까지 지속되었던 것으로 파악된다. 19세기 초반에 출간된 『화양지』와 『화양동지』가 구곡의 사적에 대한 정보를 정리하고 있어 유람기 형식의 기문이 참고서 역할을 했던 것으로 보인다.

2) 華陽九曲의 正體性

(1) 혼란한 세계와 대비되는 순정한 구역

성리학적 세계관에 침잠했던 조선 후기 문인들에게 九曲은 단순히 풍경 좋은 아홉 곳의 물굽이를 의미하지는 않는다. 원류로서 朱子의 武夷九曲을 상정하고 그 맥락과 유사한 승경처 9곳을 꼼꼼하게 고르는 과정을 거쳐 九曲을 설정하였다. 이 과정에서 산수에 대한 품평은 자연스럽게 수반되었다. 즉 九曲으로서 인정할 만한 일정한 물리적 환경 요소가 있어야 하며 그 물리적 환경 요소를 파악하기 위해 이정표가 등장한다. 「무이도가」의 서시에서는 무이구곡이 신령스럽고도[靈] 청정한[淸] 세계라는 점을 부각시키기 위해 '뱃노래[櫂歌]'가 이정표로 등장한다. 「무이도가」를 차운한 華陽九曲歌에서도 序詩에 九曲의 시작을 알리는 이정표가 제시된다. 다음 인용한 시는 權震應의 서시로 「무이도가」를 차운한 시다.

泓峥曲曲爽襟靈   깊고 높은 굽이굽이 마음을 상쾌하게 하니
巴谷還同雲谷清   파곡은 도리어 운곡의 맑음과 같구나.
箇裏誰能會眞趣   이 속에서 누가 참된 멋을 만날 수 있으리오
櫂歌聊復和新聲[130]   武夷棹歌에 그저 새 노래로 다시금 화답하노라.

權震應은 華陽九曲이 물 깊고 산 높은 곳에 있어 가슴에 품은 心靈을 상쾌하게 한다고 하였다. '泓峥'이라는 표현을 통해 華陽九曲의 지리적

---

130 權震應, <華陽九曲和武夷棹歌>, 성해응, 충북대학교 우암연구소 역, 『역주 화양동지』, 185쪽. (이하 『역주 화양동지』에 실린 것은 이 책의 번역을 따르되 부분적으로 필자가 수정했음을 밝힌다.)

특성뿐만 아니라, 華陽九曲이 지닌 정신적인 가치를 상징적으로 나타냈다. 그렇기 때문에 華陽九曲이 朱子의 雲谷과 마찬가지로 청정하다고 말한 것이다. 華陽九曲의 정취와 가치를 武夷九曲/雲谷의 경우까지 끌어올려 동일시하고 있다. 그러니 朱子의 「武夷棹歌」에 새로운 노래, 즉 자신의 차운시를 지어 화답하겠노라고 하였다. 여기서 '棹歌'는 전통적인 의미의 뱃노래의 의미와 朱子의 「武夷棹歌」가 중첩되는 효과를 내며 선경, 청정한 곳으로서 九曲의 시작을 알리는 이정표로 사용되고 있다.

九曲의 시작인 1곡 경천벽은 속세와 絶緣된 곳임을 알리는 환경적 요소가 부각된다. 擎天壁은 하늘을 떠받들고 있는 듯 서 있는 벼랑을 가리킨다. 현재는 경천벽 맞은 편에 1곡임을 알리는 표지판과 관람대가 설치되어 있다. 관람대의 높이가 현재 새로 놓인 도로에 맞춰 높이 있기 때문에 '하늘을 떠받들듯 높다'는 표현은 현재로서는 느끼기 힘들다. 그러나 성해응은 「화양동기」에 그 모습을 다음과 같이 설명하고 있다.

> 암벽이 내의 남쪽에 있으니 기암이 우뚝하여 첩첩으로 계속되고 푸른 소나무가 우거져 높이가 몇 백 길이나 되니 경천벽이라고 이름을 붙인 까닭이 된다. 위엄이 있으면서도 사나워 보이지 않고 존엄하면서도 겨루지 않는 것은 선생의 기상과 흡사하다.[131]

성해응은 이 글을 통해 1곡을 식별할 수 있는 가장 두드러진 물리적 환경으로 '경천벽'의 위용을 묘사하며, 동시에 경천벽을 송시열과 동일시하고 있다. 즉 경천벽이 이름 그대로 하늘을 떠받치고 있는 듯한 형상을

---

[131] 성해응, 「화양동기」, 『硏經齋全集』 卷之三十一, 風泉錄一, "壁在川南 奇巖峭拔 層疊相承 蒼松蔚薈 高幾百丈 擎天之所以名也 威而不厲 尊而不抗 先生之氣像似之."

지니고 있듯이, 송시열은 신하로서 임금(하늘)을 받들고 있다. 그 기상을 "위엄이 있으면서도 사납지 않고, 존엄하면서도 겨루지 않는다"고 표현하여 여러 문신들 속에서 송시열의 위상을 비유적으로 표현하고 있다.

이 경천벽에 대해 성해응의 아버지인 성대중은 다음과 같이 읊었다.

一曲層巖繫釣船　　일곡이라 층암절벽에 낚싯배 매어 놓았는데

擎天危壁插長川　　경천의 위태로운 벽 긴 시내에 박혀있네.

洞門長護王春脈　　華陽洞門은 오래도록 王春의 맥 지켜 오는데

俯視塵寰閱劫烟[132]　　속세를 굽어보니 안개가 자욱하구나.

이 시에서 화양구곡의 입구로서의 모습이 충실하게 묘사되고 있다. 층암절벽과 그 아래에 유장하게 흐르는 시내, 시냇물에 매어놓은 낚싯배가 있다. 화양동문은 속세와 선계의 경계가 된다. 물에 비친 경천벽의 위용에 대한 묘사에는 <무이도가>의 1곡의 심상이 그대로 재현되었다. <무이도가>에서도 '幔亭峰 그림자가 晴川에 잠겼다(幔亭峰影蘸晴川)'고 표현함으로써 무이구곡 1곡, 升眞洞의 모습을 선경으로 묘사하고 있다.

擎天壁 물가에 세워놓은 '낚싯배'는 '棹歌'와 함께 華陽洞이 塵世와는 다른 청정한 구역임을 표시하는 이정표로서 작용하였다. 실제로 華陽九曲을 낚싯배를 타고 이동한 기록은 찾지 못했지만, '낚싯배'는 九曲의 상류를 따라 거슬러 올라가는 매개 역할을 수행한다. 작자는 이 경계의 시작에서 진세와 華陽洞을 대립 항목으로 설정하여 華陽洞을 혼란한 속세와는 다른 장소임을 부각시켰다.

132　성대중, <華陽九曲 依武夷棹歌 十韻>, 『화양동지』

마찬가지로, 華陽洞의 시작을 알리는 洞門은 속세와의 경계로서 역할을 한다. 洞門 위쪽(九曲의 上流)은 王春의 맥을 지키고 있는 장소로, 洞門 아래 쪽의 속세는 안개가 자욱한 곳으로 표현되었다. 王春은 『春秋』에 출전을 둔 말로, '王正月'과 같은 뜻이다. 천하를 통일한 제왕의 봄이라는 뜻으로 새로 시작되는 왕조의 冊曆 혹은 年號를 가리킨다. 王春의 맥을 지키고 있다는 것은 명나라의 정통성을 유지하고 있음을 이야기한 것이다. 왕춘의 맥을 지켜오고 있는 화양동문 안쪽은 존주론적 세계 질서가 지배하는 장소임을 말하고 있다. 곧 잡스러운 것이 끼어들지 않은 순정한 장소로 인식된다.

여타 구곡 시가에서도 구곡이라는 장소는 청정한 구역으로 형상화된다. 그러나 화양구곡을 읊은 시문에서 형상화된 '순정함'은 여타의 구곡을 읊은 작품들과는 조금 다른 면모를 보인다. 송시열이 화양동에 머물었던 동시대에 구곡을 경영했던 인물로 곡운 김수증이 있다. 김수증은 곡운구곡을 경영하며 많은 시문을 남겼다. 자제들과 더불어 구곡을 한 곡씩 맡아 「谷雲九曲次晦翁武夷櫂歌韻」을 지은 바 있다. 김수증은 1곡 방화계를 맡아 시를 지었는데, 여기서 방화계는 속세와 멀어진 청정한 구역이되, 궁벽하면서도 풍요로운 생활 공간으로 묘사되었다. 송시열과 마찬가지로, 서인 노론계 인사이며 정치적인 여파로 곡운구곡에 은거하였으면서도 정치적인 지향을 담은 목소리는 보이지 않는다. 이런 점과 비교해볼 때, 화양구곡은 정치적·이념적으로 순정한 구역으로 형상화되었음을 알 수 있다.[133]

華陽九曲을 답사하는 이들 대체로 하류인 1곡 擎天壁에서 시작하여 상류인 9곡 巴串에서 여정을 끝맺는다.

---

[133] 이효숙(2013b), 앞의 논문

다음은 파곳을 읊은 宋達洙의 작품이다.

九曲巴溪最豁然   九曲이라 파곳은 제일로 확 트여 있으니
雪鋪寒石玉噴川   흰 눈이 찬 돌에 옥구슬이 물에 쏟아지는 듯
行行始悟眞源到   쉼없이 가다 비로소 깨닫네. 진원에 도달했음을
勝景都輸此洞天[134] 승경에 이 동천을 온통 실어놓았네.

위 시는 九曲의 마지막인 巴串을 읊었다. 巴串에 이르자 시야가 확 트인 느낌을 받았다는 점은 지금 實景이나 華陽九曲圖와도 부합된다. 權信應과 이형부가 각각 그린 華陽九曲圖[135]에서도 9곡은 여타 8개 곡과는 다른 시선으로 그려져 있다. 1곡부터 8곡까지는 약간 높은 곳에서 九曲을 바라보는 시선으로 그림을 그렸지만, 9곡의 경우는 공중에서 수직으로 내려다보는 시선을 취하고 있다. 권신응의 그림은 바위의 나열이 꾸러미의 형태를 취하고 있음['串']을 표현하고 있으며, 이형부의 그림에서는 물이 '巴' 字를 그리며 흘러가는 모습에 중점을 두고 있는 점이 특이하다.

---

134 宋達洙, <華陽九曲 次武夷棹歌韻>, 『守宗齋集』
135 국립청주박물관(2011), 『화양서원과 만동묘』, 34~51쪽 도록 참조.

[그림 20] 화양구곡 내 제9곡 파곶(파천)

이 시는 「武夷棹歌」 9곡의 시상을 그대로 따르고 있다. 「武夷棹歌」와 마찬가지로 상류를 찾아 상승 이동을 하다가 시야가 확 트인 경치를 마주하게 된다. 희고 널따랗게 펼쳐진 너럭바위와 그 둘레를 돌아 쏟아지는 깨끗한 물을 共感覺的으로 파악한 작자는 비로소 자신이 찾고자 하는 '眞源'이 바로 이곳이었음을 깨닫는다. 그래서 지금 마주하고 있는 이 빼어난 경치가 華陽洞天의 전체를 대표할 만하다고 이야기하였다. 이 시에서 행위적 요소는 轉句에 등장한다. 근원을 찾아 가는 상승 이동과 깨달음이 바로 행위적 요소에 해당한다. 개방감과 활력을 상징하는 물리적 환경에 앞서 지적한 행위적 요소가 덧보태지자 이곳이 華陽洞天의 根源이라는 깨달음을 얻었다.

다음은 박윤원이 4곡 金沙潭에 대해 읊은 시다.

沙明石逾白	모래 밝으니 돌은 더욱 희고
空潭本自清	텅 빈 못은 본래 저절로 맑다.
正須洗我心	바로 내 마음을 씻으려는 것이니
豈但濯我纓[136]	어찌 다만 내 갓끈만 씻으리오

금사담은 송시열의 서재였던 암서재 앞 시내를 가리킨다. 금사담의 가장 두드러진 물리적 환경은 여러 기문에서 공통적으로 지적하는 바와 같이, 깨끗한 모래가 있는 평담한 못이다. 송달수의 시 병서에 따르면, 상류로부터 시작된 물의 흐름이 이곳 금사담에 이르면 비로소 평온해지고 깊고 넓게 흐르면서 자연스레 못을 이루었다고 한다. 이어서 '금사'라는 이름

---

136   朴胤源, <題華陽九曲>, 『近齋集』 卷3

이 붙은 까닭은 온 땅에 금빛 모래가 있어 밝고 깨끗하기 때문이라고 기록했다.[137]

이 시에서도 청정한 지역으로서의 금사담의 물리적 환경이 드러난다. 청정한 이미지[淸]를 만들기 위해 밝은 모래, 흰 돌, 텅 빈 못 등이 시의 소재로 사용되었다. 흰 돌은 금사담 부근에 펼쳐진 너럭바위들을 가리킨다. 이 너럭바위 위에 암서재가 있고, 그 주변에 '蒼梧雲斷 武夷山空'이라 쓴 송시열 필적이 여전히 남아 있다. 2구에서 못이 텅 비어있다 표현한 것은 암서재의 주인이 이제 이 세상에 없음을 이야기한 것이다. 주자가 세상을 떠나자 무이산이 주인을 잃고 비어있다고 한 송시열의 생각이 그대로 이 시에도 계승되었다. 송시열이 강학을 했던 이곳은 주인을 잃었지만 여전히 맑은 자태를 유지하고 있으니 자신의 온 마음을 씻기에 충분하다 여긴 것이다. 송시열의 유적이 남아 있는 이곳은 속세의 더러움이 범접하지 않은 청정한 곳으로 형상화되었다.

(2) 先賢을 향한 숭모의 장소

하나의 공간을 장소로 인식하기 위해서는 일정한 행위가 뒤따라야 한다. 구체적인 행위가 수반되었을 때, 공간은 보다 실체성을 띠며 인식 속에 존재할 수 있다. 책 속에서 익히 보았던 九曲을 굳이 답사하는 유람객이야말로 실체적인 행위를 통해 九曲이라는 관념의 공간을 체험적 장소로 인

---

137 송달수, <華陽九曲 次武夷棹歌韻>, 『守宗齋集』 卷1, "從石門而出巖上 有屋三間 是爲巖棲齋 齋下卽金沙潭 大抵一洞之水 從石間出 故多急湍而少順流 至此而平穩深廣 自然成潭 滿地金沙 明潤且潔 遂以名之 曾聞先祖往來時 非漁艇不可濟 今則隨其淺深而揭厲焉 亦可見陵谷之變遷也

식하게 된다. 九曲을 답사하는 자들의 가장 일반적인 행위는 상류를 향한 상승 이동과 관조이다. 그들은 선현들의 자취가 남아있는 장소에서 이르러 숭모의 마음을 담아 대상을 관조하였다.

구곡을 탐방한 사람들의 행위와 그들의 자세는 기문에 보다 더 상세히 기록되어 있다. 다음은 성해응의 <화양동기>의 일부분이다.

> 신종현황제의 어서인 '옥조빙호' 4개의 큰 글씨를 왼쪽에 새기고, 의종 열황제의 어서인 '비례부동' 4개의 큰 글씨를 오른쪽에 새겼다. '만절필동' 은 선조대왕의 어필이요, '대명천지 숭정연월'은 문정선생의 필적인데 함 께 돌의 아랫부분에 새겼다. 신종현황제의 소국을 사랑하신 덕과 의종열 황제의 사직을 위하여 순사한 정의와 선조대왕의 사대의 정성과 문정 선 생의 존양의 의리가 함께 궁벽한 산속의 돌에 실려 있으니 비록 하나의 작은 일이나 그 지극한 사리에 있어서는 (위대한 일이어서) 천지도 실을 수 없고 하해도 새나갈 수 없으며 한서에도 변할 수 없으니 또한 중대한 일이 아닌가?[138]

이 글은 5곡 첨성대에 대해 설명한 글이다. 성해응은 첨성대 아래에 이르러 시냇가에 각자된 글씨들의 유래와 의미를 상세히 밝히고 있다. 신종의 '玉藻氷壺', 의종의 '非禮不動', 선조의 '萬折必東', 송시열의 '大明天地 崇禎年月'은 대명의리론이 표출된 글씨들이다.

---

138 성해응, 「화양동기」, "刻神宗顯皇帝御書玉藻氷壺四大字於左 毅宗烈皇帝御書非禮不動四 大字於右 萬折必東 宣祖御筆也 大明天地崇禎日月 文正先生筆也 並刻于石之趾 顯皇帝字 小之德 烈皇帝殉社之正 宣祖事大之誠 文正尊攘之義 並載於窮山之石 雖其一拳之小 及其 至也 天地不能載 河海不能泄 寒暑不能変 不亦重歟"

[그림 21] 화양구곡 제5곡 첨성대 각자

송시열은 「崇禎皇帝御筆跋」에 의종의 '비례부동'의 네 글자를 얻게 된 사정을 기록하였다. 민정중이 연경에 갔을 때 황제의 어필을 사려고 백방으로 노력하였는데 어떤 義人이 그 뜻을 알고 그냥 의종의 글자를 주고 갔다는 것이다.[139] 민정중은 이 글씨를 송시열이 있는 화양동으로 가져왔고, 송시열은 이 어필을 오래도록 보존하기 위해 1674년에 첨성대 아래 벼랑에 새겨두었다.[140]

『화양동지』에는 이 글씨를 보존하기 위해 환장암을 짓고 애각하는 과정에서 송시열이 노론계 인사들과 주고받은 글이 여러 편 실려 있다. 그중에서도 김수항에게 보낸 편지에는 황제의 어필을 애각하고 보존하는 데에 송시열이 보인 열의가 드러나 있다.

> 몇 해 전에 민대수(민정중—필자 주)가 황제(명나라 의종—필자주)의 어필을 얻어 와서 보이거늘 족자가 낡고 좀이 먹을까 염려하였습니다. 화양동 안으로 가면 바위가 벽처럼 서고 지붕처럼 위를 덮고 좌우는 병풍처럼 서서 귀신이 만들어 놓고 기다린 것 같은 곳이 있습니다. 곧 본을 떠서 위에 새기고 인하여 그 곁에 작은 암자를 짓고 몇 사람의 스님을 모아 들어오게 하여 보호하면서 그 이름을 '환장암'이라고 이름을 지으려 하였으니 대체로 『논어』의 '빛나는 그 문장'이란 뜻을 취한 것입니다. (…중략…) 벼랑을 대하여 일환지에 예부터 서재가 있어 8, 9명의 스님이 있어 지켜 와서 드디어 '환장'이라고 이름을 짓고 새겨 걸도록 하고 그 스님에게 부탁하여 나무꾼들의 침입을 꾸짖게 한 것입니다. 산 밖에 한 무사가 있어 장편으로 그 일을 노래하게 하여 감히 기록하여 올리니 혹 이어 화운을 하여 암자 안에

---

139 성해응, 충북대학교 우암연구소 역, 『역주 화양동지』, 9쪽.
140 위의 책, 11쪽.

하나의 전고가 되게 하면 사체가 이로 인하여 중하게 되고 수령으로 암자의
스님을 괴롭히는 자 있으면 혹 이를 사모하는 마음이 있을 것입니다. 아무
튼 本韻이 너무 많으니 혹 별도로 고율을 짓든지 뜻에 따라 편한대로 하심
이 좋겠습니다. 천만 지극히 부탁드리니 손수 채색의 종이에 쓰는 것이
더욱 좋겠습니다.[141]

이 글은 애각이 끝난 뒤인 1676년에 김수항에게 보낸 편지의 일부분이
다. 편지를 쓸 당시 송시열은 長鬐에 유배된 상태였다. 민정중이 얻어온
글씨를 환장암 승려들이 지키고 있으나 이것이 훼손될까 걱정하여 송시열
은 5언 고시 「次後雲翁煥章菴七十一韻」와 7언 고시 「次後雲翁煥章菴歌」
두 편을 지었다. 이어 당시 영암에 유배 중인 김수항에게 편지를 보내어
환장암 시를 지어주기를 부탁하였다. 그것도 직접 채색된 종이에 써주길
당부하였다. 김수항은 이에 화답하여 「爲尤齋寄題煥章菴」를 짓고 짧은 서
문을 붙여 황제의 어필을 보호하고자 한 뜻을 밝혔다.[142] 이를 통해 송시열
이 이 일에 열의를 갖고 임했음을 알 수 있다.

후대에 첨성대를 찾은 유람객들은 이러한 과정을 마음 깊이 감읍하면서
글자 한 글자 한 글자를 꼼꼼히 살펴 답사하는 모습을 보인다. 이를 통해,

---

141 송시열, <與金久之 丙辰七月二十日>, "昔年閔大受得帝筆而見示 慮障篋之弊蠹 適華陽洞
裏 有石崖壁立 上覆如屋 左右有屛 若鬼神鑿成而待之者然 卽摸上而鐫刻 仍欲作小菴於其
側 募入數箇僧看護 而名之以煥章 蓋取論語煥乎其文章之意也 此事未成 而遭此遠謫 初心
將永孤矣 對崖一喚地 舊有書齋 八九僧徒守之 遂以煥章之名 刻而揭之 託其僧 使呵樵豎之
侵敲矣 山外有一文士 作長篇歌其事 敢錄以呈 倘賜繼和 俾作菴中一典故 則事体賴重 守宰
侵虐庵僧者 或有慕顧之心矣 第本韻太多 或別作律古 隨意所便 尤好 千萬至懇 手寫彩紙尤
佳" 『송자대전』권54. (번역은 『국역 화양동지』를 따름)
142 김수항, <爲尤齋寄題煥章菴>, 『文谷集』卷4, "閔判書大受曾赴燕京 得崇禎皇帝御筆非禮
不動四大字以歸 尤齋見之 摸刻于華陽洞裏石崖 崖傍舊有書齋 八九僧徒守之 遂託其僧 使
之看護 仍以煥章扁其屋 蓋取論語煥乎其文章之意也"

명나라 멸망에 대한 아쉬움과 송시열 등 선현에 대한 앙모의 마음을 비감 어리게 그리고 있다.

이 맥락은 1911년에 유람한 기록에도 계승된다. 작자는 "이 걸 보느 지 범연이 보지 말고 깁히 싱각ᄒ면 알 거시오 어둔 창ᄌ의 쇼년ᄒ 의리가 나탄홀지라 디명이 망한 후에 황졔의 모졍을 이 ᄯᅡ의 뫼셧시니 엇지 디명 천지가 아니며 황졔가 붕ᄒᆞᆫ 후에 디명의 년호를 아국셔 쓰니 엇지 숭졍 일월이 아니리요[143]"라고 하였다. 현재 구곡가와는 별도로, 환장암에 대한 시가 다수 남아 있음은 이들 유적에 대한 숭모의 마음이 컸음을 증명한다. 그 유적을 대하는 태도도 주목할 만하다.

사마천은 『사기』를 지으면서 공자를 세가에 넣고, 그 끝에 "노나라에 가서 그 묘당의 거복과 예기를 제생이 때때로 강습하고 그 집에 예를 표하 는 것을 보고 그 때문에 서성이며 차마 떠날 수가 없었다"라고 하였으니, 내가 지금 서원을 구경하는 것과 어찌 이렇게 같단 말인가! 진실로 성대한 덕에 감동한 것이 아니라면 어찌 능히 오래도록 존신(尊信)하기를 이처럼 할 수 있단 말인가?[144]

전술한 바와 같이, 성대중은 1803년 가을, 72세가 되던 해 아들 성해응 과 화양동을 답사하며 이 기문 「화양동기」를 남겼다. 아들이 음성 현감으 로 부임하게 되자 이를 따라 화양동에 이르러 문정서원과 만동묘를 배알 하고 이 일대를 유람하였다. 서원을 방문한 당시 자신의 태도를 사마천이

---

143 『화양로졍긔』, 27a

144 성대중, 「화양동기」, "司馬遷之撰史世家孔子 而末言適魯 觀其廟堂車服禮器 諸生以時習禮 其家 爲之低回不能去 何其興余之觀諸院者同也 苟非盛德所感 安能久益尊信若是哉"

공자의 사당에 들른 것에 비유하였다. 송시열의 성대한 덕에 감동하여 그 가르침을 존경하며 믿고 따른 것이라고 설명하였다.

성대중과 동행한 성해응은 그 날의 감회를 다음과 같이 기록하였다.

> 내가 암서재에서 밤에 자는데 그 때 가을 물이 많이 흐르고 달은 두 봉우리 사이에서 올라와 멀리 비추니 물결이 역력하게 흐르고 별빛이 펼쳐 있었다. 황묘 바라보니 공경하지 않으려 해도 저절로 공경의 마음이 생겼다. 이 때문에 "가을 달이 차가운 물을 비춘다"는 시구를 외우니 마음이 맑아지고 기분이 쾌하여 천년 뒤에 마치 요순의 지역을 보는 듯한 느낌이었다.[145]

암서재에서 밤을 보내며 시냇물을 비춘 가을 달을 보며 감회에 젖었다. 마침 계절이 가을이고, 달이 떠올라 시냇물에 비추자 그야말로 '秋月寒水'의 시 구절을 떠올렸다. '추월한수'란 주자의 「재거감흥」의 시 구절을 가리킨다. 주자는 이 시에서 "삼가 천 년의 마음을 생각하니 가을 달이 찬 물에 비치는 듯 하네(恭惟千載心 秋月照寒水)"라 읊었는데, 성현(공자)의 가르침이 가을 달처럼 밝고, 차가운 강물처럼 명징함을 말한 것이다. 성해응은 송시열의 서재인 암서재에서 주자의 시를 암송하며 주자가 공자의 가르침을 회상한 것과 자신이 송시열을 비롯한 여러 선현의 가르침을 떠올린 것을 동일시하여 연상한 것이다.

경모의 자세로 華陽九曲을 탐방하는 유자들은 대상 그 자체에 집중하고 대상에 대한 관조와 사적에 대한 회고를 통해 경모의 마음을 표현하는

---

145 성해응, 「화양동기」, "余夜宿于齋 時秋水方壯 月上兩峯之間遙映 波光歷歷 星斗森列 瞻望 皇廟 未期敬而自敬 爲之誦秋月寒水之訓 心淸而氣曠 千載之下 如觀堯舜之域矣"

것에 초점을 맞추었다. 주목할 만한 것은, 숭모의 대상이 중첩적으로 연결되고 있다는 점이다. 송시열이 주자와 명나라 황제의 유적을 기린 것에서 시작하여, 송시열 사후 화양구곡을 답사하는 문인·학자들은 주자와 명나라 황제에 대한 숭모의 마음에, 송시열에 대한 존경의 마음을 덧붙인다. 이를 통해 화양구곡은 명나라 황제의 유훈이 있는 곳이자, 이를 지키고자 했던 송시열의 유지가 남아 있는 곳이며, 송시열이 본받고자 한 주자의 행적이 재현된 장소로서 권위를 갖게 된 것이다. 따라서 화양구곡에 당도한 문인·학자들은 누구나 숭모의 자세로 성현들을 만나게 된다.

(3) 대명의리론을 구현한 장소

E. 렐프는 공간에 이름을 붙이는 행위를 통해 '空間'이 인간을 위한 '장소'로 확장된다고 설명하였다. 장소에 이름을 붙이는 행위[命名]를 통해 낯설고 의미 없는 공간은 익숙하고 의미 있는 장소로 변모하게 된다. 명명의 행위로 인해 이름을 붙이는 행위자와 그 이름을 공유하는 자에게 장소에 대한 애착(Topophilia)이 형성된다.[146] 주자의 무이구곡은 물론이고, 조선에서 구곡을 경영하는 자들도 자신만의 구곡을 명명하였다. 물굽이 중 풍경이 아름다운 곳을 9곳 선정하여 그 풍경이나 형상에 알맞은 이름을 붙이는 행위를 통해 개인의 구곡을 갖게 된다. 이렇게 설정한 구곡은 무이구곡의 단순한 모방이 아니라 무이구곡이 지닌 질서와 세계관의 재현이라는 의미를 지니며 익숙한 '장소'로 재탄생하게 된다.

宋達洙는 「華陽九曲 次武夷櫂歌韻」 서문에서 華陽九曲의 命名에 대해

---

146 에드워드 렐프, 앞의 책, 54-55쪽.

다음과 같이 밝히고 있다.

> 각곡의 이름이 언제부터였는지 알지 못하나 그 명명하는 뜻이 혹은 그
> 形象이거나, 혹은 그 故事이거나 혹은 그 風景으로서 된 것이 아닌가. 그
> 순서는 寒水齋 權先生(權尙夏)이 정하신 바이나 각 곡에 篆刻을 새긴 것은
> 丹巖 閔文忠公(閔鎭遠)의 필적이다.[147]

宋達洙는 화양구곡의 명명 원칙을 세 가지로 나누어 제시하고 있다. 첫
째는 특정한 사물의 형상에서 기인한 것, 둘째는 관련된 故事에서 기인한
것, 셋째는 물굽이의 풍경에서 기인한 것이다. 九曲의 이름을 지을 때에
특이한 바위나 봉우리 모습이나, 특정한 분위기를 자아내는 풍경에서 차
용하는 것은 일반적이다. 華陽九曲의 경우도 여기서 크게 벗어나지 않는
다. 그러나 단순히 경치가 빼어나다고 하여 곡으로 선정되는 것은 아닌
것으로 보인다. 즉, 그 곡경이 의미하고 있는 바, 곡경을 통해 연상되는
익숙한 비유가 있을 때 비로소 곡으로 선정되었다.

5곡 瞻星臺는 형상 때문에 이름을 얻은 것이다.

> 五曲瞻星擇地深   오곡이라 첨성대 땅 깊은 곳 택하니
> 斗南光氣耀山林   천하의 빛나는 기운 산림을 비추네.
> 厓前寶刻天章爛   절벽에 보배롭게 새기니 황제의 글 찬란하여
> 省識瑤躔拱北心[148]   뭇별이 북극성을 안고 도는 마음 알겠네.

---

147 宋達洙,『수종재집』권1,「華陽九曲 次武夷棹歌韻」, "曲名未知昉於何時 而其命名之義 則
    或以其形 或以其事 或以其景歟 其第次寒水權先生所定 而每曲所刻篆 丹巖閔文忠公筆也."
148 성대중, <華陽九曲 依武夷櫂歌十韻>

이 시는 성대중의 작품이다. 瞻星臺는 높은 벼랑 위에 누대처럼 있어 별을 관찰하기 좋은 곳이라 하여 이름 붙인 곳이다. 별자리의 순행을 관찰하는 곳으로, 깊고도 시야가 트인 곳을 가려 정한 곳이다. 그런데 이 첨성대를 꾸미고 있는 중요한 환경요소는 여러 개의 글씨[天章], 刻字들이다. 산림을 비추는 빛나는 기운은 표면적으로는 첨성대에서 보는 별빛이지만, 그 이면적인 의미는 바로 '황제의 글씨'를 가리킨다. 산림을 비추는 별빛, 곧 '光氣'와 황제들의 글씨는 모두 '찬란하다'는 의미를 공유한다.

작자는 첨성대에서 뭇 별들이 북극성을 따라 도는 것[拱北]을 보며 천지 순환의 이치를 궁구하였다. '拱北'은 『논어』 위정편에 출전을 둔 표현으로, 덕치의 중요성을 비유적으로 표현한 것이다. 여기서 작자는 '공북심'의 의미를 중의적인 표현으로 활용하고 있다. 표면적으로는 첨성대라는 명칭에 걸맞게 뭇 별들이 북극성을 따라 순행하는 것을 표현하고 있는데, 이것은 다시 군신의 예로 확대되고, 다시 조선과 명과의 관계로까지 확장된다. 뭇 별들이 北極星을 향해 순행하는 것처럼 신하 된 도리로 임금을 섬기는 것이 마땅하다는 의리론을 상징하고 있다. 이 시 이외에도 瞻星臺를 노래한 작품들에서는 '拱北'의 고사가 자주 차용되고 있다.

고사를 활용하여 명명한 것으로는 3곡 읍궁암이 대표적이다. 다음 인용한 시는 權震應의 작품이다.

三曲巖如泛堅船	삼곡이라 바위는 골짜기에 떠 있는 배 같은데
貂裘泣血問何年	초구 입고 피눈물 흘리기 묻노니 그 몇 년인가
君民大計空遺廟	군민의 큰 계획은 부질없이 萬東廟에 남았으니
杜宇聲聲聽可憐	두견새 소리 듣기 가련하구나.

泣弓巖의 명명 방법은 송달수의 지적에 따르면 고사를 차용한 유형에 속한다. 읍궁암의 지명은 주지하다시피, 宋時烈이 孝宗의 諱日에 통곡을 했다는 이야기에서 유래한다. 宋時烈은 北伐의 꿈을 이루지 못한 채 승하한 孝宗을 기리며 이 장소에서 통곡을 했다고 한다. 宋時烈의 유적이 있는 이곳에 '嗚呼弓'의 고사가 연결되면서 '泣弓'이라는 이름을 얻게 되었다.

[그림 22] 화양구곡 제3곡 읍궁암

'嗚呼弓'의 고사는 다음과 같다. 黃帝가 荊山 아래에서 솥을 주조하고 나서 용을 타고 승천할 적에 신하와 후궁 70여 인을 함께 데리고 갔다. 여기에 참여하지 못한 신하들이 용의 수염을 잡고 있다가 용의 수염이 빠지는 바람에 모두 떨어졌고, 이때 황제의 활도 함께 떨어졌다. 떠난 황제를 그리워하는 백성들이 그 활을 안고 부르짖으면서 울었다고 하여 그

활을 嗚呼弓이라고 했다는 전설이다. 그러므로 '嗚呼弓'의 고사는 세상을 떠난 제왕에 대한 추모의 정을 의미한다.

　작가는 이 시에서 관련 사적들을 조직적으로 중첩시켜 '泣弓巖'이라는 장소의 정체를 부각시켰다. '貂裘'와 '萬東廟'를 시에 끌어들여 嗚呼弓 故事를 '孝宗-宋時烈'의 관계에 연결했고 다시 이것을 '明-朝鮮'의 관계로까지 확장시켰다.

　1658년에 孝宗은 宋時烈에게 貂裘를 하사하였다. 근검한 생활을 하던 宋時烈은 겨울에도 따뜻한 옷을 입지 않았다고 한다. 이를 안타깝게 여긴 효종이 송시열에게 초구를 하사하였다. 宋時烈은 그 초구를 계속 사양하다가 효종이 초구를 하사하는 진짜 이유가 북벌의 완성에 있음을 알고 초구를 받아들었다고 한다. 宋時烈은 감복하며 그 사연을 초구 안쪽에 적어 그 뜻을 새겨두었다고 한다. '貂裘'는 북벌의 꿈을 펼치고자 했던 효종과 宋時烈의 신의를 보여주는 매개물이며, '임금과 백성의 큰 계획'이란 바로 북벌을 의미한다.

　다음은 1761년에 화양서원의 서원장을 역임했던 任相周의 시다.

有潭淸且潔	운영담 맑고 깨끗하니
活水源頭來	쏟아지는 물은 발원지로부터 오네.
白雲溶溶起	흰 구름 뭉게뭉게 피어오르니
其中影徘徊	못 가운데 그림자 일렁이네.
譬彼君子心	비유하노니, 저 군자의 마음이여
湛然無塵累	한 점 티 없이 맑구나!
終日鏡面開	온종일 거울 같은 수면 열어두고
永抱朝宗義[149]	길이 조종의 의리를 감싸네.

작자는 1·2구에서 발원지로부터 물이 계속 공급되기 때문에 운영담이 맑고 깨끗할 수 있음을 이야기 하였다. 이어서 3·4구에서는 바탕 즉, 물이 깨끗하기 때문에 흰 구름이 못 가운데 '거울'처럼 비치는 모습을 표현하였다. 여기까지는 주자의 「관서유감」의 시상을 그대로 재현한 것이다. 그 다음에 이어지는 구절에서는 시상의 전환이 일어난다. 티 없이 맑은 연못을 군자의 마음에 비유하였다. 군자는 한결같이 맑고 고요하면서도 항상 조종의 의리를 품고 있다고 하였다. 조종의 의리는 『서경』<禹貢>에 "장강(長江)과 한수(漢水) 등 온갖 물줄기가 바다로 모여든다.[江漢朝宗于海]"에서 온 말로, 제후가 천자를 조회함을 의미한다. 곧, 명나라에 대한 의리를 의미하는 것으로, 이 시에서 말한 군자는 대명의리를 지키고자 한 송시열을 가리킨다. 주자가 말한 '운영'의 의미는 학문에 정진함을 뜻하였으나, 이 시에서는 '운영'이라는 이름에 대명의리론이 덧붙여지게 되었다.

이상에서 살펴본 바와 같이 華陽九曲의 명명 방식은 특정한 자연물의 형상에서 명명하는 방법, 풍경에서 기인한 방법, 관련 고사를 차용한 방법 등이 있다. 그런데 여기서 중요한 점은 어떤 명명 방법을 사용했는가보다 부각하고자 한 의미가 무엇이었는가를 밝히는 것이라 본다. 이들 명명은 대개 존주론적 질서를 유지하고자 함을 의식적으로 표방하고 있다. 구곡의 명명에 적극 끌어들임으로써 대명의리론을 구현하고자 했음을 알 수 있다.

---

149 任相周, <漫興詠華陽九曲>, 『研經齋全集』 外集 卷31, <華陽洞志>

3) 화양구곡에 대한 정체성의 계승과 변화

송시열의 연보에 따르면, 송시열이 화양동에 들어온 시기는 1666년이라 알려져 있다. 1666년 4월에 청주의 침류정에 거주하다가 이해 8월에 화양동으로 옮겨 정자를 짓고 살았다 한다.[150] 이어서 암서재를 짓고 강학에 힘썼다. 이 암서재는 송시열의 유배 이후 정국의 변화로 퇴락하였는데, 1715년 김진옥이 재산을 출연하여 중건하였다. 김진옥은 1721년 황강에 있던 권상하에게 '암서재' 세 글자와 기문을 써 달라고 부탁하였다. 이에 권상하는 「암서재중수기」를 지었다.

우선 권상하의 이 글에 따르면, 송시열은 이 암서재에 큰 의미를 부여했던 것으로 보인다.

> 선생이 일찍이 이르기를 "회덕으로부터 이 골짜기에 들어오면 심신이 상쾌하여 마치 선경에 있는 것 같아 여기서 회덕을 돌아보면 회덕은 참으로 진세이더니, 정사로부터 다시 북재로 옮긴 뒤에는 북재는 더 좋은 선경이라서 정사가 도리어 진세처럼 보인다. 이곳은 십분 맑고 뛰어나다 이를 만하니, 어찌 다시 무릉도원 길을 찾을 필요가 있겠는가." 하셨다.[151]

송시열은 혼란한 정국이 펼쳐지는 서울을 떠나 회덕으로, 회덕에서 다시 화양동 정사로, 화양동 정사에서 다시 북재[암서재]로 들어오면서 심신이 상쾌해짐을 느꼈다. 그러니 '무릉도원'을 다시 찾을 필요가 있냐고 한

---

150 송시열, 『국역 송자대전』, 부록 제5권, 연보(年譜) 4, 숭정(崇禎) 39년 병오.

151 권상하, 『寒水齋先生文集』卷之二十二, 記, 「巖棲齋重修記」, "甞日自懷郷入此洞 神心灑然 如在仙境 回視懷郷 誠是塵寰 自精舍移北齋 北齋眞箇仙境 而精舍反爲塵寰 可謂十分淸奇 何必更覓桃源路也"

것이다. 송시열에게 화양동은 진세의 번잡스러움이 미치지 않는 맑고 뛰어난[淸奇] '선경'이다. 그 중에서도 암서재는 강학하며 심신을 가다듬는 이상적인 장소로 인식되었다.

그런데, 권상하는 여기에 또 다른 의미를 부여한다. 권상하는 "선생이 여기에서 지팡이를 끌고 시문을 읊으면 소리가 금석 같았고, 언뜻 세속 밖에 우뚝 서 있는 듯한 생각이었으니, 무이정사 띳집의 맑은 흥취와 비교하면 어느 쪽이 우세했을까."[152]라고 하였다. 곧, 권상하는 스승이 강학처였던 암서재를 주자의 무이정사에 빗대어 설명하였다.

송시열은 1689년 기사환국으로 사사되었는데, 1694년 갑술환국으로 노론이 정권을 잡자 관작이 회복되었다. 이듬해 '文正'이라는 시호를 받았으며, 화양서원이 건립되었다. 1704년에는 권상하가 스승의 유지를 받들어 화양동에 만동묘를 세웠다. 18세기 초반부터 송시열에 대한 복권은 조정의 후원을 받으며 체계적으로 진행된 것으로 보인다. 1756년(영조32년)에 이르러 宋時烈은 文廟에 배향되고 조정은 領議政을 추증했다.

송시열에 대한 복권이 진행되면서 화양동 전역은 더욱 권위 있는 장소로서 자리하게 되었다. 만동묘는 대명의리를 지킨 송시열이 명나라 두 황제를 기린 장소라는 뜻에서 성역화되었다. 화양동 또한 송시열이 주자의 행적을 본받으며 강학했던 장소였기 때문에 '화양동'에서 '화양구곡'으로 재정비된 것으로 보인다. 이것은 앞서 제시한 작품 목록을 통해 확인할 수 있다. '화양동'이라는 명칭이 1760년대 전후로 '화양동', '화양구곡'으로 혼용되고 있다는 점, 19세기에 접어들어서는 9개의 곡이 비교적 안정적으로 명시된다는 점이 그 근거다. 이렇게 하여 화양구곡은 혼잡한 세사가

---

152 위의 글, "先生乃曳杖嘯詠 響如金石 脩然有遺世獨立之想 其視武夷茅棟 淸興孰優也"

끼어들지 않는 순정한 구역, 선현에 대한 숭모의 장소, 대명의리론을 구현
한 장소라는 정체성을 띠게 되었다.

화양구곡이 이러한 정체성을 유지하는 데에는 동류 집단의 지속적인
노력이 수반되었다. E. 렐프는 어떤 장소에 대해 "계속성이라는 감성이 결
합되어 애착이 커지게 되면 주위의 세계가 변한다 할지라도 이 장소만은
지속되며 하나의 뚜렷한 실체로 남을 것이라 느낀다"[153]고 하였다. 장소에
대한 정체성이 변화하는 것을 막는 것은 장소가 영구적이라는 감성을 강
화하는 '의식과 전통'이 필요하다고 지적하였다. 의식은 장소의 정체를
상징적으로 확인하는 동시에 장차 그 장소를 접하게 될 후속 세대에게도
장소에 대해 학습할 계기로 작용한다고 하였다. 이렇게 반복적인 전통 행
사를 통해 장소를 재확립하면 장소의 정체성을 안정적으로 유지할 수 있
다고 설명하였다.[154]

화양구곡의 경우, 만동묘와 화양서원에서 지낸 제향이 장소의 지속성을
강화하는 대표적인 '의식과 전통'이다. 이뿐만 아니라 화양동 일대를 탐방
하거나 시문을 짓는 행위는 비정기적이고 자발적인 의식의 일종으로 볼
수 있다. 그러나 무엇보다도 장소의 정체성을 후대까지 물려주고자 한 중
요한 의식은, 바로 화양구곡에 대한 연원과 관련 유적의 유래를 기록한
문집의 제작이다. 『화양지』, 『화양동지』, 『화양고사』 등의 서책은 화양동
에 대한 구체적인 정보와 함께 관련 시문을 폭넓게 수록하고 있다. 특히
성해응이 편찬한 『화양동지』는 기획 단계에 정조의 관심이 있었다는 점에
서 주목할 만하다. 전술한 바와 같이, 『화양동지』 일부는 『존주휘편』에
부록으로 편성되어 있다. 두 책은 같은 맥락에서 편찬된 것이라고 볼 수

---

153 E. 렐프, 앞의 책, 82쪽.
154 앞의 책, 82-83쪽.

있다. 따라서 1803년에 성대중·성해응 부자가 화양구곡을 방문한 본의는 송시열의 유적을 확인하고 『존주휘편』의 내용을 보강하는 데 있었음을 추정할 수 있다.

그러나 역설적이게도 화양구곡과 화양서원이 지닌 상징성이 확고해질수록 이에 대한 저항도 점차 생겨난 것으로 보인다. 정조가 『존주휘편』 편찬을 명했던 이유 또한 이와 같은 맥락에서 살펴봐야 할 것이다. 청나라가 문화적 위상을 높여감에 따라 대명의리론은 점차 영향력을 잃게 되었다. 성대중의 다음 글을 통해 화양구곡과 송시열에 대한 평가에 변화가 있음을 알 수 있다.

세상에는 또한 선생(송시열)이 空言을 하여 厚利를 꾀하였다고 비판하는 자가 있지만, 정말로 그러하였다면, 공자가 『춘추』를 짓고 맹자가 양주와 묵적 등 이단을 배척한 것이 어찌 공언이 아니란 말인가? 마침내 사당의 흠향이 온 천하에 편재하고 자손의 세습이 백대에까지 이었으니 공자와 맹자도 역시 이익을 꾀하였단 말인가? 후세의 영광은 성현이라도 사절할 수가 없었으니 만일 반드시 공언을 배척하고 실용을 핵심에 둔다면, 功利의 학문을 인의보다 숭상하고 부강의 기술을 예악보다 우선시할 수 있단 말인가? 그 처음에는 양주·묵적 같은 이단도 부끄러워할 바요, 종국에는 도적과 이적으로 귀착하고 말아서 분서갱유의 앙화가 뒤따를 것이니 어찌 두려워하지 않으랴!155

---

155 성대중, 「화양동기」, “世又有以空言厚利譏先生者 審其然也 孔子之作春秋 孟子之闢楊墨 非空言耶 卒之祠享遍於天下 世襲延於百代 孔孟亦謀利耶 後世之榮 聖賢有不得以辭之也 如必斥空言而核實用 則功利之學 可尙於仁義 富強之術 可先於禮樂 其始也楊墨之所羞 而 終則寇盜夷狄之歸 焚坑之禍隨之 可不畏哉”

　물론, 송시열은 당쟁에 깊이 개입되었기 때문에 그에 대한 평가는 당대부터 양분되었다. 그러나 18세기 초부터 조정의 후의 속에서 송시열에 대한 복권이 지속적으로 이루어졌던 것을 감안할 때, 이 글은 송시열에 대한 평가가 일방적이지 않았음을 파악하게 한다. '공언'을 하였다는 것은 송시열이 효종과 더불어 북벌의 뜻을 도모했던 것을 가리킨다. 그렇게 하여 尊華攘夷를 표방한 것으로 인해 사후에 과분한 이득을 얻었다고 평하는 자들이 있다는 것이다. 지금 화양서원과 화양구곡이 대명의리의 표상으로 권위를 지닌 것을 가리켜 '厚利'라 평가한 것이다. 이어서 실용을 존중하는 현재의 상황에 대해 비판한다. 功利의 학문과 부강의 기술은 '仁義'와 '禮樂'보다 앞서서는 안 된다고 강조하였다. 이것은 역설적으로 19세기 초반에 존화양이의 논리에 균열이 생기고 있음을 보여준다.

[그림 23] 금사담 전경

4. 위정척사의 실천적 장소, 옥계구곡

화서학파는 조선 후기 경기 · 강원 등지의 기호지방을 거점으로 발달한 학문 유파이다. 화서 이항로로 대표되는 이들은 주지하다시피, 조선 말기 혼란한 국제 정세 속에서 위정척사의 정신을 바탕으로 의병항쟁 등의 실천적 사회운동을 주도하였다. 이들은 급변하는 국제 정세 속에서 구곡을 경영하는 데 열의를 보였다. 이항로의 蘗溪九曲, 유중교의 玉溪九曲, 유인석의 石溪九曲과 尼山九曲 등이 여기에 해당한다. 그 중에서도 특히 경기도 가평군에 위치한 옥계구곡은 유중교뿐만 아니라 화서학파의 중요 인물인 김평묵, 유인석 등이 함께 글을 남기고 있으며 옥계구곡 탐방에 직접적인 계기가 있었다는 점에서 주목할 만하다.

이 장에서는 우선 화서학파의 학문적 경향과 관련해 옥계구곡의 성립 배경을 살펴볼 것이다. 그 다음 이 방문 당시 김평묵, 유중교, 유인석이 쓴 옥계구곡 시문에 형상화된 옥계구곡의 정체성을 밝혀보고자 한다. 이를 토대로 화서학파 인물들이 수호하고자 했던 가치를 밝히고자 한다.

1) 옥계구곡의 성립 배경

화서학파는 이항로의 '주리적 관점의 학문'을 중심으로 형성된 문인들과 그들의 학문을 말한다. 화서학파의 학문적 경향에 대해서는 그간 많은 연구가 축적된 편이다. 이들 연구에서는 화서학파의 인적 구성은 물론, 학파의 형성 과정과 심설 논쟁으로 불거진 분파 과정을 자세히 다루고 있다.[156]

156　姜大德 · 白聖美(2012), 「華西 李恒老의 敎育觀과 華西學派의 九曲經營」, 『화서학논총』

노론계 재야 선비인 이항로는 중앙 정계에서 낙향한 북인계 인물인 유
영오의 지원을 받으며 강원·경기 지역에서 학파를 형성하게 되었다. 유
중교의 할아버지인 유영오는 1836년 자손들의 교육을 위해 서관을 지어주
었고 이것을 계기로 선비들이 더욱 모여들었다고 한다. 유중교 가문과 김
평묵의 인연이 시작된 데에도 유영오의 영향이 있었다.[157] 김평묵은 1842
년 벽계로 와서 배움을 청하면서 이항로와 사승 관계를 맺게 되었다. 1845
년 3월 유영오가 김평묵에게 유중교 등 자제들의 교육을 위해 이웃에 살기
를 권하자 김평묵은 양평의 潛湖로 이사하였다.[158] 이후 유중교는 김평묵
을 스승으로 삼게 되었고, 김평묵은 학문에 전념할 수 있었다.

이항로는 문하의 제자들과 함께 주기적이고도 지속적인 강회를 열었다.
그는 29세 무렵 강좌에 초치될 정도로 명성이 나 있었으며, 30대에는 각처
의 선비들이 배움을 청해 와서 이미 그의 서사가 수용할 수 없을 정도였다
고 한다.[159] 1839년 무렵 이항로는 강회의 규칙을 세우고 매월 1회씩 월강
을 하거나 혹은 열흘에 한 번씩 한 달 동안 총 3회씩 旬講을 실시하였는데,
벽계의 청화정사뿐만 아니라 벽계구곡 등 산수가 빼어난 곳에서도 강회를
열었다고 한다.[160] 이러한 학풍을 배운 제자들 역시 자신이 머무는 곳마다
강회를 열어 후학 양성에 힘을 쏟았다.

이항로가 타계하고 난 뒤 화서학파를 이끌던 김평묵과 유중교는 1876년

5집, 147-188쪽. ; 김근호(2009), 「화서학파의 형성과정과 사상적 특징」, 『국학연구』 15
집, 187-208쪽. ; 박민영(1999), 「화서학파의 형성과 위정척사운동」, 『한국근현대사연구』
10집, 37-70쪽. ; 오영섭(1999), 『화서학파의 사상과 민족운동』, 국학자료원.

157   김근호(2009), 위의 논문, 191-192쪽.

158   김평묵, 『중암집』, 附錄 卷之一, 年譜. ; 유중교, 『省齋集』, 附錄 卷之一, 年譜.

159   김근호(2009), 앞의 논문, 191쪽.

160   강대덕·백성미(2012), 앞의 논문, 159-161쪽.

1월 병자수호조약 체결 반대(이른바 병자척사운동)에 적극적으로 참여하였다. 김평묵은 洪在龜, 尹貞求, 유중교 등의 청으로 斥和疏를 지었으며, 유중교 는 繕工監 假監役에 제수되었으나 사직소를 올려 출사하지 않았다. 유인 석도 홍재구와 함께 상경하여 상소를 올렸다.

그러나 이 상소 운동은 결실을 맺지 못하였다. 이들은 물러나 '潔身自靖' 하는 뜻으로 경기도 가평군 일대로 거처를 옮기게 된다.[161] 유중교는 가족 들을 이끌고 가평군 玉溪 紫泥臺으로, 김평묵은 가평의 鏡盤山으로 거처를 옮겨 강학을 하였다. 유인석도 유중교를 따라 경기도 양평에서 가평으로 거처를 옮겼다.

그런데, 이들 화서학파 인물들은 병자척사운동을 벌이는 과정에서 疏首 선정을 둘러싸고 분열을 조짐을 보인 바 있다. 원래 소수는 김평묵 제자인 유기일이었는데 유중교가 김평묵과 상의를 하지 않은 채 유인석을 소수로 삼았다. 후에 유인석이 다른 이유로 소수에서 물러나자 뒤이어 김평묵의 제자인 홍재구가 소수를 맡게 되었다. 이 과정에서 김평묵 계열 유생들은 유중교가 조카를 소수로 밀기 위해 다수의 뜻을 무시했다고 비판하여 붕 당의 형세에 처했다. 그러다가 유중교가 자신의 책임을 은연중에 자인함 에 따라 다시 원만한 관계를 유지하며 조종천 부근으로 집단 이주하게 되었다.[162]

1876년 7월에 유중교는 스승인 김평묵을 모시고 유인석을 비롯한 화서 학파 문인들과 옥계구곡을 답사하며 구곡을 설정했다. 이 탐방에는 유중 교의 벗인 柳始秀, 홍대심과 제자 이성집 등이 동참하였다. 이렇게 하여

161 유중교,『省齋集』, 附錄 卷之一, 年譜, "而乾坤入於昏濛矣 不知何處靑山 準備吾輩潔身自 靖之地耶"
162 오영섭, 앞의 책, 112쪽.

설정한 구곡은 (1곡)臥龍湫 - (2곡)撫松巖 - (3곡)濯纓瀨 - (4곡)鼓瑟灘 - (5곡)一絲臺 - (6곡)秋月潭 - (7곡)靑楓峽 - (8곡)龜游淵 - (9곡)弄湲溪이다.

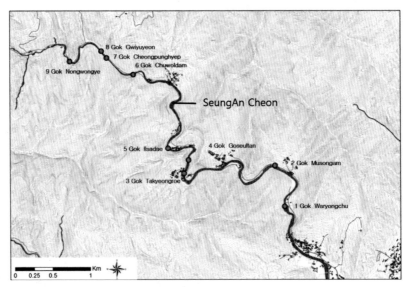

[그림 24] 옥계구곡 위치(강기래 외 5, 2017 참조)

유중교는 이때의 정황과 옥계구곡 각 곡의 모습을 「嘉陵郡玉溪山水記」에 자세히 기록하였다. 또 10수의 연작시 「玉溪九歌」를 남겼다. 동행했던 김평묵은 「玉溪洞九曲歌」, 「玉溪雜咏」, 「玉溪九曲記後識」, 「玉溪圖跋」을, 유인석은 「伏和省齋先生詠玉溪九曲」, 「玉溪洞誌序」를 남겼다. 유인석의 「옥계동지서」에 따르면 김평묵과 유중교의 시가와 기문 이외에도 그 시가에 화답한 시가 많았다고 하며, 이성집이 이 시문들을 모아 『옥계동지』를 펴냈다고 한다.[163] 또 김평묵의 「玉溪圖跋」에 따르면, 梅山 鄭錫一이 옥계

163 유인석, 『毅菴集』, 卷之四十一, 序, <玉溪洞誌序>, "柳麟錫二先生各有記若詩歌 和之者不

와 조종천의 산수를 그린 것으로 보인다. 정석일은 효종 때 조선에 온 漢人 鄭先甲의 후손으로, 대통단에 제를 지내러 온 것인데 김평묵과 임헌회가 그림을 부탁했던 것으로 보인다. 2년 뒤인 1878년에 김평묵은 이 그림에 발문을 덧붙였다.

이들의 옥계구곡 탐방은 유중교의 주도 하에 이루어졌으나, 구곡을 설정하고 命名하는 일련의 과정은 집단적으로 이루어졌던 것으로 보인다. 구성원들의 시와 기문을 모아 구곡지를 만들고, 구곡도를 그리는 등의 활동을 한 것으로 보아 옥계구곡을 거점으로 한 이 날의 탐방은 다분히 의도적인 행위였다고 판단할 수 있다. 게다가 앞서 설명한 바와 같이 소수 문제로 한차례 불협화음을 겪은 뒤였기 때문에 옥계구곡을 유상하는 그날의 탐방은 그들 간의 결속을 다지는 계기로 작용했을 것임을 알 수 있다.

병자척사운동 실패 후 화서학파 인물들이 이 부근을 집단 이주지로 선정한 이유는 주변에 조종암과 대통단이 있기 때문이었다. 조종암은 1684년(숙종 10) 허격, 가평군수 이제두, 가평 유생 백해명 등이 대명의리론을 선양하기 위해 세운 사적이다. 조종천 바위 위에 '萬折必東' '再造藩邦', '思無邪' 등의 글귀를 새겨 尊華攘夷를 표방하였다.

또, 명 태조의 영정을 모시고 제를 지내는 대통단이 있는데 대통단은 만동묘 · 대보단의 연원이 되는 사적으로 평가받고 있다.[164] 그들 스승인 이항로 역시 벽계에서 강학을 하면서 조종암에 참배한 바 있다. 이 후로 조종암 부근은 화서학파 인물들의 사상적 근거지로 인식되었다.[165] 화서와 그 제자들은 조종암에 방문하는 행사를 통해 그들의 존주론적 세계관을

勝其多 先生門人李君聲集 輯而錄之 名以玉溪洞誌"

164 정옥자(1985), 「대보단 창설에 관한 연구」, 『변태섭 박사 화갑기념사학논총』, 삼영사.

165 오영섭, 앞의 책, 36쪽.

드러내기도 하였다.

朝宗巖

萬折必東

日暮途遠　至痛在心

再造藩邦

[그림 25] 조종암 각자

이상을 정리해 보면, 화서학파는 앞선 시대의 존주론적 세계관을 계승하고 있으며 조종천과 대통단이 있는 곳을 그들의 사상적 근거지로 삼았음을 알 수 있었다. 화서학파 인물들이 조종천 부근으로 집단 이주를 한 직접적인 계기는 1876년 병자척사운동이 성과를 이루지 못한 것 때문이었다. 이에 따라 그들의 사상적 근거지인 조종천 부근으로 거소를 옮겨 '潔身自靖'의 장소로 삼았으며, 이곳에 옥계구곡을 설정하였다. 화서학파 인물들이 옥계구곡을 탐방한 것은 단순한 유상의 의미를 너머 그들간의 결속을 다지는 계기로 작용했을 것으로 파악하였다.

2) ‘潔身自靖’의 장소로서의 옥계구곡

1876년에 화서학파 인물들이 조종천 부근으로 거소를 옮긴 것은 이곳을 ‘결신자정’의 장소로 삼았기 때문이다. 그들은 집단적으로 이주하였으며, 같은 맥락에서 옥계구곡을 탐방하고 시문을 남겼다. 곧, 옥계구곡은 이른 바 ‘결신자정’의 핵심적인 장소로 파악할 수 있다. ‘사람들이 장소에 대해 가지는 정체성(identity of people with place)’은 그들의 작품 속에 그대로 표출되기 마련이다. 구곡 시가의 경우, 구곡이라는 특정한 장소가 작품의 주된 제재로 활용되기 때문에 그 경향은 더욱 강하게 드러난다. 구곡 시가를 장소성 개념을 통해 분석하는 이유는 이 때문이다. 본 장에서는 장소성을 형성하는 요인 즉, 물리적 환경, 행위, 의미를 중심으로 시문을 분석함으로써 그들의 정한 바 ‘결신자정’의 양상을 살펴보고자 한다.

(1) 존주론적 세계관을 구현한 장소

다음은 유인석이 쓴 「玉溪洞誌序」의 일부분이다.

나는 명나라 조신의 후손이 대대로 그 의리를 지키며 장차 천하가 맑아지기를 기다려 중국으로 돌아가려고 한다는 말을 들었다. 돌아간 날 반드시 중국 사람들에게 화양동에는 만동묘가 있고, 조종천에는 대통단이 있다고 말하면서 그 말 끝에 두 곳 구곡의 아름다운 경치를 언급하면 중국인들도 반드시 모두 그 대의를 듣고 모두 그것을 장하게 여기며 그 구곡에 대해서도 역시 보고 싶어 하면서 그것을 칭송하는 사람이 있을지도 모르며 두 선생님(김평묵과 유중교 – 필자 주)이 어떠한 사람인지 꼭 알고 싶어 하는 사람도 있을 것이다. 아! 두 선생이 아니라면 누가 이곳에서 명나라를 숭상할 수 있었으며, 두 선생이 일찍이 존화의 의리에 뜻을 두지 않았다면 조종천의 고을에서 이곳(옥계구곡)을 얻은 것이 중요할 만하다는 것을 알 겠는가!

두 선생에게 각각 기문과 시가가 있는데 화답한 시가는 수도 없이 많다. 선생의 문인 이성집 군이 모아서 그것을 수록하여 『옥계동지』라 이름했으 니 그 뜻이 대체로 한 때 산속의 이야기를 갖춘 것에 그치지 아니했다 할 것이다.[166]

화양동에 만동묘가 있어 중요한 장소가 된 것처럼, 조종천에는 조종암 과 대통단이 있어 중요한 장소라는 점을 근거로 삼아 조종천에 자리한 옥계구곡에 대한 자부심을 드러냈다. 이어서 존화의 대의를 품고 옥계구 곡을 탐방한 두 선생, 김평묵과 유중교를 중국에서도 칭송하는 자들이 있 을 것이라고 하였다. 두 선생이 일찍이 존화의 의리에 뜻을 두었기 때문에 조종천에서 옥계구곡을 얻은 것을 중히 여길 만 하다고 하였다. 그렇기 때문에 두 선생의 기문과 시, 그 시가에 화답한 시를 모아 『옥계동지』를 엮게 되었음을 밝혔다. 이것을 통해 『옥계동지』를 편찬한 동기가 단순히 '산속의 이야기를 갖춘 것'에 있는 것이 아니라, 존화의 뜻을 지니고 있으 며, 나아가 두 선생의 뜻을 기리는 데 있음을 밝혔다. 이것은 화서학파 문인들의 옥계구곡 탐방이 단순한 유상에 머문 것이 아니라 그들의 존주

---

166 柳麟錫, 『毅菴集』 卷之四十一, 序, <玉溪洞誌序>, "吾聞皇朝臣後孫 世守其義 將以待天下 之淸而還歸中國 歸之日 必語中國之人曰 華陽洞有萬東廟 朝宗川有大統壇 而因以及兩處九 曲之勝 則中國之人 必皆聞其大義而旣壯之 其於九曲 亦或有願見而稱之者 亦必有欲知二先 生之爲何如人者也 噫 微二先生 孰能有尙於此 微二先生嘗致意於尊華之義者 孰知得此於朝 宗川之鄕 爲可重也哉 二先生各有記若詩歌 和之者不勝其多 先生門人李君聲集 輯而錄之 名以玉溪洞誌 其意盖不止備一時山中故事云爾" 『의암집』의 번역은 『국역 의암집』에 따 랐다.(유인석, 의암학회 역, 『국역 의암집』, 2006, 215-216쪽.)

론적 세계관을 표방한 일종의 의식이었음을 의미한다.

다음은 김평묵의 시로, 5곡인 일사대를 읊은 것이다.

君不見	그대 보지 못하였는가
五曲蒼崖一絲臺	오곡이라 푸른 절벽에 일사대
富春山色迢絶埃	부춘산 산색은 아득히 먼지 낀 세상과 끊겼는데
潭氣暗與桐江通	못의 기운은 어둑하여 동려현 강과 통하니
羊裘釣叟閒往來	양피옷 입고 낚시질 하던 노인 한가하게 오가네.
忽感寒流萬折東	서늘한 시냇물 만 번 꺾여도 동으로 흐르는 것 문득 떠올리니
憤怒觸石鳴且哀	노한 듯 돌에 부딪쳐 울부짖는 듯 슬프네.
人去絲斷無消息	인걸이 떠나 낚싯줄 끊어져 소식이 없는데
石面趲勒胡爲哉[167]	석면에 글을 새김은 무엇하러 하였는가?

5곡을 '일사대'라 명명한 이는 김평묵이다. 일사대는 높이가 몇 장이 되어 깎아지른 듯한 돈대를 말한다. 일사대 뒤로는 푸른 병풍을 두른 듯 아름다운 나무가 그 위를 두르고 있으며, 앞으로는 깊은 못이 있어 낚싯대를 드리울 만 하였다. 이런 까닭으로 김평묵은 嚴光의 '一絲扶漢鼎'의 뜻을 취해 이름을 붙였다.[168]

後漢의 엄광은 光武帝와 어릴 때 함께 공부한 친구사이였다. 후에 광무제가 왕이 된 뒤 엄광에게 벼슬을 주었으나 나아가지 않고 桐廬縣 남쪽

---

167 金平默, 『重菴集』 卷之二, 詩, <玉溪洞九曲歌>
168 유중교, 『省齋集』, 卷之三十八, 柯下散筆, <嘉陵郡玉溪山水記>, "五曰一絲臺 由鼓瑟一歇 脛而至 臺高數丈 若躋成然 從石罅攀援而上 可坐四五十人 後擁翠屏 嘉木蔭其上 前臨深潭 可垂釣 取嚴子陵一絲扶漢鼎語名之 亦重庵先生意也"

七里灘에서 낚시를 즐기며 일생을 마쳤다고 한다. 정사를 돕는 일[扶鼎]을
실오라기 하나[一絲] 정도로 여겼다 하여 세상 사람들은 그가 청절한 삶을
삶으로서 혼탁한 당시를 바로잡았다 평했다고 한다.

　시의 전반부는 엄광의 고사와 긴밀하게 연결되어 있다. 富春山은 엄광
이 머물렀던 동려현의 산 이름이며, 桐江은 곧 동려현 강을, 양피 옷 입고
낚시질하던 노인['羊裘釣叟']은 엄광을 가리킨다. 엄광이 세상의 영화와 절
연하고 들어 간 부춘산은 먼지 낀 세상과 뚝 떨어져 아득하다고 묘사되었
다. 그런데 5곡 일사대의 기운은 엄광이 은거했던 동려현과 통하기에 엄광
이 한가하게 낚싯대를 매고 다녔을 법한 광경을 떠올렸다.

　시상은 '必東川'을 마주하면서 전환된다. 필동천은 일사대 위쪽으로 비
껴 흐르는 내를 말한다. 흰 돌이 넓게 펼쳐 있어 샘이 백방으로 분출하며
소리를 내며 흐르는데 그 물줄기가 굽어졌다 꺾이기를 여러 번 하였다고
한다. 그런데, 여러 줄기의 물소리가 모여 우레같은 소리를 만들어 맑은
하늘에 천둥이 치는 듯 고요하면서도 들린다고 하였다. 그 냇물의 높고
낮음, 맑고 탁함, 가볍고 무거움, 빠르고 느림이 그 각기 오롯한 소리를
해치지 않아 화합하면서도 또렷하였기 때문에 그 냇물을 '필동천'이라 이
름하였다.[169]

　'필동'은 '萬折必東'을 뜻한다. 곧, 여러 양상이 섞여 있더라도 결국엔
올바른 방향[東]으로 상황이 정리될 것이라는 믿음을 의미한 것이다. 주지
하다시피 만절필동에서 유래한 '필동', '만동' 등의 표현은 존주론적 세계

169　위의 글, "從臺上斜對上流 白石開面極廣濶 鳴泉百道撒出 曲折累变 大者如曬練 小者如垂
　　旒 其細而急者 如噴玉如飛箭 衆聲合作隱隱 如雷轉晴空 靜而聽之 高下淸濁輕重疾徐 又不
　　害其各專一聲 如樂之集羣成而大成 翁如而皦如也 命曰必東川 此臺之一勝也 此水始終皆東
　　流 而必於此寓名者 以其有萬折之狀也"

관을 드러내는 관용구로 익숙하게 사용되고 있다. 화양동의 '만동묘' 역시
같은 맥락으로 이해할 수 있다. '필동'이라는 命名을 통해 존주론적 세계
관을 그대로 드러내고 있다.

그들은 이 작명을 통해, 앞으로 펼쳐질 상황에 대한 긍정적인 바람을
담고 있으며, 동시에 당시의 정국이 본인들에게 우호적이지 않음을 우회
적으로 표현하였다. 그렇기 때문에 필동천의 물소리가 성이 난 듯 돌에
부딪쳐 흘러가는 것을 애상적으로 표현하였다. 세상의 광영을 뒤로 하고
은거한 엄광이 떠나고 다시는 그와 같은 청절한 인사가 없으니 세상을
바로잡을 수 없음을 안타깝게 여긴 것이다.

다음은 8곡 귀유연을 읊은 시이다.

君不見	그대는 보지 못하였는가
八曲幽壯龜游淵	팔곡이라 그윽하고도 큰 귀유연은
波底湧躍雷騰天	물결 밑에서 솟아나고 물소리 하늘에 오르네.
呈瑞洛汭已邃古	낙예에서 상서로움을 올리던 일 이미 오래
示兆燕舘復何年	연경에서 조짐을 보인 것 다시금 몇 년이런가?
古木冥冥枝相樛	고목은 어둑어둑 가지가 서로 휘었고
神護鬼呵氣肅然	귀신이 보호하니 기운이 숙연하도다.
行見東海聖人起	동해에 성인이 나심을 보면
山河萬國洗腥羶[170]	산하의 온 나라에 비린내를 씻어내리.

귀유연이라는 이름은 물결 밑에서 솟아난 바위가 거북의 형상을 닮았다
고 하여 붙인 것이다. 유중교는 기문에서 귀유연의 정경을 매우 세밀하게

묘사하였다. 그에 따르면, (1) 백 무쯤 되는 공간에 남쪽과 북쪽으로 깎아지른 듯한 절벽이 마주 서 있고, (2) 벼랑 위에 고목이 휘어져 가지가 거꾸러져 한낮이 되어도 그늘지고 서늘하여 정신이 맑고 기골이 강하며 천석고황이 있는 자가 아니면 오래 앉아 있지 못할 정도라 하였다. 또 (3) 물이 양쪽 벼랑 사이로 들어갔다가 분출하여 나오니 그 물소리가 동천에 진동한다고 하였다. (4) 그리하여 흘러온 물 밑으로 이끼 낀 돌이 은은하게 비치니 마치 큰 거북이 엎드려 물소리에 따라 춤추는 것 같다고 묘사하였다.[171]

김평묵의 위 시에서도 귀유연의 물리적 환경이 그대로 재현되었다. 우선 앞부분에 거북을 닮은 돌이 물에서 솟아 있는 모습과 물소리가 마치 우레소리처럼 洞天을 뒤흔들며 흐르는 모습을 보여주었다. 이어서 이 8곡의 제재인 거북에 『서경』의 고사와 효종의 일화를 치밀하게 연결했다.

우선 洛汭의 일이란, 『서경』, <召誥>와 <洛誥>의 내용을 말한다. 주나라 武王의 아들인 성왕이 洛邑에 도읍을 정하려 할 때, 召公이 먼저 그곳에 가 지역을 정비하고 터를 닦았다. 낙읍이 정해지자 周公은 미리 점을 쳐 그 내용을 성왕에게 아뢰었다. 곧 낙예의 일이란 주나라가 새로운 도읍을 정하려 할 때 거북이 점괘로 상서로운 기미를 알렸음을 말한다.

효종의 고사에 대해서는 시 뒤에 따로 설명을 붙여 놓았는데, 그 내용은 효종이 태자로서 연경에 잡혀갔을 때 방에서 오채가 빛나더니 신령스러운 거북이 출현하였다는 이야기이다. 이 일에 대해, 효종이 오매불망 북벌을

---

[171] 柳重教, 『省齋集』 卷之三十八, 柯下散筆, <嘉陵郡玉溪山水記>, "八日龜游淵 直筧巖之西 八九十武 北崖忽陡絶數十丈 與南壁抵頂對立 始終可百許武 壁上古木樛枝橫覆 雖當亭午 幽森陰冷 非神清骨强 癖於林壑者 不能久坐 水入兩崖間激石齒 噴薄騰踴而去 聲震洞天 下有蒼石隱暎波底 如穹龜俯伏 應水聲鼓舞"

꿈꿨기 때문이라고 한 송시열의 논평을 덧붙였다. 또, 효종이 중도에 승하하시어 공을 이루지 못하였으나 제왕으로서의 도를 세우고 인륜을 밝힌 것[建皇極 明人倫]은 후에 성인이 날 것을 기약했기 때문이라고 설명하였다.

이렇듯 거북은 국가의 기틀을 마련하는 상서로움을 전하는 매개물로 등장한 것이다. 거북이 노니는 곳이기에 고목들이 우거져 마치 귀와 신이 잡스러운 것을 물리치며 보호하는 듯하기 때문에 기운이 숙연하다고 한 것이다. 그러나 상서로운 조짐이 있은 지 이미 오래되었으나 국운이 달라지지 않음을 한탄하고 있다. 어서 우리나라에 성인이 나타나야 비린내를 씻어낼 수 있을 것이라며 안타까운 마음을 전하였다. 즉 '腥羶'이라는 어휘로 상징되는 외세를 물리치고, 효종이 마련한 국가의 도를 따라 인륜을 밝혀야 한다는 주장에서 존주론적 세계관을 고수하려는 의지가 드러난다.

다음은 유인석의 시로, 1곡 와룡추를 읊은 것이다.

一曲臥龍湫上臨　　일곡이라 와룡추에 다다르니
龍乎爾臥卽何心　　와룡아! 네가 누운 것은 무슨 마음이더냐?
興雲作雨須臾事　　구름 일으켜 비를 만드는 것은 순식간의 일이니
故待天時畜養深[172]　천시를 기다리며 깊이 온축하네.

1곡이 와룡추라 이름을 얻게 된 이유는 그 지역민들의 구전에 따른 것이다. 유중교의 <嘉陵郡玉溪山水記>에 따르면, 와룡추는 시냇물이 큰 바위를 따라 사방으로 거꾸러져 만든 폭포와 그 아래 둥그런 소를 이룬 곳이다. 시냇물이 공중으로 떨어지는 소리가 큰 종과 같은데, 그 물이 고여 만든

172　柳麟錫, 『毅菴集』 卷之一, 詩, <伏和省齋先生詠玉溪九曲>

소가 마치 큰 솥단지와 같았다고 한다. 민간에서는 그 안에 꿈틀거리는 사물이 있어 두 눈이 밝은 등불 같았기에 용이라 여겨 비가 오지 않으면 이 소에 와서 빌었다고 한다.[173] 민속학에서 일컫는 기우제를 지내는 '용소'를 말한다. 민간에서 전승되는 '용'을 '와룡'으로 전환해 명명한 것이다.

와룡추 위에 올라 폭포 아래를 내려다보며 그 아래 깊은 소에 와룡이 있다 생각하며 시상을 전개했다. 승구에서 와룡에게 깊은 소에 누워있는 이유를 물었다. 이에 대해, 구름을 일으켜 비를 뿌리는 일은 와룡의 능력으로 순식간에 수행할 수 있으나, 天時에 맞아야 하기 때문에 깊이 온축하고 있다고 답변하였다.

주지하다시피 '와룡'은 제갈량을 의미하기도 하며, 때를 기약하며 은거하는 賢者를 의미하기도 한다. 와룡은 아무 때나 자신을 드러내지 않고, 하늘이 인정하는 때를 만나야 비로소 자신의 능력을 발휘하는 존재다. 와룡추에 누워 비가 필요한 때를 기다리는 와룡은 유비라는 군주를 만나기 뜻을 펼칠 때를 기다렸던 제갈량을 의미하기도 하면서, 동시에 이 와룡추를 마주한 자신들 일행을 의미하기도 한다. 외세로부터 조선을 지키기 위해 상소하였던 뜻이 좌절된 후 세상에서 뜻을 펼칠 때를 기다리며 조종암 근처에 은거한 자신들과 와룡을 동일시하여 天時를 기다리고자 하는 뜻을 드러냈다.

---

173 柳重敎, 『省齋集』 卷之三十八, 柯下散筆, <嘉陵郡玉溪山水記>, "有巨巖橫立四五丈 溪從巖順分四道作懸瀑 其西者峻壁曲障爲幽壑 水投空下其中 聲如洪鍾 下匯爲圓湫如大鍋 口伝言有沒者入其中 深廣不可際 有物蜿蜒 兩眸如明灯 邑人以爲龍 水旱就而禱焉 仍名臥龍湫"

(2) 학문 정진을 다짐하는 장소

다음은 김평묵의 시로, 3곡 탁영뢰를 읊은 것이다.

君不見	그대 보지 못하였는가
三曲紺寒濯纓瀨	삼곡이라 검푸르고 서늘한 탁영뢰
平鋪皓石盤外內	흰 너럭바위 안팎으로 널리 펼쳐 있네.
想像蓮花發源地	연꽃 발원지를 상상하니
無極老子管汪濊	염계 선생의 영향이 미침이 끝이 없구나.
珍重圖書疏瀹盡	진중한 태극도설이 다 씻기어 전해지니
斯須伊洛波更大	정호와 정이 선생의 영향 다시금 크구나.
滄浪自取戒夙夜	창랑은 스스로 취한 것이니 조석으로 경계하여
奔流放海無点穢[174]	자유로이 흘러 한 점 더러움이 없기를

탁영뢰는 옥계구곡 중 가장 빼어난 풍광을 지닌 곳이라 평가받는 곳이다. 김평묵과 유중교 일행은 무송암에서 탁영뢰까지 시냇물을 일곱 번 건넌 끝에 이 승경처를 만났다고 한다. 탁영뢰는 周敦頤의 연화고사를 써서 이름을 지은 곳이다.[175] 우선 탁영뢰의 물리적 환경이 제시되었다. 탁영뢰는 검푸르고도 서늘한 기운을 내뿜는 급류를 가리킨다. 그 주변으로는 흰 너럭바위가 안팎으로 펼쳐 있어, 탁영뢰의 급하면서도 맑은 풍류를 더하고 있다. 유중교도 「嘉陵郡玉溪山水記」에서 3곡 탁영뢰에 대하여 "흰 너

---

174 金平默, 『重菴集』 卷之二, 詩, <玉溪洞九曲歌>

175 柳重教, 『省齋集』 卷之三十八, 柯下散筆, <嘉陵郡玉溪山水記>, "是則非上下諸曲之所及也 用濂溪先生蓮華故事名之 由撫松至此二里許 路迂回屈曲 凡七涉澗 初涉而得翠錦屛 四涉而 得三秀塢 五涉而得白雲壁 七涉而得友鹿川 皆淸絶可樂 特爲諸勝所掩 不得備數 然又不可 沒其長 附見於此 以爲濯纓之屬曲焉"

럭바위가 평평하게 펼쳐 있고 여울물이 급히 흐른다. (…중략…) 자연히 사람으로 하여금 가슴이 확 트이고 풀어지게 하고 편안하고 평평하여 배회하고 돌아보며 차마 그 옆을 떠나지 못했다"[176]고 기술하였다.

　물리적 환경을 제시한 뒤 김평묵은 <어부사>의 '濯纓'이라는 익숙한 고사 대신 먼저 주돈이와 그 제자인 程顥·程頤의 학문을 연결시켜 시상을 전개시켰다. 그는 주돈이가 여산의 蓮花峯 기슭, 염계에 살면서 성현의 도를 즐겼던 것을 떠올리며, 그의 학문 세계가 깊고 광범위하기가 끝이 없음을 말하였다. 이어서 『태극도설』에 담긴 이치가 모두 씻기어 전해져서 이수와 낙수의 물결이 자못 커졌음을 이야기하였다. 이것은 곧, 주돈이의 가르침이 제자인 정호·정이에게 모두 전해졌고 그로 인해 이 두 제자가 세상에 끼친 학문적 영향 또한 컸음을 말한 것이다. 맑고 세차게 흐르는 탁영뢰의 물줄기를 통해 주돈이와 이정 선생이 성리학에 끼친 영향을 형상화하고 있다.

　창랑의 물이 맑은가, 흐린가는 스스로에게서 취할 따름[自取]이라는 공자의 가르침을 연결해 시상을 마무리하였다. 이것은 『맹자』<離婁 上>에 출전을 둔 말이다. 굴원의 <어부사>의 내용, '창랑의 물이 맑거든 나의 갓끈을 빨 것이요, 창랑의 물이 흐리거든 나의 발을 씻겠노라[有孺子歌曰 滄浪之水淸兮 可以濯我纓 滄浪之水濁兮 可以濯我足]'에 대해 공자는 '소자들아 들어보아라. 물이 맑으면 갓끈을 빨고, 물이 흐리면 발을 씻는다고 하니 스스로 취한 것이다[孔子曰 小子 聽之 淸斯濯纓 濁斯濯足矣 自取之也]'고 말하였다. 여기서 '自取'란 스스로 취하기 나름이라는 의미로 해석된다. 즉, 물의 청탁은 스스로 취하기에 따라 달려 있다는 것이라는 의미이다. 그러므로 날마다 스

---

176 위의 글, "三日濯纓瀨 皓石平舖 湍流濺濺 (…중략…) 卽之自然使人襟懷曠然而舒 夷然而平 徘徊眷向不忍去其側"

스로를 경계하여 한 점의 더러움도 생기지 않도록 정진해야 한다고 역설하고 있다. 濂溪 선생처럼 청아한 가운데서도 도체를 끊임없이 탐구하는 자세를 취해야 자신의 학문적 성취를 이룰 수 있음은 물론이요, 훌륭한 제자를 길러낼 수 있음을 이야기한 것이다.

다음은 유인석의 시로, (가)는 序詩에 해당하며, (나)는 9곡 농완계를 읊은 것이다.

(가)

夫子玉溪九曲詩	선생의 옥계구곡시는
尋眞選勝卜居時	진원을 찾아 승경처를 택해 복거하던 때라네.
春風操杖從容後	봄바람에 죽장 짚고 따라가
閒聽溪聲曲曲遲	한가로이 듣네. 계곡물 굽이굽이 더디게 흐르는 것을.

(나)

九曲問源閒弄湲	구곡이라 근원을 물으며 한가하게 물 희롱하니
巖花自落寂禽言	바위틈 꽃은 절로 지고 고요히 새가 지저귀네.
衣冠列坐開絃誦	의관을 갖추고 늘어서 앉아 시를 읊으니
泉響遶山蒼翠喧[177]	샘물소리 산을 두르니 푸른 숲이 시끌하네.

조선 후기 노론계 문인들은 전통적으로 주자의 「무이도가」를 入道次第를 읊은 시로 파악하였다. 구곡을 일람하는 서시를 비롯해 아홉 개의 물굽이 각각을 읊은 연작시를 통해 도체를 찾아가는 과정을 순차적으로 표현하였다고 인식하였다. 주자의 「무이도가」를 차운한 시 또한 대체로 이러

---

[177] 柳麟錫, 『毅菴集』卷之一, 詩, <伏和省齋先生詠玉溪九曲>

한 전통을 유지하려 하였다. 이 시들은 1곡(하류)에서 시작하여 9곡(상류)에 이르기까지 상승 이동을 통해 眞源을 찾아가는 과정을 담고 있다. 따라서 구곡의 입구를 읊은 시들에서는 주로 구곡이 塵世와 구별되는 정결한 장소라는 점을 부각시킨다. 또, 마지막 곡인 9곡을 읊은 시들에서는 대체로 9곡이 도체의 진원, 즉 그들이 찾고자 한 이상향을 제시하는 내용으로 마무리된다.

유인석의 옥계구곡 시에서도 '진원을 찾아가는 상승 이동'이라는 패턴을 찾아볼 수 있다. 다른 곡을 읊은 시에서는 주로 그 곡의 명명과 관련된 고사를 사용하고 있으나 구곡시의 처음인 서시와 9곡을 읊은 시에서는 이 패턴이 확인된다. (가)에서 유인석은 유중교가 옥계구곡시를 지은 것이 진원을 찾아 승경처를 택해 복거할 때라고 하였다. 이것은 곧 옥계구곡을 찾게 된 계기가 진원을 찾는 데에 있다는 것을 의미한다. 유인석도 유중교의 뜻에 따라 도체를 찾는 과정에 동참하였음을 보여준다. 여기서 '굽이굽이 더디게 흐르는 물소리'는 이곳 옥계구곡이 속세와는 구별되는 장소임을 나타내는 이정표로서 작용한다.

옥계구곡의 마지막인 농완계를 읊은 (나)도 동일한 맥락으로 이해할 수 있다. 농완계라는 명명은 유인석이 정한 것이다.[178] 유인석은 주자의 시 「偶題三首」에서 시어를 취하였는데, 주자의 시에 이르기를, "비로서 참된 근원은 가도 가도 이를 수 없음을 깨달아 / 지팡이에 기대어 가는 곳마다 물을 희롱한다[始悟眞源行不到 倚筇隨處弄潺湲]"[179]고 하였다.

---

178   유중교, 『省齋集』, 卷之三十八, 柯下散筆, <嘉陵郡玉溪山水記>, "朱子詩云始悟眞源行不到 倚筇隨處弄潺湲 麟錫取而名之"

179   주자, 『주자대전』 권2 <偶題三首> 步隨流水覓溪源 行到源頭却惘然 始悟眞源行不到 倚筇隨處弄潺湲

‘농완’이라는 시어를 끌어옴으로써 주자의 시상을 이 시에 그대로 연결
시켰다. 9곡에 이르러서도 여전히 근원을 궁구하며 한거하는 모습이 제시
된다. 도체의 진원을 찾아왔는데, 그 진원의 모습은 그저 바위틈에 핀 꽃
절로 떨어지고 새들이 지저귀는 한아한 산중의 풍경일 따름이었다. 이에
모인 선비들이 의관을 갖추고 둘러 앉아 시를 읊으니 산골 물소리와 시
읊는 소리가 함께 어우러져 푸른 산속에 큰 울림을 만들어 내었다는 것이
다. 즉, 도체의 진원이란 별천지가 아니라, 자연의 이치를 따르는 모습 그
대로를 의미하며, 뜻을 같이하는 동료들이 모여 자연과 하나되어 강학하
는 곳이 곧 그들이 추구하고자 한 이상향임을 이야기하고 있다.

다음은 유중교의 시로, 2곡 撫松巖을 읊은 것이다.

二曲古松流水邊　　이곡이라 노송은 흐르는 물가에서
於焉絃誦送長年　　바람소리 내며 장년을 다 보냈네.
最憐臺上丈人石　　가장 장하도다. 돈대 위 장인석이여!
鎭物千秋獨毅然[180]　못사람 진정시키며 오랜 세월 홀로 굳건하구나.

제2곡인 무송암의 가장 특징적인 환경 요소는 남쪽에 있는 노송과 북쪽
에 있는 장인석이다. ‘무송’이라는 이름은 남쪽에 자리한 노송 때문에 붙
인 것이다. 북쪽에는 오래된 돌이 물가에 임해 서 있었는데 이 모양이 마치
사람이 서 있는 것 같아 세상 사람들은 그 돌을 미륵바위라고 부르며 동네
사람들이 후사를 바라며 이 바위에 기도했다고 한다. 그런데 이 행위가
옥계구곡이 지닌 신령함을 해친다 여겨 유중교가 ‘장인석’이라 이름을 고

---

180 유중교, 『省齋集』, 卷之一, 詩, <玉溪九歌>

쳤다고 한다.[181]

이 시의 전반부는 노송을 제재로 삼았다. 승구에서는 노송이 바람에 흔들려 내는 소리를 '絃誦', 즉 글 읽는 소리라 표현하였다. 물가에 묵묵히 서서 바람소리를 내며 장년을 보낸 소나무란 곧 김평묵을 가리킨 것이다. 한 곳에서 장년을 보내고 서 있는 노송의 모습에, 평생 출사하지 않고 후학 양성에 세월을 보낸 김평묵의 모습을 투영시켰다.

시의 후반부에는 장인석을 제재로 삼았다. 결구의 '鎭物'이라는 표현은 사람과 사물 등을 동요하지 않게 진정시킨다는 의미이다. 시에서는 돈대 위에 서 있는 장인석을 오랜 세월이 지나도록 세상의 천변만화를 진정시키며 홀로 굳건하게 있는 모습으로 표현하였다. 이 장인석을 통해 학파의 종장으로서 이항로가 수행했던 역할을 비유적으로 표현하였다. 유중교는 장인석과 노송을 각각 자신의 스승인 이항로와 김평묵에 빗대어 표현함으로써 일생토록 강학하며 후학을 양성한 두 스승을 기리고 있다.

(3) 동류들과 결속을 맺는 장소

다음은 유중교의 시로, 4곡 고슬탄을 읊은 것이다.

四曲泠泠鼓瑟灘   사곡이라 청량한 고슬탄
喚醒俗耳轉淸寒   속세에 찌든 귀를 깨우니 오히려 맑고 서늘하네.

---

181 유중교, 『省齋集』, 卷之三十八, 柯下散筆, <嘉陵郡玉溪山水記>, "二日撫松巖 由臥龍西北 行里許 得平澤一面 方而長 長可五十武 濶居長三之一 水極淸可數魚 潭之北 石臺浜水 低平 廉隅 整飭如階砌 竟潭之長 其南則臺稍高 隨水漸殺爲數層 尾之以白礫 遊人隔水列坐 可以 賦詩 可以流觴 可以對琴合調 南臺之南 古松一樹軼掌如張盖 盡覆臺上及潭水 盛夏淸風不 絶 此巖之所以名也 北臺近西 有一老石蒼然臨水 如人拱立然 俗呼弥勒石 邑之士女 或祈禳 求嗣 衆謂詭異不經 足爲靈境之累 遂削去舊名 改稱曰丈人石"

撫絃欲和峨洋操   거문고 현을 누르며 아양조로 화답하고자 하니
莫謂今人解聽難[182] 요즘 사람은 소리 알아듣기 어렵다 말하지 마오.

　4곡 고슬탄은 3곡 탁영뢰와 비교적 가까이 위치해 있다. 폭포와 못이 서로 사이에 있어 마치 구슬이 이어진 듯이 셀 수 없을 만큼 많았다. 이 물소리가 마치 비파를 타는 듯 하다고 하여 김평묵이 '鼓瑟'이라 命名하였다.[183]

　시의 전반부에는 고슬탄의 청량한 흐름을 부각시켰다. 비파를 타는 듯한 여울물 소리가 속세에 찌든 귀를 깨우니 맑으면서도 한기마저 느끼게 한다는 것이다. 이어 시상은 知音의 고사로 전환된다. '峨洋의 곡조'는 伯牙와 鐘子期의 일화에 연원을 둔다. 백아가 高山에 뜻을 두고 연주하면 종자기가 "좋구나, 높고도 높구나! 泰山과 같도다.(善哉 峩峩兮 若泰山" 하였고, 流水에 뜻을 두고 연주하면 "좋구나, 넓고 넓구나! 江河와 같도다.(善哉 洋洋兮 若江河"라고 평했다고 한다. 유중교는 고슬탄 물소리를 듣고 아양의 곡조를 떠올린 것이다. 맑고도 서늘한 여울 물소리에 화답하고자 아양조를 연주하려고 하니 소리를 알아듣는 이 없다고 말하지 말라고 하였다.

　여기서 知音의 고사는 여러 의미로 중첩되어 있다. 고슬탄의 청량한 물소리와 그 물소리를 듣고 감화한 유중교가 연주하는 아양의 곡조가 첫번째 의미요, 그 다음으로는 이 옥계구곡 탐방에 함께한 김평묵을 비롯한 일행과 자신을 의미하기도 한다. 화서학파 문인들과 함께 옥계구곡을 설

182　유중교, 『省齋集』, 卷之一, 詩, <玉溪九歌>

183　유중교, 『省齋集』, 卷之三十八, 柯下散筆, <嘉陵郡玉溪山水記>, "四曰鼓瑟灘 由濯纓而北 一喚而近 涉一澗 遇倚壁疊石爲磴而過之 自玆而數百武 一瀑一潭 相間而作 如連珠然 不可 紀數 緩步上下 冷冷可聽 揚名曰鼓瑟灘 重菴先生命也"

정하며 유상하는 것이야 말로, 자신들의 동질감을 확인하는 자리인 동시에 결속 의지를 다지는 한 방편으로 이해할 수 있다. 이렇듯 유중교의 옥계 구곡시에서는 동류 의식을 부각시키는 시들이 다수 포착되었다.

반면 김평묵과 유인석은 이에 대해 조금 다른 태도를 취했다. 4곡인 고슬탄을 읊은 시의 경우, 김평묵과 유인석의 시에서는 모두 浴沂의 고사를 활용했다. 욕기의 고사는 공자가 제자들에게 자신의 뜻을 말해 보라고 했을 때, 제자 증점이 타고 있던 비파를 내려 놓으며 "늦봄에 봄옷이 이루어지거든 관자 대여섯 명과 동자 예닐곱 명과 함께 기수에서 목욕하고 무우에서 바람을 쐬고 읊조리며 돌아오겠습니다.[莫春者 春服旣成 冠者五六人 童子六七人 浴乎沂 風乎舞雩 詠而歸]"라고 한 일을 말한다. 김평묵과 유인석의 경우, 고슬탄의 풍경을 통해 자연의 도와 합일한 호연한 기상을 형상화하는 것으로 시상을 전개하여 유중교의 시와 차이를 드러냈다.

다음 시는 6곡 추월담을 읊은 시이다.

六曲晶瀅秋月潭　　육곡이라 맑고 맑은 추월담
太虛一面此中函　　하늘 한 면이 이 가운데 휩싸였네.
願同山外諸君子　　산 밖의 모든 군자 함께하길 바라네.
臨水劇論千載心[184]　시내에 임하여 천년의 마음을 극론하기를

유중교의 기문에 따르면, 6곡은 못의 면이 넓고 온화하며 모가 남이 없고 깊어도 바닥이 보일 정도로 맑다고 하였다. 맑은 못을 보며 '추월담'이라 명명한 이유는 가을 달이 연못 물 위에 비치면 승경을 다했다 할

---

[184] 유중교, 『省齋集』, 卷之一, 詩, <玉溪九歌>

만하기 때문이라고 설명하였다.[185]

이 시는 주자의 「재거감흥」의 시상을 가져온 것이다. 주자는 이 시에서 "삼가 천 년의 마음을 살피건대, 가을 달이 찬 강물을 비추는 듯하도다.[恭惟千載心 秋月照寒水]"라 하였다. 즉, 堯·舜·禹·湯·文王·武王·周公 등 6, 7명의 군자들이 살다 간 시절과 지금은 천 년의 시간 차이가 있지만 그들이 남겨준 명징한 가르침은 가을 달이 강물에 비추듯 밝다는 것이다. 옥계구곡의 6곡 이외에도 9곡 농완계와 화양구곡의 2곡 운영담 등도 주자의 시어를 차용한 것이다.

유중교는 1·2구에서 하늘 한 면이 연못 물 위에 고스란히 담긴 것과 같다 하여 연못 물이 맑음을 표현하였다. 연못 물이 맑다는 것은, 조금의 의혹도 없는 성현의 밝은 가르침을 비유적으로 표현한 것이다. 이어서 3·4구에서 유중교는 산 밖의 여러 군자들에게 주자가 성현들로부터 받은 가르침에 대해 함께 극론하자 권하였다. 전반부에서는 「재거감흥」의 시상을 재현하여 학문에의 정진을 강조하였는데, 후반부에 이르러서는 개인적 차원을 넘어 문파의 여러 군자들의 동참을 권하고 있다.

다음은 김평묵의 시로, 7곡 청풍협을 읊은 것이다.

君不見	그대 보지 못하였는가
七曲筧巖靑楓峽	7곡이라 견암과 청풍협은
密葉如雲南岸夾	빽빽한 잎 구름같이 남쪽 기슭을 끼고 있네.
九秋新霜夕陽佳	가을 서리 내리면 석양에 아름다우리니

---

185 유중교, 『省齋集』, 卷之三十八, 柯下散筆, <嘉陵郡玉溪山水記>, "六日秋月潭 由一絲而西未一里 得此潭 潭面蘊藉無圭角 深而見底 上有石臺 可披襟臨之 左右奇巖 又從而佐其幽趣 衆謂以潭而勝者 此當甲於九曲 命曰秋月潭 盖得秋月印其上 乃可以盡其勝也"

紅綠相暎風獵獵	울긋불긋 서로 비추며 바람에 나부끼리.
況復摩霄萬仞壁	게다가 만 길 벼랑은 하늘에 닿아
風雨不動閱千劫	풍우에도 움직이지 않고 천 겁을 거느렸네.
諸君感此彌剛健	제군들도 이것에 감응하여 더욱 강건해야 하니
古來孤脚難駐立[186]	예부터 외로이 다리를 세우기는 힘들었다오.

유중교는 기문에서 견암과 청풍협의 모습을 자세히 묘사하였다. 우선 견암은 대통 같은 바위를 말한다. 청풍협으로 가는 도중에 길 하나가 뚫리니 넓기가 한 척이 지나지 않은데도 온 시냇물이 그 가운데로 흘러 일찍이 범람하지 않았다고 한다. 그래서 이 바위를 '견암'이라 일컬었다고 한다. 이곳의 남쪽 벼랑에 수천 장 높이의 벽이 서 있다. 그 위에 단풍나무가 빽빽이 자라고 있는데 나뭇잎이 반질반질하여 마치 푸른 구름이 온 언덕에 모여 흩어지지 않는 듯 했기 때문에 청풍협이라 명명했다고 한다.[187] 김평묵 일행이 옥계구곡을 탐방했을 당시는 음력 7월이었으므로 단풍나무 잎이 푸른 빛이므로 '청풍'이라 이름하였다.

김평묵의 시에서도 청풍협의 모습이 비슷하게 묘사되었다. 빽빽한 나뭇잎이 남쪽 벼랑을 끼고 구름처럼 몰려 있는 모습을 표현하였다. 이어서 김평묵은 가을 서리가 내릴 때 청풍협의 변화에 대하여 이야기하였다. 가을날 서리가 내려 석양이 비칠 시간이 되면, 붉게 물든 단풍잎이 석양에

---

186 金平默, 『重菴集』 卷之二, 詩, <玉溪洞九曲歌>
187 유중교, 『省齋集』, 卷之三十八, 柯下散筆, <嘉陵郡玉溪山水記>, "七日靑楓峽 過秋月行少頃 有石截流成矼 下爲臥瀑 爽涼可少憩 溯流而上 巖面皆奇古無凡流 於其卒也 大石橫布溪底 可坐百人 當中穿開一道 濶不過一尺 全溪之水盡由其中行 而未嘗有汎濫焉 所謂筧巖者是也 自始涉矼至此數百武 南崖壁立數千丈 楓林被之 密葉油油 如翠雲萬堆屯聚不散 此爲異觀故得名焉"

반짝이며 바람에 나부낄 것이라고 상상하였다.

이와는 대조적으로, 풍우에도 흔들림 없이 오랜 세월을 견뎌 온 만 길 벼랑을 제시하였다. 즉, 험난한 세파에 시달려도 굳건하게 자리를 지키며 하늘을 찌를 듯한 기상을 지닌 존재에 대해 이야기한 것이다. 이어서 만 길 벼랑에서 '剛健'의 뜻을 취하였다. 김평묵은 시 뒤에 따로 朱子의 말을 빌어 '剛健', 곧 '剛毅'의 중요성을 밝혔다. '강의'는 『논어』<子路>에 출전을 둔 말로 '강하고 굳세고 질박하고 어눌함이 인에 가깝다'고 한 공자의 가르침[子曰 剛毅木訥 近仁]을 의미한다. 김평묵은 주자가 '쇠미한 세상에는 의지가 강하고 굳은 사람만이 입신하여 설 수 있다'[衰世 剛毅底人 立脚得住]고 한 말을 인용하여 '剛毅'할 것을 주장하였다. 온갖 풍상을 견뎌온 만 길 벼랑처럼, 제군들도 여기에 감응하여 굳건한 기상을 갖추어 험난한 세파를 견뎌 낼 것을 역설하였다.

전 장에서 기술한 바와 같이 김평묵과 화서학파 인물들은 1876년 병자수호조약 반대 상소에 적극 참여한 바 있다. 이들은 상소 운동이 실패로 돌아가자 옥계구곡 주변으로 집단 이주를 하였다. 당시의 정황을 고려했을 때, 이 시에서 김평묵이 결국 말하고자 한 바는 나라 안이 외세의 간섭으로 쇠미해져 가고 있으나 문파의 여러 군자들 모두 굳센 뜻을 가지고[剛毅] 스스로를 지켜내자[立脚]는 것이다.

3) 옥계구곡의 장소성

조선 후기 노론계 문인들은 朱子의 尊華攘夷에 바탕을 둔 존주론적 세계관을 신봉하였다. 어지러운 세상을 匡正하기 위해 周室, 곧 中華 질서를 수호해야 한다는 의식은 시대에 따라 변화하며 계승되었다. 효종이 집권

하던 당시에는 復讎雪恥를 위해 청나라를 쳐야 한다는 북벌론이 대두되었다. 그러나 효종이 승하하고 청나라가 점차 세력을 넓히면서 대청의식은 변모하기 시작하였다. 표면적으로 청에 대한 적대감을 드러내기보다는 명나라에 대한 의리를 지켜야 한다는 대명의리론으로 선회하게 되었다.

19세기에 국제 정세가 변화함에 따라 '夷'의 개념이 점차 확대되기 시작하였다. 과거 중국 이민족에 한정되었던 '夷'의 존재는 외세 전체를 범칭하게 되었다. 외세로부터 조선을 지키는 것이야말로 존화양이를 실현하는 일이라 여기게 되었다. 따라서 존화양이를 실천하고자 했던 화서학파 인물들이 병자수호조약 체결을 적극 반대하고 나선 것은 당연한 귀결이었다.

옥계구곡의 설정에도 존주론적 사고가 토대를 이루고 있다. 다음은 유중교의 「嘉陵郡玉溪山水記」 서두이다.

> 우리나라 산수의 대세는 모두 서쪽으로 옮아가는데 유독 가릉(지금의 가평군) 한 군의 물은 동으로 흐른다. 그러므로 신라시대 이래로부터 군은 '조종'으로 불려졌다. 이른바 조종천이란 것은 곧 그 물이 크다는 것인데 우리 고황제의 대통단이 여기에 세워졌기 때문이다. 대통단의 북쪽에는 물줄기가 있어 화악산으로부터 오는데 동남쪽으로 수십 리를 흘러 '옥계'라 이름하였다.[188]

유중교는 이 글 첫머리에서 옥계구곡의 지형적 특징을 설명하고 있다. 우리나라는 동고서저의 지형이라 물길이 대부분 서쪽을 향해 흐르는데

---

188 柳重教, 『省齋集』, 卷之三十八, 柯下散筆, <嘉陵郡玉溪山水記>, "我國山水大勢皆西趨 獨嘉陵一郡之水東流 故自羅麗以來 郡以朝宗見稱 所謂朝宗川者 卽其水之大者也 故我高皇帝大統壇 於是設焉 壇之北 有水自華嶽山來 東南行數十里曰玉溪"

유독 가평군의 조종천은 동쪽을 향해 흐르고 있음을 강조하고 있다. 곧 '萬折必東'의 뜻을 부각시킨 것이다. 모든 물줄기는 여러 번의 곡절을 겪더라도 결국 동으로 향한다는 '만절필동'의 의식은 구곡의 설정 단계부터 지속적으로 나타난다. 이러한 생각은 지류의 작은 하천에까지도 개입된다. 제5곡 일사대에 속한 시냇물을 '必東川'이라 이름붙인 것도 만절필동의 뜻에서 기인한다. 여기에 명나라 주원장에게 제를 지내는 대통단이 있다는 사실을 들어 구곡 설정의 타당성을 설명하고 있다.

한편, 화서학파 문인들은 자신들이 주희-이이-송시열로 이어지는 학맥을 계승하고 있음을 명시하고 있다.

무릇 산수의 경치에 구곡으로 이름붙인 것은 회옹의 무이로부터 우옹에게 화양구곡이 있었으니 현인군자들이 이리저리 거닐며 왔다 갔다 하는 일로 즐거움을 삼은 것을 현인군자들은 바랄 수 있으니 우리 두 선생님이 이곳을 얻어 구곡을 가지고 계시는 것은 마땅하도다. 그러나 중국이나 우리나라나 산수의 경치에 어찌 한계가 있어 고금에 산수의 경치를 논한 사람들이 반드시 무이, 고산, 화양 셋으로 먼저 구곡을 일컬었겠는가? 이것이 어찌 산수의 경치로만 논하는 것이겠는가? 실제로 그 사람으로부터 말미암은 것이다. 따라서 나는 옥계구곡이라고 일컬은 것이 반드시 산수의 경치를 아름답게 여기는 것에서 연유한 것만은 아니라고 생각한다. 또 화양의 골짜기에는 만동묘가 있어 천하에서 중요한 곳으로 여겨지고 화양구곡으로 더욱 그 중요함을 오로지 한다. 지금 이곳 옥계구곡은 또 그 이름을 조종천의 경내에서 얻었으니 아! 역시 기이하도다. 역시 무겁게 여겨짐을 오로지 할 것이다.[189]

---

189 柳麟錫, 『毅菴集』, 卷之四十一, 序, <玉溪洞誌序>, "惟畿甸嘉陵郡之西朝宗川 有大統壇 以

즉, 산수의 풍광이 아름답다고 구곡이 정해지는 것은 아니라고 설명하고 있다. 구곡을 경영하는 사람이 누구며, 그 사람의 가치관과 학문적 영향력이 어느 정도인가가 더 중요하다고 주장하였다. 그렇기 때문에 구곡이라고 하면 누구나 주자의 무이구곡, 이이의 고산구곡, 송시열의 화양구곡을 우선시한다고 풀이하였다. 덧붙여, 화양동에는 명나라 신종·의종의 제를 모시는 만동묘가 있어 중요한 것처럼 옥계구곡에는 대통단이 있으니 그 상징적인 의미에 있어서도 격이 맞다 여긴 것이다. 게다가 김평묵과 유중교 두 스승은 대통단이 지닌 의미를 엄중하게 받들고 있으므로 무이, 고산, 화양의 정통성을 잇는 데 합당하다는 것이다.

이렇게 하여 설정된 옥계구곡은 화서학파 문인들에게 의미로 충만한 그들만의 장소로 인식되었다. 아무 의미가 없는 물리적 환경을 '공간'이라고 할 때, '장소'는 개인 혹은 대중에게 문화적·사회적 의미로 가득 찬 곳을 가리킨다. 장소 이론가들은 어떤 공간이 장소로 인식되기 위해서는 다음의 몇 가지 본질적 측면이 갖춰져야 한다고 설명한다. 렐프는 장소는 본질적으로 위치, 경관, 시간, 공적인 성격, 사적인 성격을 갖추고 있어야 한다고 주장한 바 있다.[190] 옥계구곡은 이상의 특성을 두루 갖추고 있다.

우선 옥계구곡은 지정학적으로 특별한 곳에 위치하고 있다. 전술한 바

享皇明高皇帝 皇朝臣後孫盤川王公某所設云 世無有大其事而重其地者 惟我重庵省齋二先生 盖嘗極致意焉 歲丙子春夏間 二先生先後渡汕水 至于川之東越一山 所謂玉溪水之下流而卜居焉 (…중략…) 夫泉石之以九曲名者 自晦翁武夷始 而至于我東 栗谷則有高山九曲 尤翁則有華陽九曲 賢人君子之所盤旋爲樂 此其可尙焉 則宜乎我二先生之又得此而有之也 然泉石之在中國與我東者何限 而古今論泉石者 必以武夷高山華陽三者先稱焉 是豈以泉石而論之者哉 實由乎其人者也 吾知從此而有稱玉溪九曲者 必不但由於泉石之爲勝 也 且華陽之洞 有萬東廟 爲天下重地 而華陽九曲 益擅重焉 今此玉溪九曲 又得之於朝宗川境內 吁亦異矣 亦可以擅重矣"

190 렐프, 앞의 책, 77~93쪽.

와 같이 옥계구곡은 존주론적 가치관을 표방한 장소인 조종암·대통단과 가까운 곳에 자리하고 있다. 게다가 옥계구곡의 물줄기는 조종천으로부터 비롯했기 때문에 화서학파 문인들에게 더욱 의미있게 인식되었다.

조종암과 대통단을 지속적으로 참배하며 향사를 지내는 행위를 통해, 조종천과 옥계구곡의 정체는 시간의 흐름에도 변하지 않는 계속성을 유지할 수 있었다. 또, 화서학파 인물들의 옥계구곡 설정은 무이구곡 - 고산구곡 - 화양구곡에 이어 구곡 문화의 전통을 자신들이 계승하고 있다는 믿음에서 나온 것이며, 전통을 계승하는 차원에서 선현들이 그러했던 것처럼 시문을 짓고, 책을 만들고, 구곡도를 갖추었던 것이다. 이 행위를 통해 시간의 계속성을 유지할 수 있었다.

옥계구곡은 각 곡마다 물리적이고 시각적인 형태의 경관을 지니고 있다. 1곡 臥龍湫에는 과거 기우제를 지내던 용소가 있다. 2곡 撫松巖에는 물가에 자리잡은 노송과 '미륵바위'로 불리던 '장인석'이 특징적인 경관으로서 부각되었다. 3곡 濯纓瀨에는 흰 돌이 평평하게 펼쳐진 사이로 급하게 흐르는 여울물이 있는 곳을 가리킨다. 4곡 鼓瑟灘은 작은 연못과 폭포가 여러 개 연결되어 있어 물소리가 마치 비파 연주 소리처럼 들리는 곳을 가리킨다. 5곡 一絲臺는 높이가 있는 돈대를 가리키는데, 돈대 아래 낚싯대를 드리울 만한 깊은 연못이 있다고 하여 붙여진 이름이다. 6곡 秋月潭은 넓고 온화하며 모나지 않은 맑은 연못을 지녔다. 이 연못에 가을 달이 비치면 풍광이 빼어날 것이라고 하여 붙여진 이름이다. 7곡 靑楓峽은 수천 장의 벽이 서 있는데 푸른 단풍나무가 빽빽하여 마치 푸른 구름이 언덕에 모여 있는 듯한 풍광을 지닌 곳이다. 8곡 龜游淵은 못 아래 큰 거북이 엎드려 있는 듯한 형상을 한 바위가 있는 모습이다. 9곡 弄湲溪는 옥계구곡의 상류로, 시냇물이 고요하여 즐길 만한 풍광을 지닌 곳이다. 이러한 경관은 그들이 이른바 '몸을 깨끗이 하기'[潔身]에 적합한 특질을 보인다.

옥계구곡은 또한 공적인 성격을 띠는 장소이기도 하다. 1876년 7월의 탐방도 다분히 집단적인 성격을 띠고 있다. 전술한 바와 같이, 유중교의 주도로 탐방이 이루어졌지만, 구곡을 한번 둘러보며 명명하는 과정은 모두가 동참하여 이루어졌다. 또, 이 탐방에서 지은 시문을 모아 『옥계동지』를 엮은 것 또한 옥계구곡이 화서학파 인물들이 공동의 산물이라는 것을 증명해준다. 어떤 특정한 장소를 공동체가 공유하는 곳으로 인식되면, 공동체의 정체성은 강화될 수 있다. 따라서 이들의 옥계구곡 탐방을 통해 화서학파 인물들이 공통적으로 지닌 존주론적 가치관은 더욱 확고해질 수 있었다.

장소의 본질에 공적인 성격이 있다 하다라도 그 장소를 탐방하는 개인이 모두 동일한 심상을 지닌 것은 아니다. 같은 날, 같은 장소에 처한다 하더라도 개인의 경험에 따라 그 장소에 대한 심상은 개인마다 다르게 인식될 수 있다. 옥계구곡의 경우 또한 마찬가지이다. 그들 개인이 생각하는 '自靖'의 방법은 개인마다 차이를 드러낼 수밖에 없다. 김평묵이 생각했던 自靖은 주로 성현의 가르침을 따르는 삶을 의미한 것으로 파악했다. 즉 혼탁한 세상과 거리를 유지하면서 강건한 삶의 태도로 스스로를 경계할 것을 주장하였다. 그런가 하면 유중교는 동류의식을 강조하는 가운데, 강학하는 삶을 추구한 것으로 파악했다. 즉, 시를 통해 화서학파 문인들 간에 결속을 다지며 서로를 독려하고자 하였다.

'自靖'의 범위는 개인에 한정되기도 하며, 화서학파 문인으로 확대되기도 하였다. 그들은 자신들의 뜻이 세상에서 받아들여지지 않자 혼탁한 세상을 떠나 몸을 깨끗이 하여 스스로(혹은 문파)의 힘을 온축하기 위해 조종천 부근으로 거처를 옮긴 것이다. 옥계구곡 선정은 공동의 이념인 존주론적

세계관을 유지하면서 주자의 무이구곡 경영의 뜻을 실천하고자 한 의도적
인 행위였으며, 그들은 시문을 통해 공통의 의지를 표명하고자 하였다.

그런데 화서학파 문인들의 옥계구곡 시는 앞선 시대의 구곡시와는 일정
한 차이를 보인다. 우선 형식 면에서 구곡가의 전통을 유연하게 계승하고
있다. 주자의 「무이도가」에 차운하거나 스승의 구곡시에 차운하는 것에서
벗어나 韻字의 제약을 피하고 있다. 유중교의 경우 칠언절구 10수의 연작
시를 남겼으나 주자의 시를 차운하지 않았다. 유인석도 유중교의 시에 화
답하는 형식의 시를 짓고 있으나 역시 유중교의 운자도 따르지 않았다.
김평묵의 시의 경우, 칠언율시를 취하고 있으며 序詩를 따로 짓지 않아
9수의 연작시를 이루고 있다는 점에서 변형된 형태의 구곡시라 파악할
수 있다. 운자의 제약에서 벗어나 있어 시상이나 시의 분위기에서 통일된
면모를 보이지는 않고 있다.

한편, 옥계구곡이라는 장소는 여타의 구곡과 구성면에서도 차이를 보인
다. 주자의 무이구곡을 비롯하여 화양구곡, 곡운구곡에는 구곡 가운데 강
학을 수행하는 장소를 따로 두었다. 구곡시는 대체로 하류에 해당하는 1곡
부터 상류에 해당하는 9곡까지의 상승 이동을 통한 입도차제를 표현하는
데에 집중하였다. 그러나 옥계구곡의 경우, 강학을 수행할 만한 정사를
따로 두지 않았다는 점, 개인의 주도 하에 구곡의 명명이 이루어지지 않았
다는 점, 경영보다는 탐방의 성격을 띠고 있다는 점에서 순차적인 입도차
제를 설명하는 패턴은 특별하게 찾기 힘들었다. 다만 유인석의 시의 경우
에서만 서시와 농완계(9곡)에서 그 일면을 살펴볼 수 있을 따름이었다.

V. 20세기 초 구곡의 정체성

    18세기 중반부터 시작된 구곡 향유의 전통은 현재 화석화된 채 남아
있다. 최근 지자체를 중심으로 문화재를 복원하고자 하는 노력으로 숨겨
진, 혹은 잊힌 구곡이 발굴되고 있다. 그 결과 많은 구곡의 이름과 관련
고사가 밝혀지고 있으나, '九曲'이라는 장소의 실존적 의미는 찾기 힘든
실정이다. 20세기 초까지만 해도 명맥이 유지되던 구곡이 의미 있는 장소
로 존재하기 힘들게 된 까닭은 어디에 있는 것인가? 이러한 원인을 단순히
주자학 중심의 학문 풍토가 변화하였기 때문이라고 단정할 수는 없다. 이
미 조선 후기에 접어들면서 성리학에 대한 반성으로 실학을 비롯한 다양
한 학문 유풍이 공존했기 때문이다.

    이 문제를 풀기 위해서는 20세기 초에 주목해 보고자 한다. 주자학의
구현체라고 할 수 있는 '구곡'의 정체성이 어떤 변화를 거쳐 현대에 이르
렀는가를 파악하기 위해서 20세기 초에 주목해야 한다. 조선 말기부터 일
제 강점기를 거치며 구곡의 정체성이 어떻게 변화하였는가를 밝히는 문제
는 나아가 현재의 구곡에 대한 대중의 인식과 맞닿아 있기 때문이다.

1. 1910년대 구곡에 대한 인식

20세기 초, 현대로의 전환기 구곡에 대한 정체성을 파악할 수 있는 자료는 『화양로정긔』가 있다. 『화양로정긔』는 1910년대 작자 미상의 한글 기행문으로, 화양구곡을 유람하고 기록한 작품이다. 1책 30장의 한글 필사본이다. 현재 서울대학교 규장각에 소장되어 있다.[191]

1) 『화양로정긔』의 구성

규장각 해제에서 지적한 바와 같이, 表題紙에 "임자니월일초"라 되어있고, 작품 맨 앞에 "신히 오월 쵸구일"이라 밝혔는데, 본문 중에 "갑오년 동학군"(25b)에 대한 언급이 있는 것으로 보아 신해년은 1911년을, 임자년은 1912년을 의미한다고 파악할 수 있다.[192] 본문 중에 필체가 바뀌는 부분이 부분적으로 존재하며(11b, 15a-15b), 가필한 흔적이나 문맥 상 누락된 부분이 있으며, 내용이 그대로 1-2행 반복되어 필사되기도 하였다.

이러한 이유로 창작과 필사 시기를 확정하는 데에 신중을 기할 필요가 제기되었다. 그러나 '갑오년 동학군'에 대한 언급이 미신에 대한 허망함을 피력하기 위해 첨가된 부분이고, 이를 증명하기 위해 상당량의 분량을 할애하여 저자가 실증하는 과정이 묘사되어 있으므로 필사자에 의해 첨가되었을 가능성은 적다. 뿐만 아니라 1907년에 있었던 일본인의 병화로 환장

---

191 가람古 915.17-H99. 책크기 34×20.7cm 匡郭 筆寫面 : 31.7×17.5cm, 12行 25-27字.
192 규장각한국학연구원(http://kyujanggak.snu.ac.kr) 해제 참조. 이 해제에 "본서에는 저자가 질문을 하고 어부가 대답하는 형식으로" 이루어졌으며, "끝부분에서는 8년 전에 이곳에 왔을 때 있었던 일들을 기록"하였다고 하였다. 그러나 이 점은 실제 작품과는 다르므로 수정이 요구된다.

암이 불타 유람할 수 없음을 언급한 것으로 보아 '신해'와 '임자'는 1907년 이후의 간지로 보아야 할 것이다. 그런데, '‥'가 상용되고 있는 것으로 보아 1970년대 이후로 보기도 힘들다. 따라서 현전하는 이 텍스트는 표지에 있는 바와 같이, 1911년 창작된 것을 1912년에 필사한 것으로 파악할 수 있다.

작자는 1904년(갑진년) 10월과 1911년(신해년) 5월, 두 차례 화양동을 기행한 후 이 작품을 기록하였다. 화양구곡의 명소를 1곡부터 차례로 방문하면서 각 곡과 관련된 고사와 명칭을 풀이하고 있다. 전체적으로는 1911년 5월 9일부터 5월 10일까지 이틀간의 여행이지만, 그 여행 속에 1904년 10월 15일, 16일간 있었던 기행의 기억을 삽입하고 있어 액자식 구성을 택하고 있다.

다음은 이 작품의 전체적인 여정을 정리한 것이다.

1911년 5월 9일

화양동문→[객을 두 명 만나 동행함] → 경천벽(1곡)→ 운영담(2곡)→[어부 등장/동행] → 만동묘(양추문-유인재-만동묘-풍천재-영정각-상희문-모원루) → 읍궁암(3곡) → 금사담(4곡) → 주점에 투숙

1911년 5월 10일

[객 한 명과 헤어짐]→ 암서재→[여정을 두고 갈등함(채운암 환장암) / 어부가 떠남]

> **1904년 10월 15일**
>
> [가동 1인과 동행. 서리 한 사람이 인도함]→ 채운암 투숙
>
> **1904년 10월 16일**
>
> 채운암 → 환장암("전각 : 운한각"-팔음석-어필각)→[서리와 헤어짐]

→[채운암과 환장암 보기를 포기] → 능운대(5곡)→ 첨성대(6곡)[193] →[농부를 만남] →석벽에 있는 우암 글씨를 봄→ 와룡암(7곡)→ 학소대(8곡)→ 파환(9곡) → 주점

작품 전체에서 두 차례의 유람 기억은 각 장소별로 체계적으로 잘 나누어져 있다. 즉 1곡부터 9곡까지 구곡에 대한 기행은 전적으로 1911년의 유람을 따르고 있으며, 4곡과 5곡 사이에 있는 채운암과 환장암에 대한 기록만은 1904년의 유람에 기초하여 기록하였다.

채운암과 환장암에 대한 기행은 과거 회상의 형식으로 중간에 삽입되어 있다. 채운암과 환장암의 사적을 기록한 회상 부분은 총 30장 중 10장을 차지하고 있어 분량면에서도 적지 않은 비중을 차지하고 있다. 이로써 '현재(1911년) - 과거(1904년) - 현재(1911년)'의 뚜렷한 3분 구조를 갖추고 있다. 실제 여정은 채운암과 환장암을 생략한 채 1곡부터 9곡까지의 유람이 순차적으로 행해지고 있으나, 심리적으로는 '1곡부터 4곡 → 채운암과 환장암 → 5곡부터 9곡'의 여정을 취하고 있다.

그러면 왜 채운암과 환장암에 대한 자료는 1904년의 회상 부분으로 표현했을까? 후대의 기록을 살펴보면, 환장암은 1907년에 불에 타 없어졌고, 채운암은 1948년 홍수로 무너졌다고 한다. 1907년 환장암이 불타 없어질 때, 그 이유가 그 곳이 의병의 본거지로 사용되었기 때문에 일본군에 의해 불타 없어졌다고 한다. 현재는 옛 환장암 터에 채운암을 옮겨와 복원하였다.[194]

작자는 그 연유를 다음과 같이 이야기하고 있다.

ㄱ) 어부 문져 디왈 치운암이란 졀은 져근 암즈라 유벽ᄒᆞ고 심슈혼 게ᄂ

---

193 5곡과 6곡의 순서는 현재에 칭하는 것과 차이를 보인다. 현재는 5곡을 첨성대로, 6곡을 능운대로 칭하고 있다. 그러나, 『화양로졍긔』는 물론이거니와 성해응의 「화양동지」에서도 5곡을 능운대, 6곡을 첨성대로 설정하고 있다. ; 성해응, 『研經齋全集』外集 卷三十, 尊攘類 「華陽洞志」(민족문화추진회, 『한국문집총간』 276집), 422-425쪽.

194 김양식 · 우경섭, 앞의 책, 91쪽.

구경홀 분이니 만동묘를 아올ᄂ가 낙양산 즁봉의 잇ᄂ듸 다른 귀경

거리는 읍스나 여긔 환장사는 볼 것도 만코 크기도 무던ᄒ더니 **의병**

난의 일인의 병화의 다 타셔 볼 게 업스니 의향디로 ᄒ소서 ᄒ고

어부는 길게 놀익ᄒ고 오던 길로 도로 가며 작별을 고ᄒ더라.[195]

ㄴ) 잇쩌 어부를 보닌 후의 양인이 교변의 섯더니 긱다려 일너 왈 치운암

은 귀경거리 적고 환장암은 볼 게 만터니 지를 쌀어 업서졋시니 무엇

보러 올너 갈이요[196]

인용문에서 공통으로 지적하고 있는 兵火는 1907년의 의병란을 의미한

다. 당시 환장암에는 한백원이 이끌고 있는 의병대 120여 명이 주둔하고

있었는데 일본 수비대가 이 사실을 알고 환장암을 소각했다고 한다.[197] 『매

천야록』에도 이 당시 定山(현 충남 청양군)의 정혜사, 청풍, 진천, 제천 등의

관아와 화양동의 환장암이 일본 병사들에 의해 소각되었고 『우암문집』

목각도 모두 소실되었다는 기록이 있다.[198] 노론계 학파 중 일부 유림들이

의병활동에 적극적이었던 사실을 감안한다면, 의병들이 노론의 거두인 송

시열의 정신이 있는 화양동, 환장암을 근거지로 삼았던 것은 상당히 설득

력이 있다. 그렇기 때문에 일본 병사들의 표적이 되었을 것이라는 점도

충분히 유추할 수 있다.

화양구곡에서 채운암과 환장암은 단지 사찰의 의미를 넘어 화양동의

사적을 간직하고 있는 중요한 의미를 지닌 사찰이다. 특히 환장암은 송시

---

195 『화양로경긔』, 14a~14b쪽.

196 같은 책, 24b쪽.

197 김양식·우경섭, 앞의 책, 58~59쪽.

198 황현, 국역 『梅泉野錄』 제6권, 隆熙 元年 丁未(續) "69. 일병의 定惠寺 및 淸風, 堤川 諸郡
衙, 華陽洞 煥章菴 소각". ; 국사편찬위원회 한국사데이터베이스(http://db.history.go.kr)

열이 "非禮不動"이라는 명나라 의종황제의 글씨를 얻어와 새긴 곳이므로 화양동 기행에서 누락시키기 힘든 장소다. 이렇게 상징적인 의미를 지닌 장소가 전란으로 불타 없어져 볼 것이 없게 되었으므로 그 공백을 채우기 위해 1904년의 기행이 회상의 형식으로 불가피하게 자리 잡게 된 것으로 보인다.

2) 『화양로정긔』의 내용적 특징

(1) 존왕양이와 존주론 계승

『화양로정긔』에서 주로 접하는 경물은 화양구곡과 만동묘이기 때문에, 유적을 대하는 작자의 기본적인 태도는 전 시기까지 지속된 노론계 문인의 보편적인 가치관을 그대로 보여주고 있다. 주지하다시피, 화양구곡은 '學朱子'에 대한 의지뿐만 아니라, 송시열의 춘추대의에 입각한 존왕양이를 표방한 장소다. 명나라의 신종과 의종에게 향사를 지냈던 만동묘는 이러한 명분론에 대한 극단적인 표현이라고 볼 수 있다.

다음 인용문은 신종 황제의 사당을 모셔야 하는 까닭을 설파하는 부분이다.

> 잇 찐의 디명셔 만리정벌하실 찐의 쳔흐 군사를 동흐시고 쳔흐 지물을 다흐여 왜군을 축출흐고 아국 종묘스딕과 싱영을 부호흐게 흐셧시니 황제의 덕틱을 됴션인민된 즈 뉘 아니 갑고져 흐리요 디명이 아국 구완흐기에 싱민이 곤폐흐고 지용이 궤핍흐여 청국의 난을 당흐여 신종 황제 손즈 의종 황제의 이르러 망흐엿쓰니 엇지 의답고 원통치 아니 흐리요[199]

조선에 임진왜란이 일어나자 명나라 신종[만력제]은 군사와 '직물'을 동원하여 조선의 종묘사직과 이 땅에 살아있는 것들을 도와 보호하였다[扶護]. 그러니 조선의 인민이라면 누구나 천자인 신종의 덕택으로 존재할 수 있었던 것이니 이 은혜를 외면할 수 없다는 것이다. 그런데 영원할 것 같았던 천자의 나라 명나라는 조선을 돕기 위해 나섰다가 오히려 그 여파로 인해 정작 자국이 청나라로부터 침공을 당해 망하고 말았다.

이러한 국제 정세의 변화에 대하여 작자는 '엇지 의답고 원통치' 않겠냐 반문하는 데에 그쳤지만 명·청 교체기에 조선인의 심정은 이보다 더욱 복잡하였을 것이다. 병자호란·정유재란을 겪은 터라 청나라에 대한 분통함과 두려움이 공존한 가운데, 망해버린 명나라에 대해서는 고마움, 미안함, 안타까움과 허망함 등의 여러 심정이 얽혀 자리하고 있었다. 만동묘를 세워 명나라 신종과 의종 황제의 향사를 지냈던 일은 바로 이러한 맥락에서 지속될 수 있었다.

명나라 두 황제의 향사를 지내는 일은 은혜를 갚고자 하는 의도만은 아니었다. 이 일은 곧 중화의 전통을 우리나라에서 잇겠다는 의지의 표명이기도 하였다. 『화양로졍긔』에서도 중화로서의 자부심이 다음과 같이 드러나고 있다.

> 쇼리를 놉히 하여 창광이 을퍼 왈 일월쌍명문긔회오 이황궁궐이 반공긔라 남아한불셩즁국터니 즁국산쳔시답너라 쏘 삭여 을퍼 왈 날과 달이 쌍으로 발거시니 문노니 을마ᄂ 돌어 왓ᄂᆢ뇨 두 황뎨의 궁궐이 반공의 열엿더라 남아가 즁국의 나지 못홈을 한ᄒᆞ엿더니 즁국의 산쳔을 비로쇼 발버왓더라

---

199 『화양로졍긔』, 6b쪽.

을품을 다흐미 쏘 듯슬 일너 왈 (…중략…) 이황의 궁궐이라 흠은 신종과
의종의 ᄉ당을 두고 흔 말이요 중국이라 칭함은 쳔ᄌ 기신 되라 흐여 이르
미니라[200]

인용문은 읍궁암(3곡)에서 감회가 일어 작자가 칠언절구를 한 수 짓고
이 시를 풀이한 부분이다. 명나라 두 황제를 모신 곳이기에 만동묘를 일컬
어 '이황궁궐'이라 표현하였다. 中華의 황제를 모신 곳이므로 이곳, 화양동
이야 말로 中華와 다름없다는 말이다.

명나라가 멸망한 지 250여년이 흘렀음에도 불구하고 여전히 명나라에
대한 의리론을 표방하고 있으며, 만동묘를 통해 우리나라가 그 '中華'를
이어가고 있다는 자부심을 드러내고 있다.

(2) 민간 설화의 습윤

송시열의 은거지였던 화양동은 조선 후기 사대부들의 유람처였다. 또,
화양구곡과 만동묘는 춘추대의와 존주론을 설파하는 상징적인 장소였다.
그러나 상징성을 지닌 장소에 다양한 민간의 설화가 덧보태 지면서 다양
한 의미를 지니게 되었다. 특히 작중에 등장하는 어부는 작자와 대립하면
서 '화양동'이 지닌 상징적 의미의 변화를 이끄는 역할을 한다.

인하야 혹 읊푸고 혹 노리ᄒ며 혹 근널며 혹 안젓더니 엇더혼 어부가
가는 낙수더를 들고 디삭갓슬 쓰고 양류간으로 좃ᄎ 나오다가 글음ᄂ 쇼리
를 듯고 갓가이 나ᄋ와 공순이 물어 왈 션성들이 산쳔을 유람코ᄌ 하ᄂᄂ냐

답 왈 연ᄒᆞ다 어부 왈 여긔 유람ᄒᆞᄂᆞᆫ 힝인이 만흐나 귀경ᄒᆞᄂᆞᆫ 홍취만 것스
로 잇고 실상을 안으로 아는 지 즉은지라 산속의 낙이 산수의만 잇는 게
아니라 그 ᄯᅥᆼ의 유적과 왕ᄉᆞ를 알어야 방가위홍취요 넉가위낙이니 **쳥컨듸**
션싱을 위ᄒᆞ여 압회 인도ᄒᆞ리ᄂᆞ니 엇더ᄒᆞ뇨 답 왈 심이 죠흐ᄂᆞ 엇지 바라
리요.²⁰¹

2곡 운영담 유람이 끝날 즈음 작자는 객들과 더불어 시를 읊조리고 있었
는데 마침 낚싯대를 들고 지나가던 어부가 나타난다. 그는 작자의 일행을
보고 안내를 자청하며 일행에 합류하게 된다. 어부는 산수의 즐거움을 제
대로 알기 위해서는 산수의 외형적인 모습을 유람하는 데에 그쳐서는 안
되며 그 산수에 얽힌 땅의 유적과 역사적 배경('왕ᄉᆞ')을 알아야 한다고 주장
하였다. 그래야 비로소 '홍취'와 '낙'이라 이를 수 있다는 것이다. 그리하여
어부 자신은 작자 일행이 진정한 의미의 산수의 낙을 찾을 수 있게 돕고자
이들의 유람에 합류하겠다는 것이다. 어부는 이들 일행에 합류하였다.

어부는 작자와 비교적 대등한 관계를 맺으면서 금사담 앞에 늘어서 있
는 바위의 모양을 작자와 달리 인식하는 모습을 보여준다. 그는 당시 민간
에 유행하였던 관우 신앙이 화양구곡의 공간에도 덧보태지는 모습을 보여
준다.

어부가 이 말을 듯던이 왈칵 달여 들며 왈 션싱이 져 바회를 다 말ᄒᆞ되
밋쳐 몰ᄂᆞᆫ 게 잇도다 **여긔 싱장한 사람다려 물ᄅᆞ면 다 안ᄂᆞ 비니 니**
듯고 본 디로 말ᄒᆞ리라 이 사곡으로 여러 봉의 잇는 바회를 여긔셔 오호더
장이라 ᄒᆞᄂᆞᆫ디 민 압헤 세운 말은 머리를 번젹 들고 ᄭᅩ리를 드리운 건 젹토

---

201 『화양로졍긔』, 3a-3b쪽.

마라 호고 그 뒤에 투구 철갑 한 장슈는 제일의 관왕이라 삼각슈와 중죠면
이며 쳥룡언월도 메고 슨 모냥 쳔연호지 아니호며 제이 장군은 포범의 머리
요 고리눈이며 지비턱의 범의 슈염은 쟝익덕이 아니며 제삼 장군은 눈셥이
터부룩호고 면상이 널이고 우념이 범과 갓호 니는 죠자룡이 아니며 제사
장군은 빅포를 입엇쓰며 얼골이 빅옥 갓고 신쳬가 날수호 이는 마밍긔가
아니며 졔오장군은 슈염이 희고 질고 몸이 쟝디호 이는 당시에 만부부당지
용이라 흐던 황한승이가 아니냐 **이런 거슬 알고 보아야 례격이 다 분명호
거눌 션셩이 짠 바회만 보고 타령을 하니 엇지 무식지 아니호리요**²⁰²

어부는 자신이 이곳에서 생장한 사람으로서 이들 바위는 이 지역에서
'오호대장' 바위라 일컬어진다는 사실을 전하였다. 五虎大將은 촉한의 다
섯 명장인 관우, 장비, 조운, 마초, 황충을 말한다. 어부는 바위의 모습을
이들 하나하나의 면면에 비유하여 설명하고 있다. 제일 장수로 거론한 이
가 관우다. 적토마와 더불어 투구에 철갑을 쓰고 있으며 三角 수염과 대추
처럼 발그레 한 낯빛으로 靑龍偃月刀를 메고 선 모습으로 형용하고 있다.
어부는 나머지 네 장수도 『삼국지연의』에서 보았음직한 전형적인 모습으
로 묘사하여 바위를 형용하였다. 곧이어 어부는 작자가 지역에서 전해오
는 유래를 모르고 제멋대로 바위를 형용했음을 '무식'하다 탓하였다.

그러자 작자는 어부의 설명에 만동묘의 역사적 성격을 거론하며 어부에
게 반격을 하고, 곧 갈등을 드러냈다.

답왈 그디의 말도 다 례격의 틀이는 말이라 디명쳔즈 기신 압희 한나라
오호디장이 당호냐 그디가 나보다도 더 무식호도다 만일 **신종황졔 압혜**

V. 20세기 초 구곡의 정체성 **211**

잇노 장수를 말ᄒᆞᄌ 하면 이여숑과 마귀와 유정과 동일원과 진린이 갓흐
니를 말ᄒᆞ미 오를 거시오 한 느라 장슈노 말ᄒᆞ지 아니ᄒᆞ미 올을 거시니
가령 제 바회가 분명ᄒᆞᆫ 투구철갑ᄒᆞᆫ 장수 모양이라도 다른 장슈요 오호장은
아니이라 어부도 왈 **니 여긔 산 졔 오리로디** 오호장이란 **말만** 듯고 명느라
장슈라 ᄒᆞᄂ 말은 듯지 **못ᄒᆞ엿거놀** 알지 못ᄒᆞᄂ 말로 나를 칙ᄒᆞ니 션셩이
공ᄌᆞ의 임티묘미ᄉ문을 엇지 몰오ᄂ고.[203]

작자는 '디명 쳔ᄌ 기신 압'에서 한낱 오호장군을 거론하는 것이야 말로
예격에 맞지 않다고 하며 오호장군보다는 차라리 임진왜란 때 우리나라를
도우러 왔던 다섯 명장들(이여송, 마귀, 유정, 동일원, 진린)을 거론하는 것이 합당
하다고 주장하였다. 이에 어부도 자신의 주장을 꺾지 않고 자신이 여기에
산 지 오래되었어도 이 바위들을 일컬어 '오호대장'이라 한 바는 들어봤지
만 명나라 장수라는 비유는 듣지 못하였다 반박하였다. 아울러 공자의 겸
손한 덕을 반례로 들어, 작자가 현지의 유래를 들으려 하지 않고 오히려
자신을 책망하려 함을 힐난하였다.

또, 첨성대를 유람할 때에도 유교적 공간에 민간 설화가 습윤된 모습을
살필 수 있다.

연즉 져 건너 셕벽 돌문 갓치 ᄒᆞᆫ 게 무어시뇨 **농부 디 왈 녯젹의 우암**
디감이 져긔다 비기를 ᄒᆞ여 너헛ᄂ디 갑오년의 동학군이 비거를 불야ᄒᆞ
고 돌문을 열야ᄒᆞ니 뇌졍소리가 급ᄒᆞ여 쳔벌을 당홀가 두려ᄒᆞ야 열지
못ᄒᆞ고 굿쳐ᄂᆞ이다 ᄒᆞ거놀 긱을 향ᄒᆞ야 일너 왈 져런 말이 괴이ᄒᆞᆫ 말이니
가이 우숫도다 그 농부가 우암이 참 누군지 알지 못ᄒᆞ고 그런 무지ᄒᆞᆫ 말을

203 같은 책, 12a-12b쪽.

흐니 부족칙이라 니 일즉 허미슈의 퇴죠비문과 니토졍의 비기라 흐는 걸
보고 군ㄷ의 일이 아닌 걸 의심흐고 쪼흔 탄식흐엿더니 **금일의 우암 선셩
비기 잇단 말을 쳐음 들엇시니** 선셩의 졍디흐신 학문으로 엇지 그러흔
참셔를 하여 후셰의 요명코자 흐셧시리요 니 이런 말을 듯고 그져 가면
이 후의 쏘 지느는 사람이 쏘 그릿 알기도 쉽고 그릿 젼흐기도 쉬으니 너가
근너 가 보고 오리라²⁰⁴

작자가 첨성대 아래를 보니 석벽에 벽장문과 단청이 되어 있어 이상하
다 여겨 가서 확인하고자 하나 큰 냇물이 가로막고 있어 건너가기가 어려
운 상황이었다. 마침 이 동네 사는 농부가 지나가기에 그 농부를 불러 석벽
돌문에 대하여 물어보니, 농부는 송시열이 돌문 안에 秘記를 넣어둔 것이
라는 설화를 이야기하였다. 그러면서 갑오년(1894년) 동학군이 이 비기를
보려고 돌문을 열고자 했을 때 천둥 번개가 쳐서 열지 못하고 그쳤다고
말하였다. 곧 송시열의 비기가 있는 곳이라 누구도 함부로 열려고 하지
못하여서 자세한 내용은 알지 못한다는 말이다.

비록 작자는 송시열의 학문이 정대하기 때문에 讖書를 통해 세상에 명예
를 구하려[要名] 하지 않았을 것이라 하였지만, 민간에서는 송시열의 흔적에
새로운 이야기를 덧붙여 전했던 것이었다. 송시열의 본 모습이 세간에 왜
곡되어 전하는 것을 바로잡기 위해 작자는 직접 옷을 걷고 내를 건너 석벽
돌문에 감춰진 사적을 확인하였다. 사적은 다름 아니라 전술한 신종·의
종의 글씨와 이를 가져온 민정중과 송시열의 글씨를 새긴 것이었다.

---

204 같은 책, 25b쪽.

양 황제의 필젹 녀덜 ᄌ를 만세의 유젼코ᄌ ᄒ여 돌에 삭여 이 바회 속의 깁히 갖추시고 사람이 열가 두려워ᄒ여 길 반이 늬게 돌을 올러가 ᄯᆞ우고 문을 ᄒ여 잠구엇시며 ᄯᅩ 훗 사람이 일읍시 열가 넘녀ᄒ야 그 밧게 어필 글ᄌ 녀덜 ᄌ를 써셔 두시고 분명이 삭여둔 말ᄉᆞᆷᄶᅥ지 ᄒ셧거눌 무식ᄒᆫ 사람들이 비기가 잇다 ᄒ고 열고 볼야 ᄒ엿쓰니 두 황제와 두 션싱을 능욕 홈과 갓흔지라 명천이 벌을 주시지 아니ᄒ리요 여긔다 이디지 깁히 감쵸시고 ᄯᅩ 환장암 어필각의 뫼셧시니 션싱의 관쳔ᄒᆫ 츙의와 홍원ᄒᆫ 규모를 가히 알지로다[205]

사실 석문 안에는 명나라 두 황제의 필적이 감추어져 있었던 것이다. 즉, 두 황제의 필적을 만세에 유전코자 하여 刻字하였으며, 이를 삼가는 마음으로 바위 깊이 돌문을 뚫어 넣고 감췄고, 여기에다 또 경계의 말을 분명히 새겨 두었다는 것이다. 그런데도 갑오년에 동학군이 비기를 확인하겠다고 한 '무식한' 행위는 곧 두 황제(명나라 신종과 의종)와 두 선생(민정중과 송시열)을 능욕한 행위였으므로 하늘이 벌을 주신 것이라 하였다.

위의 두 예를 통해 현지에서 유동적으로 전승되는 설화와 문헌을 통해 규범화되어 전승되는 지식이 서로 충돌하고 있었음을 알 수 있다. 즉, 조선 후기 민중들에 의해 송시열의 사적에 민간의 삼국지연의의 관운장 추모의 열기와 비기 등의 설화가 덧붙여지고 있음을 알 수 있다.

(3) 邪道의 성행에 대한 비판

『화양로졍긔』에서는 유학을 제외한 다른 도에 대해서는 비판적인 태도

를 보인다. 특히 불도에 대해 배타적인 태도를 보인다.

> 당숑 이리로 불도가 셩힝ᄒ여 문장명유와 왕후셩이 다 슝불ᄒᄂᆫ 폐가 잇서 그 폐가 명ᄂᆞ라의 밋쳣더니 이 그림을 보건디 과연ᄒ도다 쳔ᄌᆞ의 모가 되엿스니 놉기 지극ᄒ고 쳔하로써 봉양ᄒ니 봉양도 지극ᄒ거늘 무엇시 부족ᄒ여 불가의 일홈을 들텼는고 필연 그 마음의 구즁 궁궐이 일간 승당만 곹고 황퇴후의 존호가 보살 이름만 못ᄒ기에 산문의 탁젹ᄒ고 성각 잇서 이 지경의 이르엇시니 웃지 쳔추만세의 붓그려움을 면ᄒ이리요 셰상의 무궁ᄒᆫ 혼ᄌᆞᄂᆞᆫ 인욕이라 쳔ᄒᆞ를 부죡히 녁여 죽은 후에 극낙셰계 갈 욕심이 흉즁의 충만ᄒ여 후인의 이 쇼홈을 ᄭᅵ닷지 못ᄒ엿스니 진황 한무의 신션 구홀 욕심이 어서 달으리료 오호 오호라 규즁의 부녀가 불도 혹홈을 엇지 칙ᄒ리요 (…중략…) 이게 사람을 쇼길 말이라 양명이 불법의 혹ᄒ기가 이 갓거늘 양명을 도로 존션ᄒᄂᆫ 유즈가 만으니 엇지 이셕지 아니ᄒ리요 그런 쳔ᄒᆞ 문장 호걸이 다 침혹ᄒ엿쓰니 여타 치치우밍이야 말홀 게 무엇시 잇스리요[206]

인용문은 8년 전인 1904년에 환장암을 방문해 신종 황제의 대부인인 瑞蓮 보살의 화상을 보고 탄식한 부분이다. 작자의 일행은 밤에 환장암에 도착하여 승려에게 볼거리를 청하였다. 그러자 승려는 좁은 궤 하나를 들고 나왔다. 궤를 열어 보니 너비가 두 칸이 되는 큰 족자가 있었는데, 이 족자에는 신종 황제의 대부인인 서연보살의 화상이 그려져 있었다. 환장암에서는 만동묘가 설치된 이후에 이 화본을 따로 구해다가 승당에 모셔두고 있었다고 한다. 이 화본에는 "서연보살"이라는 화제가 적혀 있고,

---

206 같은 책, 23b쪽.

화상의 좌우에 명나라 선비가 지은 화상찬과 글이 여러 편 적혀 있었다고 한다.

이 그림을 보고, 작자는 당나라 이래로 불도가 성행하여 문장 명유들이 숭불하는 폐가 있었는데 그런 풍조가 명나라까지 미쳤던 것을 실감하였다. 특히 천하의 봉양을 받으며, 부족할 것이 없는 천자의 모후임에도 불구하고 불문에 託迹한 것은 매우 부끄러운 처사라 평가하였다. 살아 생전에 천하를 가지고도 이를 부족하게 여겨 사후에 극락에 갈 욕심을 추구하였으니 후인들의 비웃음을 면하기 어려울 것이라 하였다. 황태후도 이처럼 구중궁궐이 한 칸 승당만 못하다 여기고, 황태후의 존호가 보살이라는 이름만 못하다 여겼거늘, 한낱 규중의 부녀가 불도에 혹하는 것은 더 말할 것이 없다는 것이다.

이어 천하의 문장 호걸 중에서 불가에 침혹한 이들의 이야기를 나열하였다. 당나라의 왕유와 백낙천, 송나라 소식, 명나라 왕수인을 그 예로 거명했다. 그 중에서도 왕수인이 불법에 깊이 빠졌던 고사를 길게 설명하였다. 왕수인이 어느 날 절에 갔다가 50년째 수도하는 생불을 보게 되었는데, 이것이 자신의 전생임을 깨닫고 창연한 마음에 탑을 세우고 생불을 땅에 묻고 갔다는 것이다. 왕수인이 불법에 빠졌던 것을 비판하며, 요즘 왕수인의 양명학을 따르는 유자가 많음을 애석하게 생각하였다. 문장 호걸도 이와 같거늘 여타의 어리석은 이들이 불법에 미혹되는 것은 더 말할 것이 없다는 것이다.

3) '화양동'의 상징성

시대가 지나면서 동일한 공간에 다양한 의미가 덧붙여진다. 주자의 무이구곡에 대한 숭앙은 다양한 형태로 발현되었다. '무이도가' 차운시 창작은 물론, 직접 구곡을 경영하며 구곡도 제작, 命名, 刻字 등의 행위로도 실현되었다. 후대 인물은 앞선 시대에 구곡을 경영한 우리 선조의 행적을 보며 그를 주자 이후의 또 다른 전형으로 인식하여 관련 시문을 짓기도 하였다. 후대에 주자의 무이구곡과 '무이도가'를 수용하는 사람들은 주자를 직접 접하기도 하나 때로는 앞선 수용자들로부터 간접적인 영향을 받기도 하였다. 그렇기 때문에 九曲은 積層性을 지닌 하나의 通時的 공간으로 인식될 수 있다.

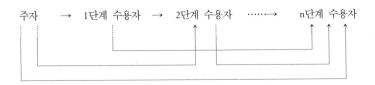

특히 화양동은 송시열이 주자의 행적을 흠모하여 만년에 강학을 했던 공간일 뿐 아니라, 송시열 사후에 그의 제자 권상하의 노력으로 막강한 상징성을 지닌 하나의 공간으로 재탄생하게 되었다. 권상하는 스승의 유언에 따라 만동묘를 설치하고 구곡을 완성하였으며, 아울러 스승인 송시열을 도통으로 삼아 이를 기리고자 하는 노력을 게을리 하지 않았다. 송시열을 '송자'라 칭하며 그의 명분론을 중시하던 태도는 조선 후기 정권을 장악한 노론계 사대부들에게 사상적·정치적 토대로 작용하였다. 이러한 일련의 맥락 속에서 화양동과 만동묘는 중화사상의 근원지로서의 상징성을 지니게 되었다. 화양동에 대한 여러 사적을 기록하는 데에 많은 노력을 기울였던 사실은 이를 증명하고 있다. 주지하다시피, 이 기록들에서는 명나라의 두 황제에 대한 감사, 효종에 북벌 의지에 대한 감개, 송시열에

대한 추앙이 공통적으로 드러나고 있다.

『화양로정기』와 화양동과 관련한 시문들을 비교하면 다음과 같은 특징이 포착된다.

우선 이 작품은 여타의 화양동 관련 시문과는 달리 효종과 선조에 대한 언급이 제한적이라는 점이 특기할 만하다. 주지하다시피, 읍궁암은 효종이 승하한 뒤에 송시열이 효종의 기일이 되면 이 너럭바위에서 통곡했다는 유래를 지닌 곳이다. 읍궁암을 찾는 이들은 이 고사를 떠올려 존왕양이의 의지를 드러낸 글을 남겼다. 『화양동지』에 실린 시 중에서도 이와 같은 맥락의 시를 찾아볼 수 있었다. 윤봉구, 「좌읍궁암」, 채지홍, 「읍궁암비」, 「화양행」, 강석하, 「만동사시」, 유명뢰, 「만동사시」 등이 그 예다.

그러나 앞서 인용한 글에서 보이는 바와 같이 작자가 읍궁암 너럭바위에서 지은 이 시에는 효종과 송시열의 인연이나, 북벌에 대해서는 일체 언급하지 않았다. 마찬가지로, 첨성대 각자에 대한 견문 부분에서 신종·의종과 송시열의 글씨에 대해서는 자세히 언급하고 있으나 선조의 어필인 "만절필동"에 대해서는 언급조차 하지 않았다. 만동묘가 '만동'이라는 이름을 가지게 된 유래에 대해 설명하는 부분에서도 선조의 어필에 대한 언급은 보이지 않는다. 의도적으로 누락한 것인지 아닌지에 대해서는 더 면밀한 검토가 필요하다.

한편, 이 작품이 경술국치 이듬해인 1911년에 창작된 작품이라는 점 또한 주목할 만하다. 시기적으로 국권이 상실된 상태임에도 불구하고 망국의 설움이나 비통함은 일체 보이지 않는다. 국권 상실기에 유학자들이 京鄕을 막론하고 적극적인 항일 정신을 표방하며 지사적 삶을 살았던 것과는 일정한 간극을 보이고 있다.

반면에 명나라 의종 황제의 최후는 매우 비감있게 묘사하였다. 의종은

李自成의 난으로 결국 궁에서 쫓겨 나와 만세산 수황정에서 최후를 맞이한다. 황후는 왕자들을 살려두어도 어찌할 도리가 없다하여 왕자들을 데리고 자결하였다. 의종도 먼저 죽으려다 공주를 살려두면 적에게 욕을 보게 될까 두려워 자신의 손으로 공주를 해하고 자신도 자결하였다. 『화양로정긔』에서는 이 과정을 자세히 기록하고 있다. 이 이야기를 듣던 어부와 객들은 자결로 최후를 맞은 의종의 이야기에 몰입하여 비슷한 정서적 반응을 표출하였다. 작자는 『시경』 왕풍의 <서리>편을 인용하며 이 부분을 정리하였다.

명나라의 멸망에 이렇게 깊이 비통한 심사를 드러낸 반면에 조선의 멸망에 대한 비감은 작품 전체를 살펴도 어떤 비유적인 표현조차 보이지 않는다. 노론계 학맥을 이은 최익현, 이항로, 유인석 등의 인물들이 무장투쟁으로 국권을 수호하려고 했던 점을 떠올렸을 때, 이는 매우 특징적인 면모라고 볼 수 있다. 존왕양이의 명분을 고수하고 있으면서도 당대에 처한 가장 절대적인 상황인 일제에 대해서는 어떤 언급도 하지 않고 있다.

실제로 1900년대 초기에 이와 같은 경향을 보인 사대부들이 다수 있는 것으로 파악된다. 안외순은 이들의 선택을 "'유교수호'를 위한 '탈국가'의 수구 은둔 노선"으로 분류하였다. 이들은 국가를 지키는 것보다는 유교를 지키는 것에 더 가치를 부여였으며, 무장 투쟁에는 가담하지 않았으나 조선의 성리학적 전통을 전승하는 길을 택한 것으로 파악하였다.[207] 심경호는 "방관적 지식인"이라는 용어를 사용하여 토착 지식인들의 경우, 자신의 지역 사회를 소재로 한 한시 창작을 즐겨하였으며 문집을 남기는 한편 인근 지식인들과 시사를 결성하며 정서적 공감을 이루었다고 하였다.[208]

---

207 안외순, 앞의 논문, 280쪽.
208 심경호(2009), 「근세 한시의 지향의식 분화」, 『한국시가연구』 26, 142-146쪽.

『화양로정긔』는 작자는 "탈국가적 은둔 유람" 혹은 "방관적" 태도를 견지
한 토착 지식인일 것으로 추정할 수 있다.

물론, 전체적인 맥락에서 살펴볼 때,『화양로정긔』역시 앞선 시대 나타
난 화양동 관련 시문과 마찬가지로 명나라 황제에 대한 감사와 송시열에
대한 추승이 주된 사상을 이루고 있다. 그러나 이 작품이 구한말에 창작된
작품이라는 시대적인 점을 고려한다면, 위에서 지적한 특징은 작자 의식
을 살피는 데에 중요하다고 본다.

2. 1920년대 이후 기행문에서 나타난 구곡의 정체성

1910년 일제의 강제 병합이 있기 전까지 수많은 신문과 잡지들이 생기
다가, 1910년 경술국치 후 일제는 무단통치를 통해 10년 동안 한국인 발행
의 신문은 일절 허용하지 않았다. 3·1운동 이후 일제의 통치방식이 문화
통치로 바뀌면서 『조선일보』(1920년 3월 5일), 『동아일보』(1920년 4월 1일), 『시
사신문』(1920년 4월 1일) 등 3개의 일간지와 『개벽』(1920년 6월), 『신생활』(1922
년), 『신천지』(1922년), 『조선지광』(1922년) 등의 잡지가 창간되었다.

한편 일제가 문화통치 방식을 사용하면서 관광은 일본의 식민지배 성과
를 보여주는 효과적인 수단으로 등장하였다. 조선의 지방 곳곳을 돌아다
니며 조선총독부의 식민지배가 조선의 근대적인 발전을 이끌었음을 스스
로 자각하도록 이끌었다.[209] 특히 1925년에 경성역이 완공되면서 철도를
이용한 접근성이 좋아지면서 여행은 여가를 즐기는 또 하나의 문화로 자

---

209 김경남(2013), 「1920년대 전반기 동아일보 소재 기행 담론과 기행문 연구」, 『韓民族語文
學』 63, 한민족어문학회, 254-257쪽.

리잡게 되었다. 이러한 변화로 인해 1920년대 기행문은 앞선 시대 한문학의 山水遊記 전통에서 벗어나 다양한 형태로 변화하였다.[210]

1) 1920년대 이후 기행문 목록 및 작가

이 시기 구곡을 탐방한 기행문도 신문에 실렸는데, 그 자료는 다음과 같다.

[표 9] 20세기 초 신문 수록 구곡 기행문 목록

번호	기사제목	저자	게재지명	발행일자
1	栗谷 高山石潭 九曲時調	-	동아일보	1926. 1. 14
2	지방소개 11. 녯일을말하는 名勝古蹟	-	조선일보	1927. 4. 15.
3	석담구곡 차저가서 상	안민세 (안재홍)	조선일보	1927. 7. 17.
	석담구곡 차저가서 중		조선일보	1927. 7. 18.
	석담구곡 차저가서 하 상		조선일보	1927. 7. 20.
	석담구곡 차저가서 하 중		조선일보	1927. 7. 21.
	석담구곡 차저가서 하 하		조선일보	1927. 7. 22.
4	금수강산 화양동 산천이 의구	청천 일 기자	동아일보	1928. 3. 21.
	금수강산 화양동 산천이 의구 2		동아일보	1928. 3. 22.
	금수강산 화양동 산천이 의구 3		동아일보	1928. 3. 23.
	금수강산 화양동 산천이 의구 4		동아일보	1928. 3. 24.
5	이율곡의 유적 위해 저수지 철거 운동	-	중앙일보	1931. 12. 28
6	栗谷先生高山九曲遺跡 翠野水組에 浸水破壞 郡守 三萬圓斡旋虛言 海州保存同盟組織 活動	-	동아일보	1932. 6. 27
7	남유기신 제일신	정인보	동아일보	1934. 7. 31.
	남유기신 제이신		동아일보	1934. 8. 1.

---

210 방유미(2022), 「1920년대 안재홍의 기행수필 연구」, 『우리文學硏究』 75, 291-319쪽.

번호	기사제목	저자	게재지명	발행일자
	남유기신 제삼신		동아일보	1934. 8. 2.
	남유기신 제사신		동아일보	1934. 8. 3.
	남유기신 제오신		동아일보	1934. 8. 4.
	남유기신 제육신		동아일보	1934. 8. 7.
	남유기신 제칠신		동아일보	1934. 8. 9.
8	해서기행1	박화성	조선일보	1935. 12. 3.
	해서기행2		조선일보	1935. 12. 5.
	해서기행3		조선일보	1935. 12. 7.
	해서기행4		조선일보	1935. 12. 10
	해서기행5		조선일보	1935. 12. 11.
	해서기행6		조선일보	1935. 12. 13.
	해서기행7		조선일보	1935. 12. 14.
	해서기행8		조선일보	1935. 12. 15.
	해서기행9		조선일보	1935. 12. 17.
9	송우암 한유한 화양동으로 유명 : 화양동	–	동아일보	1936. 7. 16.
10	氷郊閑筆4 : 石潭九曲	木春山人	매일신보	1938. 8. 24.

신문에 발표된 구곡 관련한 글은 1925년 이후 등장하기 시작하였다. 기행문에는 철도와 자동차를 이용해 구곡을 탐방한 여정이 상세히 드러나 있다. 지난 시대에 전국 곳곳에 산재되어 있는 많은 구곡 중에서도 '고산구곡(석담구곡)'과 '화양동'이 주된 탐승지로 주목받았다. 정인보, 안재홍, 박화성 등 언론인이나 기성 작가가 필진으로 등장하였고, 몇 차례의 연재 형태로 구곡이 소개되었다.

안재홍(1891~1965)은 일제강점기 국내 항일운동을 이끈 민족운동가이자 언론인이다. 광복 이후에는 정치가로 활동하였다.[211] 조선일보 주필 등을 역임하며 신문을 통해 정치, 역사, 문화, 사상 등 다양한 영역의 남긴 인물

---

211 위의 논문, 291~319쪽.

이다.[212] 안재홍의 호는 '民世'로 '민중의 세상'이라는 뜻을 담아 자신이 지은 것이라고 하며,[213] 이것을 필명으로 주로 사용하였다.

안재홍은 1910년부터 1935년까지 중국을 비롯해 조선 국토 전체를 아우르는 14회의 기행을 다니고 기행수필을 남겼는데, 1920년대에 가장 많은 수의 기행 자료를 남겼다. 특히 그 중에서도 1926년 영호남 기행수필과 1927년의 해서, 원산, 함흥, 문경, 상주 지역을 방문하고 쓴 기행수필을 연재하였다.[214]

안재홍은 유종면과 이경호를 비롯해 7명과 함께 1927년 7월 2일에 석담구곡에 방문하였다. 원래는 오전에 해주의 명소를 잠깐 둘러보고 서울로 돌아가려고 하였으나 유종면이 석담행을 준비하며 안재홍에게 함께 갈 것을 강력히 권하였기에 처음의 뜻을 바꾸어 동행하였다. 이 기행은 『조선일보』에 「석담구곡 차저가서」라는 제목으로 5회(1927. 7. 17. ~ 7. 22.)에 걸쳐 연재되었다.

정인보(1893~1950)는 일제강점기 조선학 운동을 통해 일제의 식민사관을 배척한 지식인으로 알려진 인물이다. 정인보는 조선학 운동의 이론적 배경을 제시하고, 자신이 체득한 조선 후기 전통 학문을 신학문의 체계로 풀어낸 인물로 평가받고 있다.[215] 이 시기는 그가 연희전문학교의 전임으로 있으면서 『동아일보』를 비롯한 여러 매체와 출판물에 국학방면의 글을 연재하던 시기로, 문인으로서 시조와 여행기, 각종의 한문산문을 짓던 시기이다.[216]

212 박용규(2009), 「1920년대 중반(1924~1927)의 신문과 민족운동 : 민족주의 좌파의 활동을 중심으로」, 『한국지역언론학회』 9(4), 언론과학연구, 279쪽.
213 김인식(2005), 『안재홍의 신국가건설운동』, 선인, 17쪽.
214 방유미(2022), 앞의 논문, 291-319쪽.
215 이남옥(2017), 「정인보의 학문 연원과 조선학 인식」, 『儒學研究』 38집, 213-240쪽.

정인보는 1934년 7월3일부터 9월 말까지 약 2개월간 충청도와 전라도 일대를 여행하였다. 그는 이때의 여행기를 『동아일보』에 「남유기신(南遊寄信)」이라는 제목으로 편지 형태로 총 43회 연재했다. 일행은 불교인 석전 박한영(石顚 朴漢永), 언론인 민세 안재홍(民世 安在鴻)과 한학자 윤석오(尹錫五)이었다.

박화성(朴花城, 1903~1988)은 강경애, 최정희, 백신애 등과 함께 카프문학의 영향권 아래에서 문학활동을 시작한 여성작가다.[217] 박화성은 1926년 숙명여고보 졸업 후 일본으로 건너가 니혼여대 영문학부에서 수학하면서 근우회 동경지회의 초대 의장으로 활동했다. 이후 1929년 3학년을 수료한 뒤 고향인 목포로 돌아와 소설 집필을 이어나간다. 1932년부터 본격적인 집필 활동을 했는데 이때 창작된 작품 대부분은 목포를 중심으로 한 농어촌의 궁핍한 현실을 그리고 있다.[218]

'旅行의 씨슨'이 지난 1935년 11월 하순에 박화성은 홀로 석담구곡 기행을 나섰다. 열차편으로 사리원을 거쳐 해주에 도착한 뒤 해주 시내의 시장, 선화당, 구세군 요양원, 용당포를 둘러본 뒤 하룻밤을 머물고 이튿날 자동차로 석담구곡을 찾았다.

---

216 김영(2012), 「겨레의 매운 향기, 위당 정인보」, 『인문과학연구』 17, 31-53쪽.

217 서여진(2021), 「신여성-사회주의자-여성 가장으로서의 작가 박화성」, 『현대소설연구』 82, 한국현대소설학회, 291-323쪽.

218 최창근(2012), 「박화성 소설 연구 : 1950~1960년대 소설의 담론적 실천을 중심으로」, 전남대학교 박사학위논문.

2) 구곡에 대한 인식

(1) 빼어난 풍광을 지닌 장소

20세기 초 구곡의 이미지로 우선 주목해야 하는 것은 앞선 시대와 마찬가지로 경치가 빼어난 장소라는 점이다. 16세기 이후부터 구곡을 '仙界'로 인식하는 풍토는 20세기에 들어서도 지속되었다. 대체로 구곡 문학에서 구곡은 구곡동문의 시작인 1곡부터 구곡 탐승이 종료되는 9곡까지 세상과 절연한 상태로서 수려한 자연 경관을 지닌 장소로 인식되었다.

다음은 1927년 7월 민세 안재홍이 석담구곡을 방문한 기행문이다.

차차 고개를 넘을수록 전답이 더욱 비옥하고 산용이 가지록 수려한데 붓 긋가티 쑤썻하고 나무가 다부룩하게 된 상봉을 바라보며 좁은 재를 넘어 가니 이곳은 즉 유명한 석담구곡으로서 深邃靈明한 기상이 저절로 현자에 居하든 짱인 것을 쌔닷게 한다.[219]

푸른 풀이 덥힌 사장의 우에 一座의 小亭이 잇스니 율곡선생 완상처로 후일 수축한 바이라 하며 편하야 瑤琴亭이라 하니 岩影潭心을 흘려보며 彈琴寓懷하든 양이 방불하게 생각된다. 엽흐로 일주 扁柏이 서리여 짱을 덥헛는데 수백년이나 묵엇슬들 십 수 보를 들어가 은병정사의 결구가 자못 간결한데 뷔여서 사람이 업다. 少頃에 일위노인이 鬚髮이 시엿는데 맨머리 에 宕巾을 둘러 씨고 緩步로 걸어오거늘 통하야 씨명을 물은대 묵묵하야 다언치 안는다. 이 노인은 선생의 후예로서 전 교리 李種臣 씨라 한다. 노인 의 지휘로 일개의 侔人이 나와서 高髻短褐로써 열쇠를 집고 後堂으로 인도

219 안재홍, 「석담구곡 차저가서(상)」, 『조선일보』, 1927. 7. 17.

한다. 중정에 들어서니 紹賢書院事績碑가 잇서 조각이 새로운 듯 일행은 연초를 내리며 脫帽脫靴하고 一座의 祠宇에 들어간다. 정면의 위판을 열으니 一軸의 진영이 나타나 飄飄한 氣像이 스스로 탈속한 바 잇다. 숙연히 起敬하면서 선생의 진영인가 하엿더니 회암 주희의 상이오 선생은 동벽에 立碑로써 陪하엿슬 쑨이다.[220]

안재홍 일행은 해주의 용당포를 둘러본 뒤 다시 시내로 나와 석담행 자동차를 타고 이동하였다. 자동차로 산을 넘으며 석담구곡에 가까워지면서 전답의 비옥함과 산 모양의 수려함을 보며 과연 현자가 거처하던 곳임을 깨닫게 되었다. 요금정(瑤琴亭)과 은병정사(隱屛精舍)을 둘러보고 곧이어 율곡의 후손인 이종신(李種臣)을 만나 그 도움으로 소현서원을 둘러보았다. 안재홍 일행은 율곡의 자취를 떠올리며 유적지를 숙연하고 경건한 마음으로 돌아보았다. 수백 년을 묵었을 편백나무, 자취가 끊어진 은병정사의 간결하면서도 적막한 분위기, 말이 많지 않은 이곳의 주인이자 율곡의 후손의 인품, 주희의 진영과 율곡의 입비(立碑) 등은 석담구곡의 고절한 이미지를 부각하고 있다.

다음은 화양동에서 제일 풍광이 좋기로 유명한 9곡 파곳에 대한 기술이다.

여기가 파곳이라는 곳입니다. 파곳이라는 일흠이 어찌된 것인지는 알 수 업습니다. 학소대를 바라보면서 개울갓 돌사다리를 얼마 지나 올라가면 개울물이 급히 나리질리며 그 우가 잘 보이지 아니하더니 다시 또 올라가니까 아랫 개울은 보이지 아니하고 흘러가는 물이 턱을 덮어 넘는 것만 보입

니다. 턱안은 넓습니다. 이 넓은 속은 반은 물이오 반은 돌인대 전통으로는 둥그스름하게 되고 둘레의 上半은 독전(甕 의 圍)같이 되엇으되 그 전더귀가 대개 두칭씩 둘러 넓게 나려오는 골몰이 이 둘레에 와서는 일제히 소리를 냅니다.

물레 속으로 들어오는 물들이 또 곰살거리울 리 잇겠습니까. 이 돌뿌리와 저 돌새로 굵은 여울 잔폭포가 이로 세일 수 없이 만코 턱 안으로 얼마쯤은 판 한 물이 잇으나 우아레가 모다 물소리라 판 한 것도 판 한 것으로 보기 어렵습니다. 소리 높은 곳마다 눈보라가 칩니다.

여기서 일어나 저기서 날리는 것과 어우러지는 어름은 부여케 일어나 안개 같습니다. 물 가운데 솟은 반석에 앉어 우로 아래로 쳐다보고 나려다보면 우로는 물오는 곳을 몰으겠습니다. 나라 쏟치는 것만 보이고 아래로는 물 가는 곳을 알 수 없습니다. 턱으로 넘는 것만이 보입니다.

파곳은 참으로 절경입니다. 안옥하기 방 속 같으나 시원하기 강호 같습니다. 땅버들, 철죽나무, 말채나무, 물푸레 물기스리 돌 사이로 두루 나서 키는 적을망정 물소리에 어울어저 너울거리고 빙 돌린 四山에는 樹林이 욱어저, 높으니 산인가 할 분이지 실상은 수림만이 보입니다. 玉水라니 이 물이 찬 玉水오 茂林, 幽谷이라니 이 골이 숲이야 참으로 茂林, 幽谷입니다.[221]

정인보가 1934년에 쓴 기행문 「남유기신」에 실린 부분이다. 화양동의 마지막 곡에 해당하는 파곳은 탁 트인 경관과 너럭바위가 만들어낸 풍경 때문에 무이구곡의 마지막 곡인 평천과 유사한 분위기를 자아낸다. 앞선 시기 화양동을 방문한 유람객들은 그 매력에 매료되어 찬사를 아끼지 않

았다. 정인보의 글에서 주목할 만한 점은 파곶의 절경과 물소리를 매우 심미적 접근을 통해 묘사하고 있다는 점이다.

그러나 빼어난 산수는 그저 유람처로 소개될 뿐, 그것을 철리적(哲理的)으로 이해하지는 않았다는 점을 주목할 필요가 있다. 앞선 시대에 구곡의 풍경에서 주자의 시구를 떠올리거나 입도차제(入道次第)를 말하던 것과는 상반되는 태도이다.

(2) 주체성 결여의 치욕의 장소

이 시기 구곡에 대한 인식에서 주목할 만한 특징은 존주론적 세계관을 부정하고 있다는 점이다. 특히 화양동의 경우 명나라에 대한 의리론을 표방하고 있는 '만동묘'에 대한 인식에 큰 변화가 생겼다는 점이다.

다음은 1928년에 청천의 한 기자가 작성한 기행문이다.

구병한 것을 감사히 생각한다면 일시 감사의 의를 표할 뿐이지 천추만세나 불망할 것이 무엇일가 생각이 나면 나는 대로 불쾌할 뿐이라 경치나 다시 보기로 하자.

(…중략…)

암서재 미테는 금사담이 잇고 그 옆 반석에 화양수석 대명건곤이라는 팔자의 채각을 볼 수 잇나니 화양이란 화자도 불쾌하려니와 대명건곤이란 더욱이 자립성이 부족하다는 엇던 의미를 표시하는 것갓다. 어째서 무엇 째문에 대명건곤이라고 증명하얏슬가?

그러고 암서재에서 동편으로 보이는 곳에 창오운단 무이산공이라는 글句가 잇다. 이것도 쏘한 송나라 주자를 모방하야 쓴 글이라고 본다면 쏘한 불쾌하야 더 볼 재미가 업서진다. 남은 경치나 다시 찾기로 하고 걸음을 옴기어 동쪽으로 동쪽으로 물을 쌓하 올라가는 길에 북산에 초가가 보이는 것이 煩章寺이다. 보고 십흔 마음도 업고 볼 것도 업슬 것 가틈으로 그냥 지내버렷다.[222]

구병은 명나라 신종이 조선의 임진왜란을 돕기 위해 병사를 보낸 일을 가리킨다. 화양동에 만동묘를 세워 명나라 신종, 의종의 향사를 지낸 까닭은 바로 이 일에서 비롯된다. 명청 교체기에 명나라가 조선을 돕기 위해 병사를 보냈다가 정작 그 여파로 자국은 청나라로부터 침공을 당해 멸망하고 말았다는 것 때문에 대명의리론이 일게 된 것이다.

이에 대해 한때에 감사를 표하면 될 뿐이지, 두고두고 잊지 말아야 할 까닭은 없다는 것이다. 또 중국을 뜻하는 '華'자를 사용하며 이 화양동이 곧 '명나라의 하늘과 땅'이라는 뜻의 '대명건곤'이라는 글자를 보며 자립성이 없는 판단이라 여겨 불쾌감을 뚜렷이 드러냈다. 그 불쾌감은 만동묘에서 그치지 않고 구곡의 원류인 주희를 숭상하는 것에까지 이어졌다. 그 때문에 '볼 재미'가 없어져 유람을 그만두었다.

정인보의 「남유기신」에서도 이러한 인식이 드러난다.

화양일동은 우암 이후 幾多名人의 노력을 싸하 거의 明土化한 곳이라 석각한 것은 신종 의종의 필적이오 족자한 것은 신종 생모의 觀音 相像이오 跋文, 詠詩 어느 것이나 다 明朝에 향한 血誠이니 이 암자에서 보관하는 문헌만 하야도 적지 아니합니다. 庵主의 내여놓는 古紙 뭉치를 灯下에 둘려 가면서 보고 여기가 과연 어딘가 이상스런 생각이 나더니 덮어치우고 각기

---

222 청천 일기자, 「금수강산 화양동 산천이 의구3」, 『동아일보』, 1928. 3. 23.

누어 잠을 청할랴 할 제 風磬소리 가깝게 들리면 물소리도 가깝고 풍경
소리 멀어지면 물소리 또한 번멀어지더니 풍경은 한참 소리가 없고 물소리
만 그윽히 들리는데 물의 曲折이 소리를 따라 보이는 것 같습니다! 여보
민세 "조치 안소" "그래도 수석은 우리 수석이구려" 그러다가 무슨 마음이
던지 "우리 수석" 또한 번을 뇌고 피차 말이 끈젓는데 石顚老師는 발서
코곤지 오랩니다.[223]

정인보는 이 화양동 일대를 '明土化한 곳'이라고 말했다. 신종과 의종의
필적을 바위에 새기고 관련 문헌을 보관하는 것을 '명조를 향한 血誠'이라
평했다. 암서재 주인이 정인보 일행에게 화양동 관련 문헌을 보여주었으
나 정인보는 이를 달갑게 여기지 않았다. 오히려 '여기가 과연 어딘가 이상
스런 생각'이 나서 문서들을 치우고 잠을 청하는 모습을 통해 명토화된
화양동이 못내 탐탁지 않은 심사를 불러일으켰음을 알 수 있다. 그러면서
동행한 민세 안재홍에게 그래도 수석은 우리 수석이라는 말을 건넴으로
써 대명의리론으로 점철된 화양동 구곡에서의 불쾌함을 에둘러 표현하고
있다.

존주론적 세계관에 대한 비판적 시선은 고산구곡을 방문한 기행문에서
도 포착된다.

나는 수양산 중턱에 올나가 백세청풍이라고 대서특각한 백이숙제의 비
석을 보앗습니다. 내 이제 새삼스럽게 우리 선조의 큰 根性이 되여잇는
사대주의를 비난할 정성스러운 시간은 가지지 못하엿스나 이 큰 돌비가
수양산의 수려한 자태를 범하고 잇는 것을 바라볼 때 가슴에서 치미는 鬱憤

---

223 정인보, 「남유기신 제4신」, 『동아일보』, 1934. 8. 3.

을 구태여 가라안치어 버리기도 실헛습니다.

대체 주나라 고죽군의 두 아들 백이와 숙제가 우리의 단군족과 무슨 혈연이 잇기에, 또한 중국 산서성 永齊縣城에 잇는 雷首山이라는 그 수양산이 우리 해주의 이 수양산과 어떠한 산맥의 통함이 잇기에 수양의 이 가는 허리에다 이 우악스러운 큰 돌맹이를 채워노핫슬까요?

은나라의 舊臣인 백이와 숙제가 조국이 망하엿다고 주나라의 米粟을 차던지고 수양산에 드러가서 고사리를 먹다가 드디어 餓死하엿다는 사실을 통쾌하게 비우슨 성삼문의 "고사리는 주나라의 풀이 아니더냐"라고 한 말귀를 생각해보면서 삼천여 년 전의 이러낫든 묵은 사실이 바로 어제의 일이런듯 새로운 기억을 아르켜주는 백세청풍 네 글자를 나는 물그럼이 바라보앗습니다.

올습니다. 이것은 분명이 이 두사람의 청절을 본바드려는 우리 선조의 특색임에 틀림업습니다. 그러나 이러한 不斷의 修養을 사앗슴에도 불구하고 또한 그러한 機會가 잇섯슴에도 불구하고 우리 선조 중에서 일즉 백이숙제의 그 행동을 본바다 그러한 죽엄을 하엿단 소문을 나는 들어 본 일이 업는가 합니다.[224]

이 글은 박화성의 「해서기행」 2편에 실린 글이다. 해주 시내에서 고산구곡으로 향하며 수양산 산자락을 돌아 들어가는 여정이었다. 박화성이 수양산 입구에서 본 "百世淸風"은 백이 숙제의 청절이 영원히 이어지기를 바라는 염원을 담은 글귀다. 중국의 산서성 수양산에는 백이 숙제의 삶을 기리는 사당인 이제묘(夷齊廟), 청성묘(淸聖廟)가 있고 그 앞에 주자의 필적으로 '백세청풍' 비석이 있다. 해주의 수양산은 중국의 그것과 이름이 같다

---

224 박화성, 「해서기행 2」, 『조선일보』, 1935. 12. 5.

하여 중국 본토에 있는 청성묘와 백세청풍비를 그대로 모방하여 재현하였
다. 그 뒤 황해도 관찰사 이언경이 주자의 글씨인 '백세청풍'의 글자를
얻어와 돌에 새긴 뒤 청성묘 사당 뜰에 세워놓았다.

박화성은 산 이름이 같다는 이유로 아무런 연관이 없는 타국의 충신인
백이 숙제를 이곳에서 숭배하는 일을 '사대주의'로 규정하였다. '백세청
풍'을 새긴 비석이 수양산의 수려한 자태를 훼손하고 있기에 가슴에서
울분이 치밀어 오른다고 하였다. 이어서 "수양의 이 가는 허리에다 이 우
악스러운 큰 돌맹이를 채워" 놓았느냐며 비난한다.

존주론, 대명의리론 등의 주자학적인 세계관의 이념 세계를 실경에 구
현해 놓은 것이 곧 구곡이다. 그런데, 1920년대 후반의 기행문에서는 앞선
시대의 주자학적인 질서를 구현한 구곡의 장소성을 직설적이고 노골적으
로 비난하기에 이르렀다. 사대주의로 규정함은 물론 우리의 국토에 해묵
은 명나라와의 의리를 거론하는 것을 '이상하다' 혹은 '불쾌하다' 등의
감정을 표출하며 부정하고 있다. 이러한 특징은 앞선 시기 <화양로정긔>
와도 다른 점이다.

(3) 식민 치하의 일상적인 장소

1920년대 구곡 기행문에는 당시 식민 치하의 일상 공간이 자연스럽게
녹아들어 있다. 그 변화는 구곡 경내에서도 벌어지고 있었다. 1929년 10월
에 황해도에서는 취야수리조합(翠野水利組合)이 설립인가를 받았다. 산미증
산정책에 따라 조선의 각 지역에 수리조합이 다투어 설치되었고 해주 지
역도 예외가 되지는 않았다. 해주군의 가좌(茄佐), 고산(高山), 석동(席洞) 등
3개 면에 걸쳐 취야수리조합이 대규모 저수지를 축조함에 따라 고산면의

원평, 석담, 토현리 등이 저수 구역에 편입되기에 이르렀다. 석담구곡이 수몰되기에 앞서 문중을 중심으로 적극 반대를 하였으나 관철되지 않았다.

1931년 12월에 율곡의 유적지를 보존하기 위해 전 조선 유림 차원에서 저수지 철거운동을 벌였다.[225] 그러나 1곡, 2곡은 침수구역에 편입되어 1932년 당시에도 이미 파괴된 상태였고 그 나머지 7개곡도 저수지가 되고 말았다고 한다. 해주군수 등이 나서서 문중에 보상금을 주는 선에서 문제를 해결하고자 했으나 수리조합 측에서 이 보상금마저 일부만 지급하였다. 이에 문중과 유림이 함께 모여 고산구곡보존동맹을 조직하여 활동하였다.[226]

1935년 박화성이 석담구곡에 방문했을 때의 상황은 다음과 같다.

> 自動車 창박그로 三曲 翠屏의 그림가티 고흔 姿態와 더 멀니 아득하게 보이는 – 이제는 水利組合의 貯水池에 완전히 그 몸을 잠겨버린 – 一曲 冠巖과 二曲 花巖의 자회를 바라보면서 栗谷의 九曲詩 中 가장 내가 조하하는 二曲詩를 늙어 하직을 하엿습니다.[227]

박화성은 구곡의 유람을 끝내고 다시 서울로 돌아오는 길에 수리조합의 저수지에 완전히 몸이 잠긴 1곡과 2곡을 회상하며 율곡의 2곡을 기행문에 실었다. 이듬해인 1936년 4월 20일자『조선중앙일보』에는 '봄 맞는 석담구곡'의 풍경을 사진으로 실어 전하였다.

---

225 「이율곡의 유적 위해 저수지 철거운동」,『중앙일보』, 1931. 12. 28.
226 「栗谷先生高山九曲遺跡 翠野水組에 浸水破壞 郡守 三萬圓斡旋虛言 海州保存同盟組織活動」,『동아일보』, 1932. 6. 27.
227 박화성, 「해서기행9」,『조선일보』, 1935. 12. 17.

◇━曲九潭石은맛봄━◇
┉●┉影撮局支野翠┉●┉ 勝 名 州 海

[그림 26] 『조선중앙일보』 1936. 4. 20.

물류가 활발하게 유통되던 해주와는 달리 화양동은 변화가 늦게 시작된 듯하다.

무릉도원을 兩岸에 두고 中間으로 흘러가는 것은 玄川이니 俗離山 天皇峯에 發源하야 이곳에 작은 江이 되고 華陽川과 합류하야 한강의 상류가 되는 것이다. 이 玄川에는 아즉도 교량이 업고 木船을 상설하야 來人去客에게 임금을 밧고 잇다. 만일 船價를 내지 못하게 되는 □産者이면 구 어찌할고? 하는 □想을 할 째에 土木當局者의 周到치 못한 計劃을 엿볼 수 잇다

할 것이다.

　이 목선은 지금으로부터 오륙년 전 朴重陽 道知事가 齋藤總督을 이곳에 시찰시키기 위하야 설비한 후 금일에 至한 것으로 화양동민은 春秋牟穀을 거두어 주고 行客에게는 임금을 밧게 된 것이라 한다. 이 만한 금전을 들이어 목선을 설비함보다는 교량을 가설하얏스면 일반의 편의가 더욱 조흘 것 같다. 이 문제만을 가지고 길게 論及할 시간이 업는 고로 화양동 입구를 바라보고 발길을 움즉이엇다.[228]

화양동으로 들어가기 위해 건너야 하는 현천에 당시까지도 교량 대신에 목선을 이용할 수밖에 없음을 이야기하고 있다. 그나마 운영되고 있는 목선도 5, 6년 전에 도지사와 총독이 화양동을 시찰하기 위해 마련한 것이라고 한다. 이왕 금전을 들여 준비하는 것이라면 왕래객들이 계속 이용 요금을 지불해야 하는 목선보다는 교량 가설이 필요함을 주장하고 있다. 이를 통해 토목 당국자들의 근시안적인 행정 처리 방식을 비판하고 있다.

　들어서니 괴괴합니다. 절은 절이다만 과연 공림사인가 한참 만에 주지가 오더니 등불이 나오고 밥상이 나왓습니다. 자라고 누우니 산등 넘던 일은 감아득한대 화양동 '초당'이 한동안 눈에 선합니다.

　우암화상 감실도 허술하거니와 족자 둘레가 군대군대 상하엿고 유물로 전하는 목침 책상, 지팽이 되는대로 한 구석에 그루 박히고 학계에 진품이 될 만한 혼천의 황적도 두 테를 끼운 채로 반 넘어 부서진 것은 말도 말고 한 구석에 막 싸힌 금석탁본들이 손을 대일 수 없이 삭은 것도 참으로 아깝습니다.[229]

---

228 청천 일기자, 「금수강산 화양동 산천이 의구1」, 『동아일보』, 1928. 3. 21.

화양동과 송시열 관련 유물이 있는 공림사의 퇴락한 모습을 기록한 부분이다. 학계의 진품이 될 만한 혼천의 황적을 비롯해 금석 탁본 자료 등은 제대로 보존되지 못한 채 방 한구석에 방치되고 있었다.

1920년대 신문에 연재된 기행문을 살펴본 결과, 구곡은 다음과 같은 정체성을 지닌 장소로 형상화되어 있었다. 첫째, 앞선 시대와 마찬가지로 경치가 빼어난 장소로 그려져 있었다. 세상과 절연한 상태로 수려한 자연 경관을 지닌 장소로 인식되었다. 그러나 이때의 산수자연은 그저 풍광이 아름다운 유람처일 뿐 풍경을 통해 철학적인 함의를 내포한 상태는 아니었다. 둘째, 주자학적 세계관을 사대주의로 여겨 비난하며, 구곡을 낡은 이데올로기를 표상한 치욕의 공간으로 이해하고 있다는 점이다. 셋째, 구곡 주변의 식민 치하의 일상 공간이 기행문에 삽입되며 구곡이라는 장소가 지닌 독점적 권위가 허물어지는 특징을 보인다.

결국 구곡이 사대주의라는 비판을 직면하게 된 시점은 1920년대 후반부터이다. 그것이 일제의 식민사관에서 비롯된 것인지, 내부의 '조선학'에 대한 열의에서 시작된 것인지에 대해서는 더 상론할 필요가 있겠다. 그러나 대명의리론, 존주론 등의 주자학적 세계관이 더 이상 유용한 가치관이 아니라는 점만큼은 필진인 언론인이나 그 기행문을 읽은 독자 대중 모두에게 공통적인 받아들여진 것으로 보인다.

---

229 정인보, 「남유기신 제7신」, 『동아일보』, 1934. 8. 9.

VI. 나오며

　구곡의 원류인 중국보다 이 땅에 구곡이 훨씬 많이 존재한다. 풍광이 좋은 물굽이마다 '구곡'이라는 명칭이 붙어 있다 해도 과언이 아니다. 특히 구곡을 경영하거나 구곡을 탐방하는 것은 일종의 문화적 현상이 될 만큼 조선 후기 문인 학자들에게 중요한 장소로 인식되었다.

　경관 좋은 물굽이 9개 지점을 선정하여 이름을 가려 뽑아 命名하는 것은 물론이요, 그 이름을 바위 등에 새기며 적극적으로 구곡을 향유하고자 하였다. 뿐만 아니라 구곡에 대한 시를 짓고 기문을 쓰면서 그 과정을 기록하였다. 재력이 뒷받침되는 이들은 화공을 불러 자신의 구곡을 그림으로 담아 장첩하기도 했다. 구곡의 향유는 문학 창작과 비평, 그림, 애각, 건축과 조경에 이르기까지 큰 문화적 유산을 남기며 활발히 꽃피웠다.

　조선 후기 문인 학자들은 왜 이 땅에 구곡을 재현하는 데 몰두하였는가? 다양한 문화적 성과를 남기게 된 원인은 무엇인가? 누가 혹은 어떤 세력들이 주도하였을까? 그리고 그 많은 구곡들은 일정한 경향이나 패턴이 존재할까? 주자의 「무이도가」와는 어떤 공통점과 차이점이 있을까? 본 연구는 이러한 질문에서 비롯되었다.

　이 궁금증을 해결하기 위해 문학이 탄생한 토대인 '구곡'이라는 장소에 주목하였다. '구곡'이라는 '장소'가 지닌 정체성은 무엇이며, 그 정체성은 어떻게 형성되었는가, 그리고 '구곡'의 정체성은 어떤 양상으로 변화하여 지금에 이르렀는가를 밝히기 위해 인문지리학자들이 정립한 장소성 이론을 원용하였다.

이푸-투안과 E. 렐프는 우선 '공간'과 '장소'를 구별하였다. 별다른 의미를 지니지 않은 채 물리적 경관만 존재하는 곳을 '공간'으로 설정하고, 그와 다르게 특별한 의미로 가득 찬 곳을 '장소'라 지칭하였다. 인간은 자신만의 '장소'를 가지며 비로소 스스로가 이 세계에 온전히 자신의 존재를 '뿌리내리'고 있다고 느끼며 살아간다고 주장하였다. 어떤 공간을 장소로 인식하기 위해서는 물리적 환경과 더불어 경험(활동)과 의미 부여가 동시에 수반되어야 한다고 설명한다. 개인이 느끼는 장소감(sense of place)은 일정 동류 집단과 공유하는 단계(장소 정신, spirit of place)에 이르기도 하며, 더욱 확대되어 집단을 같이하지 않는 사람들에게도 보편적으로 인식되는 장소의 정체성이 만들어지면 비로소 장소성(placeness)이 탄생한다.

주자에게 무이구곡은 자신만의 특별한 의미로 가득 찬 '장소'였을 것이다. 여기서 비롯하여 '學朱子'를 가치 지향으로 삼았던 조선의 문인 학자들은 시작점도 종착점도 불분명한 상태에서 구불구불 흘러가는 물굽이를 9개의 지점으로 나누어 '구곡'이라는 특별한 장소로 인식하였다. 그리고 그 9개의 물굽이가 자신의 땅은 아니었지만, 익숙한 시어를 가려 뽑아 '命名'함으로써 구곡을 '경영'하였다. 이들의 詩文에는 물리적 환경은 물론, 그곳에서의 경험과 의미가 그대로 표출되었다.

명청 교체기에 해당하던 17세기에 대내적으로는 예송논쟁과 그로 인한 사화가 거듭되었다. 그때마다 조선의 문인 학자들은 전통적인 유학자의 출처관에 따라 출사와 은거를 반복하였다. 조정에서 부를 때는 나아가 출사하고 내침을 당하였을 때는 낙향하여 은거와 강학을 주로 하였다. 구곡은 유학자가 정계에서 물러났을 때, 내면을 수양하는 데 중요한 장소였다.

조선 땅 곳곳에 '구곡'이 성행하게 된 데에는 이황, 이이 두 거두의 역할이 지대하였다. 성리학자들인 그들은 주자의 무이구곡은 조선화하여 그들만의 구곡시를 한글로 남겼다. 익숙한 「도산십이곡」과 「고산구곡가」가 그것이다. 후대 문인 학자들은 자신의 정치적 지향에 따라 주자의 「무이도가」에 대한 인식은 물론 구곡을 향유하는 형태에 차이가 있었다. 남인 계열은 「무이도가」를 자연에 대한 완상 차원에서 인식하는 경향을 보였으나 서인 계열은 「무이도가」를 道에 들어가는 순서, 즉 '入道次第'로 인식하였다.

구곡 경영에 있어서도 차이가 드러났다. 남인 계열은 이황의 도산십이곡 이외에 여타의 구곡은 개인화하는 경향을 보였다. 서인 특히 노론 계열의 문인학자들은 주자의 무이구곡에서 이이의 고산구곡으로, 여기서 다시 자신들의 구곡으로 도맥이 연결되고 있음을 강조하였다.

시 창작 방식에서도 차이가 있었다. 남인 계열은 비교적 자유로운 형식으로 시 창작에 임했으나, 서인 노론 계열은 대체로 서시를 포함한 10수의 연작시 형태의 시를 고수하였다. 이이의 「고산구곡가」를 「무이도가」 운에 맞추어 漢譯하는 과정은 이들이 주자의 「무이도가」를 전범으로 삼아 그 규칙을 지키고자 했음을 파악하게 한다.

이 책에서는 뚜렷한 경향성을 보이는 서인 노론계열 문인 학자들이 경영한 구곡을 중심으로 논의를 전개하였다. 이이의 고산구곡, 김수증의 곡운구곡, 송시열의 화양동(화양구곡), 화서학파의 옥계구곡이 그것이다. 주자의 무이구곡이 그랬듯이 계곡의 하류를 1곡으로 시작하여 상류인 9곡에서 마무리되는 형태로 구곡을 설정하였다.

이들은 주자의 「무이도가」를 입도차제로 인식한 것과 마찬가지로, 자신의 구곡 시에서도 1곡부터 9곡에 이르는 과정을 입도차제로 묘사하였다. 次韻이라는 작시 방법을 택함으로써 「무이도가」의 심상을 계승하고 있으면서도 각각의 구곡마다 특징적인 면모를 지니고 있다.

장동 김문의 곡운구곡시는 '구곡'이라는 자연 경물 그 자체에 집중되어 있음을 알 수 있다. 기사환국이라는 정치적 시련으로 가족을 잃은 뒤, 시짓기를 전폐하고 애도의 시간을 가졌던 이들 장동 김문 일가는 김수증을라는 구심점으로 다시 모였다. 복권된 이후에 지은 일련의 곡운구곡시에는 정치적 희생에 대한 감정적 동요나 사상적 지향점에 대한 언급은 일체 배제되어 있다. 철저하게 곡운구곡의 경관에 그 자체에 집중함으로써 주자가 「무이도가」를 통해 이야기하고자 했던 '입도차제'를 구현하고자 한 것으로 보인다.

화양구곡은 송시열이 생시에 거처하던 '화양동'을 송시열 사후에 제자 권상하가 '화양구곡'으로 정비를 한 곳이기도 하다. 화양구곡의 구곡시의 경우, 자연 경물을 주자학적 질서가 있는 '순정한 구역'이라는 의미를 받아들이는 것을 넘어 정치적·사상적 이념화가 시도되었다. 대명의리론과 효종의 북벌을 상징하는 유적과 고사가 중첩되면서 大老 송시열의 이념 지향이 극명하게 표현되었다.

화서학파 인물들이 주축이 되었던 옥계구곡시도 특징적인 면모가 드러난다. 화서학파의 인물들은 병자척사운동의 실패를 계기로 조종천 부근으로 집단 이주를 하였다. 이들은 존주론적 세계관이 위협을 받는 시대적 상황 속에서 구곡 경영을 통해 무너져 가고 있는 존주론적 질서를 유지하고자 하였다. 그들은 구곡시를 통해 대외적으로는 주자-이이-송시열로 이어진 학맥을 계승하고 있음을 표방하면서 대내적으로는 '潔身自靖'의 자세를 다짐하였다.

구곡에 대한 이러한 인식은 대체로 1910년대까지 지속된 것으로 보인다. 그러던 것이 일제의 문화통치 이후인 1920년대 중반부터는 구곡에 대한 인식에 변화가 포착된다. 일제가 식민 통치의 성과를 드러내기 위해 철도의 개통과 더불어 여행을 장려하는 분위기 속에서 여행이 보편화되었다. 이 시기 신문에 연재된 기행문에 따르면, 구곡은 앞선 시대와 마찬가지로 여전히 경치가 빼어난 장소로 묘사되었다. 그러나 앞선 시대의 경우와 같이 풍경을 통해 철학적인 함의를 내포한 상태는 아니었다. 이들은 주자학적 세계관을 사대주의로 여겨 비난하며, 구곡을 낡은 이데올로기를 표상한 치욕의 공간으로 이해하고 있다는 점이 특기할 만하다.

현재 구곡의 정체성은 무엇인가?

앞선 시대의 이데올로기가 잊혀진 채 그저 평범한 여름철 관광지다. 성현의 글씨 옆에 다녀간 이의 이름이 낙서처럼 쓰여있기도 하고 유적지 바로 앞까지 피서객들을 위한 천막이 쳐지기도 하였다. 혹은 지자체에서 구곡을 널리 알리기 위한 열의에 출렁다리를 놓아 관람을 유도하기도 한다. 그렇다고 해도 이전 시대의 구곡이 지녔던 권위나 위상이 복원되기는 어려워 보인다.

구곡의 정체성이 변화한 것은 구곡을 지탱하고 있는 가치관이 변화한 것에서 원인을 찾을 수 있으며, 이것은 세계관의 변화에 따른 자연스러운 귀결이다. 수많은 문화적 유산을 이해하기 위해 조선 후기의 '구곡'을 통해 구현하고자 했던 그들의 열의는 면밀히 살필 필요가 있다고 본다.

참고문헌

1. 자료

權尙夏, 『寒水齋集』, 한국문집총간 150, 민족문화추진회.

權震應, 『산수헌선생유고』, 국립중앙도서관 소장본.

金允植, 『운양집』.

기대승, 민족문화추진회 역, 국역 『高峯先生文集』.

김상정, 『석당유고』, 국립중앙도서관 소장본.

김수증, 『곡운집』, 1978년 영인본.

김수증, 『곡운집』, 한국문집총간 125, 민족문화추진회.

김수항, 국역 『文谷集』.

김수항, 『文谷集』, 한국문집총간 133, 민족문화추진회.

김창업, 『老稼齋集』, 민족문화추진회, 1996.

金昌緝, 『圃陰集』, 한국문집총간, 민족문화추진회.

김창협, 『국역 농암집』, 민족문화추진회, 2002~2005.

김창흡, 『三淵集』, 한국문집총간 165·166·167, 민족문화추진회.

김평묵, 『중암집』.

柳麟錫, 『毅菴集』.

성해응 편, 충북대학교 우암연구소 역, 『역주 화양동지』, 충북대학교 출판부, 2009.

成海應, 『硏經齋全集』, 한국문집총간 274, 민족문화추진회.

成海應, 『華陽洞志』, 『硏經齋全集』.

성혼, 국역 『우계집』.

宋達洙, 『守宗齋集』.

송시열, 민족문화추진회 역, 『국역 송자대전』, 민족문화추진회.

송주상 편, 한석수 외 역(2007), 『역주 화양지』, 도서출판 한솔, 2007.

宋周相 編, 宋達洙 補, 『華陽志』, 1861(철종12년), 목활자본, 국립중앙도서관 소장.

유인석, 의암학회 역, 『국역 의암집』, 도서출판 책, 2006.

유중교, 『성재집』.

이상정, 『대산집』.

李珥, 『栗谷全書』 Ⅰ·Ⅱ.

이현일, 『葛庵先生文集』(『한국문집총간 128』).

이황, 『退溪先生文集』.

정경세, 『우복집』.

정구, 민족문화추진회 역, 국역 『한강집』.

정조, 국역 『弘齋全書』, 민족문화추진회.

조익, 『浦渚先生集』, 한국문집총간, 민족문화추진회.

주희, 『주자대전』.

洪敬謨, 『冠巖全書』.

『九曲誌』.

『濂洛風雅』.

『文公朱先生感興詩』.

『宣祖實錄』.

『승정원일기』.

『聯珠詩格』.

『영조실록』.

『정조실록』.

『尊周彙編』.

『朱文公先生齋居感興詩諸家註解集覽』.

『화양로경기』, 규장각한국학연구소 소장 자료, 가람古 915.17-H99.

『武夷志』.

董天工 編(2000), 『武夷山志』, (『中國道觀志叢刊』 권 33-35), 南京 : 江蘇古籍出版社.

2. 저서

고연희(2007), 『조선시대 산수화, 아름다운 필묵의 정신사』, 돌베개.

국립청주박물관 편(2007), 『우암 송시열』, 통천문화사.

김양식·우경섭(2007), 『尤菴 宋時烈과 華陽洞』, 충북대학교 우암연구소.

김학수(2005), 『끝내 세상에 고개를 숙이지 않는다』, 심우반.

노베르그 슐츠, 김광현 역(2002), 『실존, 공간, 건축』, 태림문화사.

미우라 쿠니오, 강영식·이승연 역(1996), 『人間 朱子』, 창작과비평사.

안대회(1999), 『18세기 한국한시사 연구』, 소명출판.

에드워드 렐프, 김덕현·김현주·심승희 역(2005), 『장소와 장소상실』, 논형.

오영섭(1999), 『화서학파의 사상과 민족운동』, 국학자료원.

이민홍(2000), 개정판 『조선조 시가의 이념과 미의식』, 성균관대학교 출판부.

이-푸 투안, 구동회·심승희 역(1995), 『공간과 장소』, 도서출판 대윤.

3. 논문

姜大德·백성미(2012), 「華西李恒老의 敎育觀과 華西學派의 九曲經營」, 『화서학논총』 5, 147-188쪽.

권오영(2008), 「화서 이항로의 위정척사이념과 그 전승양상」, 『화서학논총』 3, 190-230쪽.

琴章泰(2000), 「退溪·南冥·栗谷과 선비意識의 세 유형」, 『退溪學報』105집, 退溪學硏究院, 7-35쪽.

김근호(2009), 「화서학파의 형성과정과 사상적 특징」, 『국학연구』 15, 187-208쪽.

金文基(1991), 「九曲歌系 詩歌의 系譜와 展開樣相」, 『국어교육연구』 23.

김상일(2001), 「栗谷 李珥의 禪 체험과 그 시세계」, 『한국문학연구』 24권, 동국대학교 한국문학연구소, 233-251쪽.

金恒洙(2001), 「朱子性理學과 朱子遺蹟」, 『韓國思想과 文化』 12, 175-176쪽.

김혜숙(2003), 「栗谷 詩의 道 吟詠 방식과 心狀·美感」, 『고전문학연구』 24집.

노재현(2009), 「구곡원림의 원류. 중국 武夷九曲의 텍스트성」, 『韓國造景學會誌』 36, 66-80쪽.

박민영(1999), 「화서학파의 형성과 위정척사운동」, 『한국근현대사연구』 10집, 37-70쪽.

邊成圭(1999), 「隱逸개념의 형성에 관하여」, 『中國文學』 32권, 韓國中國語文學會, 81-92쪽.

송준호(1992), 「위정척사파시의 사상적 특질-의암 유인석의 시를 중심으로」, 『한국문학연구』 14.

沈慶昊(1994), 「朱子『齋居感興詩』와 『武夷櫂歌』의 조선판본」, 『서지학보』 14, 25-33쪽.

심경호(2009), 「근세 한시의 지향의식 분화」, 『한국시가연구』, 26, 142-146.

안외순(2009), 「식민지적 근대문명에 대한 한국 유교의 분기와 이념적 지형」, 『동방학』 17, 279-310쪽.

유준영(1980), 「谷雲九曲圖를 중심으로 본 17세기 實景圖發展의 일례」, 『정신문화』 8, 한국정신문화연구소, 38-46쪽.

유준영(1981), 「실경산수의 연원으로서 구곡도」, 『계간미술』 19, 중앙일보사.

윤진영(1998), 「조선시대 구곡도의 수용과 전개」, 『미술사학연구』, 217·218, 61-91쪽.

윤진영(2011), 「화양구곡의 현양과 상징 ; 화양구곡도」, 『화양서원과 만동묘』, 국립청주박물관, 166-179쪽.

이강화(1996), 「문답체 산문의 서술자 개입 양상과 서사화」, 『한국한문학연구』 19, 441-475쪽.

이민홍(1982), 「<武夷櫂歌> 수용을 통해 본 士林派文學의 一樣相」, 『韓國漢文學硏究』 6, 25-44쪽.

이상균(2015), 「조선시대 士大夫의 山水遊觀과 九曲遊覽」, 『영남학』, 27, 경북대학교 영남문화연구원, 369-400쪽.

이상원(2003), 「조선후기 <고산구곡가>의 수용양상과 그 의미, 『고전문학연구』 24, 한국고전문학회, 31-57쪽.

이상원(2007), 「19세기 말 화서학파의 「고산구곡가」 수용과 그 의미」, 『時調學論叢』 27,

107-142쪽.

李相周(1999), 「九曲詩의 伝統과 華陽九曲詩」, 『교육과학연구』 13, 75-98쪽.

이석환·황기원(1997), 「장소와 장소성의 다의적 개념에 관한 연구」, 『국토계획』 32, 169-184 쪽.

이완우(2007), 「화양동과 우암 사적」, 『장서각』 18, 89-162쪽.

이은창(1998), 「한국유가 전통원림의 연구」, 『한국전통문화연구』 4, 298-304쪽.

이효숙(2010), 「조선시대 '무이도가' 수용에 대한 연구 현황과 전망」, 『어문론집』 43, 245-266 쪽.

이효숙(2011a), 「장소성 개념을 통해 살펴 본 <무이도가>와 <곡운구곡가> 비교」, 『동아시아 고대학』 24집, 동아시아고대학회, 115-143쪽.

이효숙(2011b), 「『화양로정기』의 특징과 작자 의식」, 『인문과학연구』 제28집.

이효숙(2013a), 「朝鮮 後期 西人 老論系 文人들의 九曲詩와 場所性」, 『국제어문』 59, 109-134쪽.

이효숙(2013b), 「화양구곡 시문에 나타난 구곡의 장소성 고찰」, 『동아시아고대학』 32집, 동아 시아고대학회, 151-187쪽.

이효숙(2014), 「화서학파 인물들의 시가에 나타난 옥계구곡의 장소성」, 『국어국문학』.

이효숙(2019), 「기사환국의 트라우마와 그 치유 양상」, 국제어문 80집.

임노직(2019), 「'도산구곡' 시의 양상과 그 역사적 의의」, 영남대 박사학위논문, 2019, 1-342쪽.

張三鉉(2006), 「華西學派와 加平의 文化遺蹟 研究」, 『화서학논총』 2, 99-140쪽.

전병철(2008), 「『청량지』를 통해 본 퇴계 이황과 청량산」, 전병철 외 편저, 『청량산 산지』, 이회출판사, 14-17쪽.

정경훈(2005), 「尤庵 宋時烈 散文의 一研究」, 성균관대학교 박사학위논문.

정옥자(1985), 「대보단 창설에 관한 연구」, 『변태섭 박사 화갑기념사학논총』, 삼영사.

정옥자(1992), 「정조대 대명의리론의 정리작업」, 『한국학보』 69.

조규희(2006), 「朝鮮 유학의 '道統'의식과 九曲圖」, 『역사와 경계』 61, 1-24쪽.

조성산(2003), 「조선후기 낙론계 학풍 형성과 경세론」, 고려대학교 박사학위논문.

최영현(2020), 「韓國 九曲園林의 分布와 設曲 特性에 關한 研究」, 우석대학교 박사학위논문, 1-218쪽.

洪學姬(2001), 「栗谷 李珥의 詩文學 研究」, 梨花女大 大學院.

저자 이효숙

강원도 춘천에서 태어나 강원대학교 국어국문학과에서 조선 후기 한문학을 전공하였다. 『장동 김문의 산수문학 연구』로 박사학위를 취득하였다. 현재 건국대학교 글로컬캠퍼스 교수로 재직 중이며, 글쓰기와 문학을 가르치고 있다. 주요 논문으로는 「조선 후기 무이지와 구곡에 대한 담론 탐색」, 「기사환국의 트라우마와 그 치유 양상」, 「화양 구곡시문에 나타난 구곡의 장소성 고찰」, 「『호동서락기』의 산수문학적 특징과 금원의 유람관」, 「一六~一七世紀における西人の<金時習>認識」 등이 있다.

조선후기 구곡의 재현과 장소성

초판 1쇄 인쇄 2023년 5월 15일
초판 1쇄 발행 2023년 5월 22일

지 은 이 이효숙
펴 낸 이 이대현

편   집 이태곤 권분옥 임애정 강윤경
디 자 인 안혜진 최선주 이경진
마 케 팅 박태훈

펴 낸 곳 도서출판 역락
주   소 서울시 서초구 동광로 46길 6-6(반포4동 문창빌딩 2F)
전   화 02-3409-2060(편집부), 2058(영업부)
팩   스 02-3409-2059
등   록 1999년 4월 19일 제303-2002-000014호
이 메 일 youkrack@hanmail.net
역락홈페이지 http://www.youkrackbooks.com

ISBN 979-11-6742-548-5 93810